Heike Achner

Leinenpflicht

Impressum

© 2018 Heike Achner
www.heike-achner.de
Umschlagfoto: Heike Achner
Lektorat und Korrektorat: Martina Takacs, dualect

Herstellung und Verlag:
BoD – Books on Demand, Norderstedt

ISBN: 9783752887778

Bibliografische Information der Deutschen Nationalbibliothek:
Die Deutsche Nationalbibliothek verzeichnet diese Publikation in
der Deutschen Nationalbibliografie; detaillierte bibliografische
Daten sind im Internet über http://dnb.d-nb.de abrufbar.

Für Frigga und Ranaa
Ihr bereichert mein Leben jeden Tag.

Ein Wort vorweg: Vielen Leser/-innen werden Szenen bekannt vorkommen. Das ist nicht weiter verwunderlich, da Hundehalter/-innen ähnlichen verbalen Angriffen jeden Tag ausgesetzt sind. Dennoch: Ähnlichkeiten mit real existierenden lebenden oder verstorbenen Personen sind rein zufällig.

Landeshundegesetz Nordrhein-Westfalen (Stand 2017)
§2 (LHundG NRW)

Allgemeine Pflichten

(1) Hunde sind so zu halten, zu führen und zu beaufsichtigen, dass von ihnen keine Gefahr für Leben oder Gesundheit von Menschen oder Tieren ausgeht.

(2) Hunde sind an einer zur Vermeidung von Gefahren geeigneten Leine zu führen

1. in Fußgängerzonen, Haupteinkaufsbereichen und anderen innerörtlichen Bereichen, Straßen und Plätzen mit vergleichbarem Publikumsverkehr,

2. in der Allgemeinheit zugänglichen, umfriedeten Park-, Garten- und Grünanlagen einschließlich Kinderspielplätzen mit Ausnahme besonders ausgewiesener Hundeauslaufbereiche,

3. bei öffentlichen Versammlungen, Aufzügen, Volksfesten und sonstigen Veranstaltungen mit Menschenansammlungen,

4. in öffentlichen Gebäuden, Schulen und Kindergärten.

Im Wald dürfen Hunde außerhalb von Wegen nur angeleint mitgeführt werden (§2 Landesforstgesetz NRW)

Kapitel 1

Kerstin träumte. Große Hunde, kleine Hunde, dicke und dünne Hunde, Hunderudel, einzelne Hunde, Streuner, Familienhunde – sie alle wuselten durch ihre Traumwelt. Dann riss sie das Klingeln des Weckers unsanft in den Tag.

Sie mummelte sich noch einmal tief in ihre Bettdecke, aber es nützte nichts, der Tag wartete. Sie rappelte sich auf, lief mit nackten Füßen ins Bad, duschte rasch, stellte den Wasserkocher an und fischte das Glas mit den Haferflocken aus dem Regal.

Von Jess war nichts zu sehen und nichts zu hören. Sie schaute ins Schlafzimmer, und da lag er mit hochgestreckten Beinen auf dem Rücken in seinem Körbchen und schlief tief und fest.

Belustigt zuckte sie mit den Achseln, ging zurück und frühstückte zu Ende, putzte sich die Zähne und zog ihre Hundejacke an.

»Auf, Faulpelz!«, rief sie dann. Als nichts geschah, lugte sie um die Ecke ins Nachbarzimmer.

Der Hund öffnete ein Auge, drehte sich langsam auf die Seite, kam gemächlich hoch, gähnte und streckte sich ausgiebig. Nach einem herzhaften Schütteln kam er endlich schwanzwedelnd angelaufen.

»Na, du bist wirklich eine Schlafmütze, Jess.« Liebevoll streichelte sie das kurze braune Fell. Jess wedelte schneller, und sie musste lachen. »Das war kein Kompliment, Schatz.«

Kerstin entschied sich spontan, heute einmal zur Abwechslung nach Waltrop an den Dortmund-Ems-Kanal zu fahren. »Mal wieder einen neuen Weg ausprobieren, hm, Junge? Immer die gleichen Wege ist ja auch wirklich zu langweilig.«

Sie parkte an einem verlassen daliegenden Hundeplatz und ging in den Wald. Der Herbstwind hatte die Wege mit buntem Laub bedeckt, und es war eine Freude, die herrlichen Farben ringsum zu sehen, während die Blätter unter ihren Schritten knisterten. Jess hatte die Nase am Boden und lief voraus.

Wie gut, dass ich ihn gefunden habe, dachte sie. Jess war ein Häufchen Elend gewesen, als sie ihn bekommen hatte. Zum Glück hatten sich in Italien liebe Menschen seiner angenommen. Und inzwischen verstand er sich auch mit Tom richtig gut. Bei dem Gedanken an ihren Lebensgefährten musste sie lächeln. Wie er darum gekämpft hatte, das Vertrauen des langohrigen Jagdhundmixes zu gewinnen. Was für ein Glück sie mit beiden doch hatte.

Zügig lief Kerstin mit Jess quer durch den Wald. Unter ihren Schritten wirbelten bunte Blätter hoch. Sie genoss es, morgens, wenn noch alles still war, allein mit ihrem Hund durch den Wald zu streifen.

Was für ein Glück auch, dass seine Jagdhundgene nur selten durchschlugen und er so gut abrufbar war. Na ja, fast immer. Sie schmunzelte. Wenn Wild direkt vor seiner Nase aufsprang und flüchtete, lief er schon hinterher, aber er gab die Jagd nach zwei, drei Minuten auf und kehrte zufrieden hechelnd zurück. Kein Grund, einen Hund nur an der Leine zu führen, dachte sie. Schließlich braucht auch ein Hund Freiheit und ein bisschen Abenteuer.

Sie lief einen schmalen Pfad entlang, der zum Kanal führte, erklomm die Stufen zum Deich und blieb stehen, um auf das Wasser zu schauen und die weite Aussicht zu genießen.

»Komm, Jess, wir gehen hier herum.«

Der Rüde folgte ihr, immer wieder am Grasrand verharrend, um zu schnüffeln und nach Mäusen Ausschau zu halten.

»Verdammt, aus dem Weg!«, schnauzte plötzlich jemand hinter ihr.

Kerstin fuhr herum. Ein Fahrradfahrer sauste in einem Affentempo heran und kam im nächsten Moment schlitternd vor dem Hund zum Stehen, ein durchtrainierter, schlanker Mann auf einem Rennrad.

»Oh, Entschuldigung.«

»Nehmen Sie gefälligst Ihren Hund an die Leine!«, brüllte er. »Das ist ja gemeingefährlich.«

»Entschuldigung, ich habe Sie nicht gesehen, und übrigens auch nicht gehört«, sagte Kerstin. Ihr Ton war um einiges kühler geworden.

Der Mann musterte sie verächtlich. Ja ja, dumme kleine Blondine, dachte er jetzt bestimmt. Zumindest traute sie es ihm zu, und nicht nur das. Sag es nicht, beschwor sie ihn still. Sag es bloß nicht.

»Hier ist Leinenpflicht«, schnauzte er und schnaubte wütend. »Nehmen Sie Ihren Köter an die Leine oder ich zeig Sie an.«

Rote Schlieren zogen vor ihren Augen auf. Sie versuchte, sie wegzublinzeln, aber es wurden immer mehr. Sie kannte dieses Phänomen bereits. Vor ein paar Wochen war es zum ersten Mal aufgetreten, als ein griesgrämiger Rentner meinte, sie wegen Jess blöd anmachen zu dürfen. Sie war es so unendlich leid, dass die Leute sie und Jess nicht einfach in Ruhe ließen.

Tief atmete sie ein und aus, ihr Blick fokussierte sich. Sie sah das schmale Gesicht des Mannes, die kleine Schramme auf seinem Handrücken, sogar den schmalen Silberring am Mittelfinger.

Ihre Augen zoomten sein Gesicht ganz nahe heran. Sie hörte seinen keuchenden Atem, wie er der Lunge entströmte, und meinte sogar, ihn riechen zu können.

»Fahren Sie einfach weiter.« Es war ein letzter Versuch. Ihre Stimme klang gepresst und tief, ein ganz schlechtes Zeichen, das wusste sie. Schon seit ihrer Kindheit. Die Stimme kippte immer eine Oktave tiefer, wenn sie wütend war. Richtig wütend. Mörderisch wütend.

»Jetzt nehmen Sie schon Ihren Hund an die Leine. Sind Sie taub? Wenn meinem Fahrrad was passiert ist, kriege ich Sie dran. Immer diese Scheißköter.«

Er stieg ab und begutachtete die Bremsen. Durch einen roten Schleier hindurch sah Kerstin, wie er sich hinhockte. Sie lächelte vage. Irgendwie fühlte sie sich plötzlich ganz leicht. Alle Emotionen waren mit einem Mal verschwunden. Da war nur ein kleiner, heißer Knoten auf der Höhe ihres Solarplexus.

Mit nur einem Schritt war sie bei ihm, holte noch in der Bewegung aus und ließ die Handkante mit großer Wucht auf seine Halsschlagader niedersausen. »Durch«, zischte sie, wie sie es von Tobi, einem Kampfsportler gelernt hatte. Durch – dieses Wort war einfach fantastisch. Damit erhöhte sie ihre Durchschlagskraft um ein Vielfaches. Der Mann sackte ohne einen Laut in sich zusammen.

»Wow, das klappt ja wirklich«, murmelte sie erfreut. Der kleine heiße Knoten in ihrem Bauch machte einen Hüpfer und verschwand. Diesen Schlag hatte sie schon immer einmal ausprobieren wollen. Die Bewusstlosigkeit würde nicht lange anhalten. Suchend blickte sie um sich und bückte sich nach einem Stein von der Größe einer Männerfaust. Sie kniff die Augen zusammen und knallte dem am Boden liegenden Mann den Stein an die Schläfe. Sicher ist sicher, dachte sie.

Rasch blickte sie nach rechts und links. Wie fast immer um diese Zeit herrschte gähnende Leere am Kanal. Schnell griff sie dem Mann unter die Achseln und zog ihn mühsam zur Spundwand. Er stöhnte leise. Blut lief über sein Gesicht.

»Jess, du könntest mir echt ein bisschen helfen«, scherzte sie. Mit einem Platschen schlug der Körper fünf Meter tiefer auf das Wasser auf. Sie lächelte den irritierten Jess aufmunternd an: »Die Aale werden sich bestimmt freuen. Ein Scheißkerl weniger. Komm, mein Junge, weiter geht's.«

Rasch umwickelte sie die Hände mit ihrem Halstuch, packte das Fahrrad und warf es hinter dem Mann her. Anders als der Betäubte versank es schnell. Den Stein nahm sie mit, um ihn später im Wald zu entsorgen. Sie war sich ziemlich sicher, dass der Mann nicht mehr rechtzeitig zu sich kommen würde, um sich vor dem Ertrinken zu retten. Im Stillen dankte sie ihrem Ex-Freund Tobi, der ihr ein paar wirkungsvolle, alltagstaugliche Tricks beigebracht hatte. Schließlich musste seine zierliche Freundin sich doch verteidigen können in dieser bösen Männerwelt. Noch ein schneller Blick in die Runde, aber niemand war zu sehen und auch kein Schiff weit und breit.

»Komm, Schatz«, sagte sie zu Jess. Sie keuchte etwas von der Anstrengung, und doch fühlte sie sich einfach wunderbar. »Wir müssen uns ein bisschen beeilen«.

Zwei Minuten später hatte der Wald Frau und Hund verschluckt.

Eine gute Stunde später ließ sie die erste Patientin in ihre Praxis. »Ist das heute nicht ein herrlicher Tag?«, begrüßte sie die ältere Dame gut gelaunt. »Kommen Sie, ich helfe Ihnen.« Sie begleitete die gehbehinderte Patientin zu einem bequemen Stuhl. »Was kann ich für Sie tun, Frau Berg?«

Die alte Dame lächelte sie an. »Sie haben mir das letzte Mal mit Ihren Kügelchen so geholfen, Frau Krumel. Ich fühle mich einfach gut aufgehoben in Ihrer Praxis. Sie kriegen meinen Rücken bestimmt auch diesmal wieder hin.«

Kapitel 2

»Geht es dir gut?«, fragte Tom und legte ihr einen Arm um die Schultern.

»Ja, ganz prima.« Sie küsste ihn auf die Wange. »Jetzt, wo du zu Hause bist.«

»Und ich bleibe einen vollen Monat. Hab aber auch genug gearbeitet in letzter Zeit.«

Kerstin kuschelte sich an Toms massiven Körper. »Ich bin so froh, dass du da bist«, sagte sie warm und schlang ihre Arme fester um ihn.

»Ich hab dich auch vermisst.«

Sie löste sich widerstrebend von ihm. »Du, ich hab noch einen Patienten, aber dann bin ich für dich da. Sollen wir es uns heute Abend so richtig gemütlich machen?«

Tom strich ihr sanft übers Haar. »Mhm. Ich koch uns was Schönes und dann …« Er beugte sich zu ihr und küsste sie leidenschaftlich.

Fünf Jahre und immer noch verliebt, dachte Kerstin. Das hängt sicher damit zusammen, dass wir nicht ständig beieinander hocken. Mit Tom hatte sie ihre bisher längste Beziehung. Sie liebte diesen großen, ein bisschen zur Korpulenz neigenden Mann zärtlich. Vor allem auch, weil er mit Jess so gut auskam. Seine Ruhe und Gelassenheit machten ihn zum ruhenden Pol in ihrem Leben.

Das Telefon klingelte. »Krumel?«, meldete sie sich.

»Kerstin, ich bin's, Maike. Du, die Mädels und ich wollen heute Abend ins Kino. Kommst du mit?«

»Oh, tut mir leid, Maike, Tom ist gerade nach Hause gekommen und wir wollen es uns heute Abend gemütlich machen. Du verstehst?«

Maike lachte. »Na klar. Aber vergiss nicht unseren Spieleabend am Mittwoch. Kannst Tom ja mitbringen, Jens und Klaus werden wahrscheinlich auch da sein.«

»Ich frage ihn. Und Jess bring ich auch mit, okay?«

»Na klar. Du ohne Jess, das geht doch nicht.«

»Maike, ich muss dich leider abhängen, ich habe noch einen Patienten.«

»Wie, am Samstag?«

»Ja, es geht nicht anders. Er hat vorhin angerufen, weil es ihm wohl richtig schlecht geht.«

»Du bist einfach zu gut für diese Welt«, kommentierte Maike, und Kerstin musste grinsen. »Ich bin ein bisschen neidisch. Einen Beruf zu haben, den man mit einer solchen Leidenschaft ausübt, das ist so toll.«

»Ja, darüber bin ich auch sehr froh. Und vor allem kann ich Jess mit in die Praxis nehmen. So ist er nicht den ganzen Tag allein. Klar, manche Patienten mögen keine Hunde, und die gehen mir verloren, aber was soll's, um die ist es nicht weiter schade. Den anderen tut er echt nur gut.«

»Ich brauche auch noch mal deinen Rat und ein paar Globuli. Erzähl ich dir aber Mittwoch. Bis dann.«

»Tschüss, und viel Spaß im Kino. Grüß die Mädels von mir.«

Kerstin legte auf, rief Jess und fuhr mit ihm in die Praxis. Seitdem sie den Hund hatte, merkte sie, dass ihre Patienten deutlich offener und entspannter geworden waren.

Am nächsten Morgen schaute sie auf den schlafenden Tom, überlegte, ob sie ihn wecken sollte, entschied sich dann jedoch, ihn schlafen zu lassen. Er hatte zwei harte Monate in der Wüste hinter sich und war sicher froh, einmal ausschlafen zu können.

Leise stand sie auf, nahm ihre Kleidung und schlich ins Bad, während Jess ihren angewärmten Platz im Bett einnahm und sich an Toms warmen Körper schmiegte. Tom strubbelte ihm schläfrig über das Fell und schlief wieder ein.

Als Kerstin aus dem Bad kam, schaute sie auf ihre schlafenden Männer, den Zwei- und den Vierbeiner, und ein unbeschreibliches Gefühl der Zärtlichkeit überkam sie. Was für ein harmonisches Bild, dachte sie. Ich bin so froh, diese beiden gefunden zu haben.

»Jess«, rief sie leise.

Der Hund erhob sich ein bisschen widerstrebend, gehorchte aber. »Wir machen eine schnelle Runde und frühstücken dann gemeinsam, ja?« Der Rüde sah sie aus seinen dunklen Augen intensiv an und wedelte mit dem Schwanz. »Komm«, flüsterte sie.

Sie gingen aus der Haustür und wandten sich nach rechts. Nach zwei Minuten überquerten sie eine kleine Straße und erreichten kurz darauf den kleinen Wald, der an die Siedlung grenzte. Sie liefen über weiche Waldwege, bis sie einen Schotterweg erreichten, dessen grobe, fuß- und pfotenfeindliche Struktur sie jeden Tag ärgerte. Sie waren noch nicht weit gegangen, da erhellte Blaulicht den dämmrigen Sonntagmorgen. Durch die Bäume konnte sie drei Polizeiautos und mehrere Menschen erkennen, die auf dem Spazierweg standen.

»Ach«, sagte sie beiläufig und blieb stehen, »das lassen wir heute mal. Komm, wir gehen lieber nach Hause. Vielleicht hat

Tom schon das Frühstück fertig.« Sie warf Jess ein Leckerli zu, das er geschickt auffing.

Und wirklich, Tom hatte das Frühstück bereitet. Jess bekam sein Fleisch mit Gemüse und Kerstin schwenkte die frischen Brötchen, die sie auf dem Nachhauseweg vom Bäcker geholt hatte.

»Super, du hast Brötchen mitgebracht. Darauf hatte ich gehofft.« Tom holte den Kaffee und schenkte ein. »Wie war eure Runde?«

»Sehr schön. Wir sind niemandem begegnet, so ist es mir ja am liebsten.« Kerstin langte nach der Butter und strich sie sich zentimeterdick auf das Brötchen. Darauf kam reichlich Sahnequark und dann Erdbeermarmelade.

»Ich werde echt neidisch, wenn ich das sehe«, bemerkte Tom, der auf seine Figur achten musste und sich daher mit Fett zurückhielt.

»Fett macht nicht dick. Aber das willst du mir ja nicht glauben«, entgegnete Kerstin und biss herzhaft in ihr Mohnbrötchen.

»Hm«, machte Tom nur, aber er nahm noch eine zusätzliche Scheibe Käse und drapierte sie liebevoll mit einem Stück Tomate und einem Gurkenscheibchen auf seinem Brötchen. »Weißt du eigentlich, dass ein Mann im Dortmund-Ems-Kanal ertrunken ist? Stand in der Zeitung.«

Kerstin sah auf. Fast hätte sie sich verschluckt. »Echt? Wo denn?«

»In der Nähe der Lohburger Straße. Da gehst du doch auch manchmal spazieren, oder?«

»Stimmt. Weiß man, wie es passiert ist?«

Tom schüttelte den Kopf. »Nein, wohl nicht. Wahrscheinlich zu schnell mit dem Rennrad unterwegs gewesen, einen Moment nicht aufgepasst und schwupp. Die Polizei sucht nach Zeugen.«

Kerstin zuckte die Achseln. »Ich hab jedenfalls nichts gesehen. Die fahren aber auch oft wie die Bekloppten, total rücksichtslos.«

»Hm. Ja, habe ich auch schon erlebt. Auch die Mountainbiker im Wald.« Tom schaute auf den braunen Jagdhund, der selbstvergessen an einem Knochen nagte. »Nicht, dass die Jess mal umnieten.«

»Das würde ihnen nicht gut bekommen«, sagte Kerstin leichthin, aber ihr Herz klopfte heftig.

Tom tupfte sich den Mund mit der Serviette ab, beugte sich über den Tisch, nahm ihr Gesicht zwischen seine großen Hände und küsste sie sanft auf die Lippen. »Nein, das glaube ich, wer deinem Jess etwas tut, der kann sich warm anziehen. Da wird meine sanftmütige Freundin zur Furie.«

»Du bist doch genauso, Tom.«

»Stimmt. Aber meine Beschützerinstinkte beziehen sich mehr auf dich, Krümel.«

Er sprang auf, packte sie und wirbelte sie mühelos durch die Luft. »Wenn jemand dir etwas täte, würde ich glatt zum Mörder.«

Sie hatte ihre Arme um seinen Hals geschlungen. »Gut zu wissen.« Kerstin lachte. »Aber ich hab ja Jess, der auf mich aufpasst, wenn du nicht da bist.«

»Na, hoffentlich musst du nicht ihn beschützen.« Er wurde plötzlich ernst. »Bitte, sei immer vorsichtig, Krümel. Ich habe kein gutes Gefühl, wenn du so oft allein im Wald unterwegs bist.«

»Aber ja, mein Hase«, neckte sie ihn. Er konnte dieses Kosewort nicht ausstehen. Erbost warf er eine Serviette nach ihr. Sie lachte und befreite sich aus seinen Armen.

»Und du hat heute niemanden getroffen auf deinem Spaziergang?« Tom hatte sich wieder hingesetzt und nahm sein zweites Brötchen.

Kerstin reichte ihm den Honig. »Ja, es war angenehm ruhig. Keiner, der irgendwas Blödes von sich geben musste. Kein oberschlauer Rentner und kein wichtigtuerischer Jäger, der meint, er müsste mich auffordern, Jess anzuleinen.«

»Da bist du echt empfindlich. Übertreibst du nicht ein bisschen?«

Kerstin spürte, wie ihre gute Laune verflog. »Wie meinst du das?«

»Ach, na ja, dann nimmst du Jess eben mal an die Leine und lässt ihn nach ein paar Metern wieder frei laufen. Was ist schon dabei? Noch Kaffee?«

Kerstin schüttelte den Kopf. »Ich lasse mir nicht von jedem Dahergelaufenen Anweisungen geben. Und Jess kommt an die Leine, wenn es notwendig ist, nicht, wenn irgendein Idiot es befiehlt. Ich nehme keine Befehle an. Ich hasse Menschen, die mich belehren wollen oder mich überhaupt blöd anquatschen!« Ihre Stimme war immer lauter geworden und sie fühlte, dass sie hektische rote Flecken bekam.

»Na na, ist ja schon gut«, beschwichtigte Tom. »Tut mir leid, ich weiß ja, das ist bei dir ein neuralgischer Punkt.« Er lächelte. »Ich meine ja nur, dass du dir das Leben damit auch ein bisschen schwer machst. Kannst du diese Idioten denn nicht einfach überhören?« Er streckte die Hand aus und versuchte nach ihrer Hand zu greifen.

Sie zog den Arm weg. »Nee, kann ich nicht. Ich bin nicht wie du, Tom. Du bist ein Mann, du bist groß und kräftig gebaut. Bei dir kommen doch die meisten gar nicht auf die Idee, dir blöd zu kommen. Aber so eine kleine Blondine, der kann man ja zeigen, wie toll und wichtig man ist. Das ist doch zum Kotzen!«

Sie zermalmte den letzten Bissen ihres Brötchens, schmeckte aber kaum, was sie aß. Tom würde sie nicht verstehen. Wie auch? Sie verstand es ja selbst oft nicht. Aber so war sie schon als Kind gewesen. Sobald ein Fremder meinte, sie belehren, kritisieren oder anweisen zu müssen, flippte sie aus. Besonders, wenn es ihre Tiere betraf, kannte sie kein Pardon. Sie war als Vierzehnjährige mal fast einem Mann im Restaurant an die Kehle gegangen, weil ihr Familienhund Bella einen fremden Hund angebellt hatte und der Typ meinte, sie vor allen Gästen belehren zu müssen. Sie hatte ihn dermaßen angeschrien, dass sie nachher noch stundenlang am ganzen Leib zitterte und sich kaum beruhigen konnte.

»Ist bestimmt schwieriger für dich«, sagte Tom. »Ich mache mir doch nur Sorgen, Krümel. Ich möchte, dass es dir gut geht.«

Kerstin zwang sich, ihn anzulächeln. »Es geht mir gut, Tom.« Etwas fahrig begann sie, den Tisch abzuräumen. Vielleicht hatte er ja recht. Sie würde versuchen, in Zukunft gelassener zu reagieren.

Kapitel 3

Der Herbst verabschiedete sich mit Nässe und viel Wind. Der Winter kam früh, war lang und gab im März noch einmal Gas. Aber dann war die Kälte gebrochen.

An einem herrlichen Tag Mitte Mai gingen Kerstin und Tom Hand in Hand mit Jess im Wald spazieren. Jess tanzte begeistert um seine Menschen herum, bis eine Wildspur ihn ablenkte. Er folgte ihr einige Meter ins Unterholz, kam aber auf Kerstins Pfiff sofort zurück.

»Guter Hund«, lobte sie ihn und gab ihm ein Leckerli.

»Er hört wirklich gut«, bemerkte Tom.

»Er ist ein super Hund. Nicht wahr, Jess?« Sie streichelte liebevoll seine langen Segugio-Ohren.

Sie bogen auf einen Schotterweg ab, der durch den Wald führte. Kurze Zeit später hielt ein blauer Geländewagen neben ihnen. Der schnauzbärtige Fahrer ließ das Seitenfenster hinunter. »Sie wissen, dass hier Leinenpflicht besteht?«

Kerstin schloss kurz die Augen. Ich will gelassen bleiben, dachte sie. Gelassen, gelassen, gelassen. »Auf Waldwegen dürfen Hunde frei laufen«, sagte sie beherrscht.

»Es ist Brut- und Setzzeit, und ich habe genau gesehen, wie Ihr Hund vom Weg abgewichen ist. Nehmen Sie ihn also an die Leine.«

Tom fasste ihre Hand fester, denn er fürchtete einen von Kerstins gefürchteten Ausbrüchen. »Machen wir, aber unser Hund gehorcht sehr gut«, sage er ruhig.

»Das behaupten alle«, knurrte der hagere, nicht mehr ganz junge Mann. »Und dann haben wir den Schlamassel. Leinen Sie ihn bitte an. Jetzt!«

»Wer sind Sie eigentlich?«, mischte Kerstin sich ein und machte sich ungeduldig von Toms Hand los. Sie fühlte das Anströmen dieser tiefen Wut, aber noch hatte sie sich im Griff.

Das Gesicht des Fahrers verfärbte sich indes vor Zorn. »Wenn Sie's genau wissen wollen«, schnauzte er, »ich bin der Jagdpächter. Und ich sage Ihnen eines – wenn ich Ihren Hund abseits der Wege erwische, erschieße ich ihn.«

Kerstin verlor den Kampf. Sie spürte kaum, dass Tom ihr beruhigend den Arm um die Schulter gelegt hatte. Wie konnte dieser armselige Wichtigtuer von Jäger es wagen, ihren Jess zu bedrohen?

»Sie müssen uns nicht drohen, wir leinen den Hund ja an.« Toms Stimme war noch immer sehr ruhig und völlig aggressionslos. Vor Kerstins Augen tanzten dagegen bereits rote Schlieren.

»Jess, hier.« Tom nahm den Hund an die Leine, der neugierig das Auto beschnüffelte. »Na komm«, wandte er sich wieder an Kerstin, »hier gibt es nichts mehr zu sagen.« Er hatte wieder nach ihrer Hand gegriffen und zog sie mit sich, während der Jäger befriedigt nickte.

Sie drehte sich im Gehen noch einmal kurz um und lächelte ihn an. Ihre Lippen enthüllten nur die Schneidezähne. So fletschte ein Hund die Zähne, der es wirklich ernst meinte.

»Komm, ärgere dich nicht«, sagte Tom besänftigend. »Solche Idioten gibt es überall. Lohnt sich nicht, sich darüber aufzuregen.«

»Na ja, wahrscheinlich hast du recht«, erwiderte sie. »Er hatte ja auch nicht unrecht mit der Brut- und Setzzeit.« Kerstin staunte, wie normal ihre Stimme klang. In ihrem Innern jedoch tobte die Wut.

Tom küsste sie auf den Scheitel und erzählte ihr eine lustige Geschichte über einen Kollegen, der in der Wüste einen Streit mit einer zornigen Schlange gehabt hatte.

Zwei Tage später reiste Tom für einen Monat nach Saudi-Arabien. Kerstin war es recht. In den nächsten Tagen beobachtete sie, dass der blaue Geländewagen des Jagdpächters oft in der Nähe eines bestimmten Hochsitzes stand. Besonders in der Dämmerung wachte der hagere Jäger über das Wild, für das er jährlich eine Menge Geld abdrückte, um es schießen zu dürfen.

Kerstin konnte Jäger nicht besonders leiden, aber noch mehr verabscheute sie die oberlehrerhaften, engstirnigen Anweisungen an Hundehalter, die diese Spezies so oft von sich zu geben pflegte.

Aus aktuellem Anlass dachte sie im Moment manchmal an den passionierten Bastler Markus, ihre zweite Liebe. Sie hatte noch immer eine gute Beziehung zu den meisten ihrer Ex-Freunde, und Markus bastelte ständig an verschiedensten Dingen herum. Er konnte fast alles reparieren und baute in seiner Freizeit Möbel aus Holz. Sie besaß eine wunderschöne Kommode und einen schweren Eichentisch, die er gebaut hatte. Auch der Schreibtisch in ihrer Praxis war unter seinen begabten Händen entstanden. Markus hatte ihr sogar ein paar Grundkenntnisse über das Hämmern und Sägen vermittelt, denn in dieser Hinsicht hatte sie sich als wenig praktisch veranlagt erwiesen.

In der Garage fand sie schließlich die Säge, die Markus nach ihrer Trennung vor beinahe zehn Jahren bei ihr liegen gelassen hatte, und einen robusten Strick, den sie sich um die Schulter hängte, und als sie mit dem begeisterten Jess am späten Nachmittag in den Wald ging, pumpte das Adrenalin nur so durch ihre Adern.

Sie besah sich den Hochsitz von allen Seiten und nickte dann befriedigt. Beherzt sägte sie los und war erstaunt, wie viel Kraft sie aufbrachte. Dann befestigte sie den Strick am angesägten Bein und verbarg ihn im Gras, bevor sie sich entfernte.

»Das sollte so gehen«, murmelte sie. Jetzt, wo sie zur Tat schritt, war die unangenehme Wut in ihrem Bauch verflogen. Sie fühlte sich super. Ob der Jäger den Tod verdiente, das wollte sie sich gar nicht erst fragen. Der Mann war in ihren persönlichen Freiraum eingedrungen, hatte sie zudem bedroht, das durfte nicht ungesühnt bleiben.

Kerstin holte einen Roman aus ihrer Umhängetasche und setzte sich unter eine alte, gut belaubte Eiche, die sie vor neugierigen Blicken verbarg. Noch einmal lauschte sie und schlug dann das Buch auf. Vom Hochsitz aus würde man sie nicht erkennen. Einen Hund hatte sie bei dem Jäger nicht gesehen, und so war sie guten Mutes, dass er auch diesmal allein unterwegs sein würde.

Eine Stunde später setzte die Dämmerung ein, und kurz darauf hörte sie das Geräusch eines näher kommenden Dieselfahrzeugs. Mit einem bedauernden Seufzer klappte sie das Buch zu – sie war gerade an einer sehr spannenden Stelle – und rief Jess zu sich.

Das Gewehr über der Schulter kam der Jäger über das Feld, blieb kurz stehen, um sich umzuschauen, und kletterte dann schnaufend den Hochsitz hinauf. Kurz fürchtete Kerstin, dass sie zu viel gesägt hatte, aber die Strebe hielt dem Gewicht stand.

Sie zog ihre Handschuhe an, nahm das Seil in die Hände und stand auf. Sie fühlte sich völlig ruhig, fast heiter. »Schön still sein,

Jess«, flüsterte sie. Der Rüde stupste sie sanft an, und Kerstin lächelte. »Guter Junge«, hauchte sie fast unhörbar.

Der Jäger hatte es sich bequem gemacht und hielt sein Fernglas vor die Augen. Auf dem Feld würden schon bald die ersten Rehe auftauchen.

»Na denn«, murmelte Kerstin, stemmte die Füße in den Boden und riss mit aller Kraft am Seil.

Erschrocken sprang der Jäger auf, als das Holz ächzte. Sie zog noch einmal mit aller Kraft, und endlich bewegte sich der Hochsitz wie in Zeitlupe, neigte sich langsam zur Seite, und mit einem unschönen Knirschen gab das hölzerne Bein nach. Der Mann schrie auf, klammerte sich an das schwankende Holz und krachte im nächsten Augenblick mitsamt dem Hochsitz zu Boden.

Sofort sprang Kerstin vor. Der Jäger stöhnte, er war nicht tot, nicht einmal besonders schwer verletzt. Sie sah sich rasch um, ergriff sein Gewehr, das wenige Meter weiter geschleudert worden war, und ließ den Kolben beherzt auf seinen fast kahlen Schädel krachen.

Jess winselte unsicher. Kerstin hob die Hand. »Still, Jess.« Der Hund fiel vor Aufregung zitternd ins Platz.

Noch einmal ließ sie den Gewehrkolben auf den Schädel krachen. Der Jäger rührte sich nicht mehr, und so, wie sein Kopf aussah, würde er es auch nie wieder tun.

Befriedigt ließ sie das Gewehr fallen und zog die Handschuhe aus. Auf ihren Schuhen sah sie einige Blutspritzer, die sie sorgsam abwischte. »Hm, ich glaube, die Hose ist hin«, murmelte sie. »Na, macht nichts, die gebe ich morgen in den Kleidertransport nach Rumänien. Das bisschen Blut lässt sich bestimmt rauswaschen, und sonst ist sie ja noch gut.«

Sie schaute auf Jess, der aufgeregt an dem zerschmetterten Kopf des Jägers schnüffelte. »Komm, Kleiner, ab nach Hause und aufs Sofa, und endlich das Buch weiterlesen. Wir machen uns einen richtig schönen Abend.«

Rasch verstaute sie Seil, Buch und Säge. Auf der Lichtung erschienen ein paar Rehe und sie nahm Jess an die Leine. Dem Körper des toten Jägers gönnte sie keinen einzigen Blick mehr.

Kapitel 4

Zwei Tage nach der Sache mit dem Hochsitz traf Kerstin ihre Bekannte Martina mit ihrer Dalmatinerhündin Mara im Wald. Jess liebte Mara und begrüßte sie begeistert. Bald tobten die beiden Hunde ausgelassen über das Feld.

Kerstin seufzte. »Wenn das der Bauer sieht.«

»Ach, hier kommt er selten hin«, meinte Martina. »Sag mal, hast du das von dem Jäger gehört?«

»Welchem Jäger?« Kerstin sah Martina aufmerksam an.

»Der hier vor zwei Tagen ermordet wurde.«

»Nee, hier? Im Wald?«

»Ja, da hinten. Ist noch alles abgesperrt.«

»Das ist ja ein Ding.«

»Mein Mann möchte eigentlich nicht, dass ich noch mit dem Hund hier hingehe. Aber wohin soll ich sonst gehen, und es ist ja helllichter Tag.«

»Da hätte ich auch keine Bedenken. Wir haben ja auch die Hunde dabei.«

»Aber ob die auf uns aufpassen würden …« Martina zog zweifelnd die Stirn kraus.

Die Hunde hatten sich ausgetobt und kamen hechelnd zurück zu ihren Zweibeinern. Kerstin kraulte Mara am Kopf und wehrte Jess sanft ab, dem das gar nicht recht war. »Gut sieht sie aus, geht es ihr besser?«

»Hast ja gesehen, sie kann schon wieder toben. Danke für deinen Rat, es hat echt Wunder gewirkt.«

Kerstin winkte ab. »Wo gehst du jetzt lang? Wollen wir ein Stück gemeinsam gehen?«

»Ich wollte bis zur Straße und dann zurück durch den Wald.«

»Prima, da komme ich mit.«

Jess und Mara liefen voran. Als sie auf einen landwirtschaftlich genutzten Weg kamen, sahen sie einen Polizeiwagen auf sich zukommen. Der Wagen hielt kurz vor ihnen und zwei Polizisten stiegen aus.

»Wir würden Sie gern etwas fragen«, sagte einer der Beamten. »Gehen Sie hier öfters spazieren?«

Sie nickten. Kerstin rief Jess zurück, der vorsichtig an der Hose des Polizisten schnüffelte. Ihr Herz schlug ruhig und gleichmäßig.

»Sie haben sicher von dem Tötungsdelikt gehört?«

Wieder nickten sie beide.

»Ist Ihnen in den letzten Tagen hier etwas aufgefallen?«

»Was denn zum Beispiel?«, fragte Kerstin interessiert.

»Vielleicht irgendwelche Fremden? Oder irgendetwas, das Ihnen merkwürdig vorkam?«

Kerstin zuckte die Achseln. »Also, mir nicht. Was ist denn genau geschehen?«

Der Polizist antwortete nicht auf die Frage. »Und Ihnen?«

Auch Martina schüttelte den Kopf. »Das war der Jagdpächter, oder? Ein unangenehmer Mensch. Hat mich ein paar Mal zusammengestaucht, weil ich Mara ohne Leine laufen ließ.« Sie streichelte den Kopf ihrer Hündin.

»Also ist Ihnen beiden nichts aufgefallen?«, fasste der Polizist zusammen.

Noch ein Kopfschütteln.

»Wir würden dann gern ihre Personalien aufnehmen, falls wir später noch Fragen haben.« Er wandte sich zu seiner Kollegin um.

»Bärbel, kannst du dich darum kümmern?« Die Polizistin hob eine Augenbraue, kam der Aufforderung aber nach.

Kurze Zeit darauf sahen sie zu, wie der Polizeiwagen die schmale Straße hinauffuhr und neben einem Jogger anhielt.

Martina sog hörbar die Luft ein. »Ist schon ein komisches Gefühl, oder? Vielleicht nehme ich doch lieber das Auto, bis sie den Mörder erwischt haben, und fahr mit Mara ein Stück weiter raus.«

»Ja, das überlege ich auch«, erwiderte Kerstin. »Man muss es ja nicht herausfordern.«

»Man kann sich nirgendwo mehr sicher fühlen.« Martina seufzte. »Was für eine Welt.«

»Ach was, mach dir nicht zu viele Gedanken. War bestimmt ein Tierschützer oder so. Das könnte ich sogar ein bisschen verstehen. Wie viele Jäger hier in unserem kleinen Waldgebiet herumlaufen, das geht ja auf keine Kuhhaut.«

»Ich kann Jäger auch nicht leiden. Wie kann man Spaß daran haben, auf Lebewesen zu schießen?«

»Und jetzt hat es einen von ihnen erwischt. Irgendwie ausgleichende Gerechtigkeit.«

Eine Joggerin kam ihnen entgegen. Sie rief schon von Weitem »Nehmen Sie bitte Ihre Hunde an die Leine! Ich habe Angst.«

Selbstverständlich kamen sie der Aufforderung unverzüglich nach. Wenn jemand Angst hatte, nützte es wenig, ihm »Die tun nichts« zuzurufen. Wie einfach wäre doch das Leben, wenn jeder etwas Rücksicht nähme, fand Kerstin. Rücksicht und sich nicht in das Leben anderer Menschen einmischen. Warum fiel das so vielen Menschen so schwer? Warum mussten sich so viele Menschen aufspielen und einen auf wichtig machen? Immer wieder hatte Kerstin in ihrem Leben erfahren müssen, dass ihre Grenzen nicht respektiert wurden, dass auf ihren Gefühlen herumgetrampelt wurde. Sie hatte alles geschluckt, wieder und wieder, bis sie irgendwann wie ein Vulkan geplatzt war. Diese Ausbrüche kosteten Kraft, zu viel Kraft, wie sie fand. Aber sie würde nicht mehr schlucken, und schon gar nicht, wenn es um Jess ging. Diese Zeiten waren vorbei.

Als die Joggerin sie passiert hatte, ließen sie die Hunde wieder frei laufen.

»Ich würde hier gern abkürzen, ich muss in die Praxis«, sagte Kerstin an der nächsten Biegung.

Martina nickte zustimmend. »Okay, ich komme mit. Ich geh ja heute Nachmittag noch eine lange Runde.«

Die Polizei wandte sich an die Öffentlichkeit und bat alle Personen, die zwischen dem 13. und dem 16. Mai im Wald verdächtige Beobachtungen gemacht hatten, sich zu melden. Es gingen jedoch keine brauchbaren Informationen ein. Dabei wurde eine Belohnung von zehntausend Euro für die Hilfe zur Ergreifung des Täters ausgesetzt. Das BKA stellte einen Aufruf und einige Informationen über den Fall ins Internet. Auch das führte zu keinem Erfolg.

Kapitel 5

»Sollen wir ein paar Tage ins Sauerland fahren?«

Kerstin sah von ihrem Roman hoch.

Tom schaute sie an. »Ich habe hier bei Brilon eine Hütte gefunden, die noch frei ist. Wir könnten das gute Wetter nutzen.«

»Da muss ich mal eben in den Terminkalender schauen.« Sie schob Jess von ihren Beinen, der unwillig murrte, und stand auf. Mit gerunzelter Stirn blätterte sie in ihrem Terminbuch.

»Kraus nicht so die Stirn, Krümel, das gibt Falten.«

»Wirst du mich noch lieben, wenn ich alt und grau bin?«, sang sie.

»Aber klar, ich werde dich immer lieben. Du bist die Liebe meines Lebens«, erwiderte Tom unerwartet ernst.

Kerstin ging zu ihm und küsste ihn auf den Mund. »Das hast du schön gesagt, Liebling. Ich liebe dich auch.« Er wollte sie auf sich ziehen, aber sie machte sich rasch frei. »Das müsste gehen. Ich könnte die beiden Termine morgen Nachmittag verlegen, dann können wir bereits gegen Mittag los.«

»Wunderbar.« Tom richtete das verrutschte Laptop. »Dann buche ich uns mal die Hütte. Bis einschließlich Montag?«

»Montag muss ich um vierzehn Uhr zurück sein.«

»Na ja, immerhin. Und so spontan.«

»Ich kann auch spontan sein, Schatz.«

»Du überraschst mich immer wieder, Krümel. Womit habe ich dich nur verdient?«

»Eine gute Frage«, neckte sie ihn und kuschelte sich wieder in ihre Sofaecke.

»Was liest du denn da? Einen Krimi?«

»Ach, du weißt doch, dass mir Krimis zu brutal sind. Nein, eine Lovestory, soooo schön.«

Tom grunzte und kraulte Jess am Bauch. »Weiberkram, hm, Junge?« Jess schloss unter seiner streichelnden Hand die Augen. »Hund müsste man sein«, murmelte Tom.

Die Hütte in Brilon war ganz in Schwedenrot gehalten, und ein hoher Zaun umgab ein großes Naturgrundstück. Direkt vor dem Häuschen verlief der Wanderweg.

»Das ist ja perfekt.« Kerstin strahlte.

»Wirklich super, und gar nicht so teuer. Gut, dass du kein verwöhntes Model bist, Krümel.«

»Model? Na, wie auch, bei einer Größe von eins achtundsechzig?« Sie grinste. »Aber es stimmt schon, ich mag es lieber einfach.«

Schnüffelnd erkundete Jess das Grundstück und tapste dann ins Haus, um dort die neuen Gegebenheiten auszuforschen. Währenddessen trugen die beiden ihre Koffer und den Korb mit Lebensmitteln hinein.

»Na, gefällt's dir, Jessy?« Kerstin hockte sich vor ihren Hund und küsste ihn auf die Stirn. »Wollen wir direkt eine kleine Wanderung machen?« Der Rüde wedelte begeistert mit dem Schwanz und lief aufgeregt zwischen ihnen hin und her. »Was meinst du, Tom?«

Tom saß an dem kleinen Esstisch und hatte eine Wanderkarte vor sich ausgebreitet. »Schau, dieser Weg dauert zwei, zweieinhalb Stunden. Wollen wir den versuchen?«

»Es ist ja noch lange hell. Ich muss nur noch meine Wanderschuhe aus dem Auto holen und Jess gegen Zecken einsprühen, dann können wir los.«

Sie wanderten durch tiefe Nadelwälder, genossen auf Höhen die Aussicht über das bergige Land und Jess kühlte Beine und Bauch in den vielen klaren Bächen. Es war ein warmer Junitag, aber da noch keine Ferienzeit war, trafen sie nur zwei Mountainbiker, die grußlos an ihnen vorbeibretterten.

»Was für eine schöne Gegend. Hast du gut ausgesucht, Schatz«, sagte Kerstin und küsste Tom auf die Wange.

»Und diese Luft.« Tom atmete tief ein. Er sah auf Kerstin hinab, die fast einen Kopf kleiner war als er. »Kannst du noch? Wir könnten hier noch einen Schlenker einbauen und bis zu einer Quelle wandern.«

»Klar, es läuft sich doch gerade so gut. Komm, Jess.«

Sie wanderten noch eine Anhöhe hinauf und gönnten sich zur Belohnung für die Anstrengung das klare, wunderbar schmeckende Wasser aus der kleinen Quelle und teilten sich eine Packung Kekse.

Auf dem Rückweg trafen sie den Förster, der mit seinem Deutsch Drahthaar unterwegs war. Der Mann grüßte freundlich, deutete dann aber auf Jess, den Kerstin zu sich gerufen hatte. »Haben Sie Ihren Hund unter Kontrolle? Sie wissen, es ist Brut- und Setzzeit.«

»Er sieht zwar so aus, aber er ist kein ambitionierter Jäger«, erwiderte Kerstin. »Und er gehorcht sehr gut.«

»Halten Sie ihn trotzdem möglichst auf den Wegen.«

»Das werden wir.«

Der Förster nickte und streichelte abwesend seinen eigenen Hund, der vertrauensvoll zu ihm aufschaute. »Nehmen Sie ihn bitte an die Leine, wenn die Situation es erfordert. In diesem Jahr sind schon einige Kitze von freilaufenden Hunden gerissen worden. Da vorne an der Lichtung stehen oft die Rehe.«

»Kein Problem. Wir sind selbst darauf bedacht, dass nichts passiert. Wir werden ihn vorsichtshalber anleinen«, erwiderte Tom.

»Dann wünsche ich Ihnen noch eine schöne Wanderung.« Der Förster lächelte, streichelte noch einmal seinen Hund und ging seines Weges. Kerstin leinte Jess an und ließ ihn erst wieder frei, als sie die Lichtung passiert hatten.

»Das war doch mal ein vernünftiger Mann, oder?« Tom sah Kerstin an.

»Auf jeden Fall. Und zudem ein Förster, mal kein Jäger. Er hat jedes Recht, etwas zu sagen. Und wenn er das noch auf so freundliche Art tut.«

»Puh, da bin ich ja erleichtert. Ich zucke schon immer zusammen, wenn dich jemand auf Jess anspricht.«

»Na hör mal, ich bin doch keine Furie. Ich kann nur unhöfliche, dumme und hundehassende Menschen einfach nicht ausstehen. Aber zum Glück gibt es auch Leute wie diesen Förster.« Sie kramte in ihrem kleinen Rucksack. »Möchtest du einen Apfel?«

Sie verbrachten wunderschöne Tage im Sauerland, wanderten viel, genossen die Stille und das Beisammensein. Gemeinsam freuten sie sich über die Wisente, die sie zumindest kurz zu Gesicht bekamen, und sprachen darüber, wie schön es wäre, wenn auch die Wölfe bald wieder im Sauerland heimisch würden.

Anders als seine Vorgänger klammerte Tom kein bisschen. Kerstin genoss das Beisammensein, aber sie war froh, dass Tom auch eigene Interessen hatte und sein Beruf ihn oft ins Ausland führte. Deshalb funktionierte ihre Beziehung so wunderbar, davon war sie überzeugt. Zudem war er harmoniesüchtig und verstand es, ihr manchmal aufbrausendes Temperament zu beschwichtigen. Na ja, meistens jedenfalls. Mit ihm einige Tage in einer Hütte im Wald zu verbringen, das war einfach unbeschreiblich. Ja, sie liebte ihn. Mehr als jemals einen Mann zuvor. Sie hoffte, dass ihre Beziehung von Dauer sein würde.

Kapitel 6

Nach den wundervollen Tagen im Sauerland übernahm wieder der Alltag ihr Leben. Nach einem langen Praxistag saß Kerstin am Wohnzimmertisch vor ihrem Laptop. Die Reste des Abendessens standen noch auf dem Tisch herum, sie hatte sie lediglich ein bisschen zur Seite geschoben.

»In Sundern findet ein Vortrag über Wölfe in Nordrhein-Westfalen statt. Das ist nicht so weit, wollen wir hinfahren?« Kerstin scrollte weiter nach unten. »Kostet auch nichts.«

Tom studierte gerade die Fernsehzeitung, blickte aber interessiert auf. »Das würde mich auch interessieren. Wann ist das denn?«

»Freitag, achtzehn Uhr.«

»Oh, schade, da bin ich mit den Jungs verabredet.«

Kerstin hatte eigentlich keine große Lust, allein zum Vortrag zu fahren. Doch da sie Wölfe so wunderbar fand, entschloss sie sich trotzdem dazu. Sie fuhr vorher noch bei ihren Eltern in Hattingen vorbei, um Jess bei ihnen zu parken. Nur gut, dass sie so hundeverrückt waren, so waren sie auch immer bereit, Jess bei sich aufzunehmen. Dabei war das beileibe nicht immer so gewesen. Eigentlich mochte Waltraud Krumel keine Tiere. Aber nach Jahren der Überredung hatte sich ihre einzige Tochter durchgesetzt und Bella, ein Pudelmischling, zog bei ihnen ein. Von da an war es um sie geschehen. Bella war viel mehr der Hund ihrer Mutter gewesen, als ihr eigener, das hatte Kerstin irgendwann einsehen müssen. Noch immer wunderte es sie, wie sehr sich ein Mensch verändern konnte. Auch als sie jetzt klingelte und ihre

Mutter die Tür öffnete, wurde zuerst Jess ausgiebig von ihr begrüßt.

»Hast du noch Zeit für einen Tee?«, fragte ihre Mutter und küsste Kerstin flüchtig auf die Wange.

»Nein, ich muss los. Du weißt ja, wie ich es hasse, irgendwo zu spät zu kommen.«

»Wie dein Vater.« Waltraud Krumel sah Jess nach, der begeistert in die Wohnung sprang. »Dann bis nachher, Kind.«

Kerstin hatte das deutliche Gefühl, dass Jess ihrer Mutter wichtiger war als ihre eigene Tochter. Sie zuckte die Achseln, aber irgendwie war sie auch, wie schon so oft, etwas eigentümlich berührt. Rasch ging sie zum Auto und programmierte das Navi. Wenn es keinen Stau gab, würde sie überpünktlich in Sundern ankommen.

Der Vortrag fand in der Biologischen Station statt und es waren gut zwei Dutzend Menschen anwesend, die sich für das Thema interessierten. Kerstin setzte sich in die vierte Reihe neben ein junges Pärchen aus Dortmund.

»Ist doch toll, dass wir jetzt auch in Nordrhein-Westfalen Wölfe haben, nicht wahr?«, fragte die junge Frau und strahlte Kerstin an.

»Ja, finde ich auch total schön. Hoffentlich bekommen wir dann auch mal einen zu Gesicht.«

Der Vortrag der Wolfskennerin war informativ und ein leidenschaftliches Plädoyer für die vierbeinigen Neuzuwanderer.

»Haben Sie noch Fragen?«, schloss die Frau ihr Referat.

Einige Hände schossen in die Höhe und die Referentin gab sachkundig Auskunft. Dann hob Kerstin die Hand.

»Ich habe einen Hund, der überwiegend frei läuft. Wie verhalte ich mich, wenn wir eine Wolfsbegegnung haben?«

Die Dozentin winkte lässig ab. »Sobald wir Wölfe in NRW haben, müssen Sie Ihren Hund sowieso an die kurze Leine nehmen. Nur, wenn der Hund sich unmittelbar bei Ihnen befindet, ist er vor einem Angriff sicher.«

Kerstin war geschockt. »Heißt das, es wird eine Leinenpflicht in Nordrhein-Westfalen geben?«

»Ich bin nur eine Art Wolfsfürsprecherin, eine Leinenpflicht können wir nicht anordnen, auch wenn wir es gern täten. In anderen Bundesländern haben wir sie ja schon, in NRW wird sie auch bald kommen.« Sie wandte sich ab.

»Moment mal.« Kerstin hob ihre Stimme. »Die Rechte des Wolfes in allen Ehren, aber auch Hunde haben Rechte. Es ist nicht artgerecht, den Hund sein Leben lang an der Leine zu halten. Und schon gar nicht, wenn er gut erzogen ist.«

»Lassen Sie Ihren Hund doch im Park oder sonst wo frei laufen, im Wald sollte er an die Leine. Entfernt sich Ihr Hund von Ihnen, wird der Wolf ihn als Eindringling ansehen und angreifen, vielleicht auch töten.« Auch die Stimme der stämmigen Frau klang nun nicht mehr so freundlich.

Kerstin blinzelte entschlossen die roten Punkte vor ihren Augen weg. Irrsinnige Wut hatte sie gepackt, und der heiße Knoten in ihrem Solarplexus wuchs. Sie kämpfte um Beherrschung, und so kippte nur ihre Stimme eine Oktave ab, ansonsten wirkte sie kühl und gelassen. Die Naturschützerin gab einem anderen Zuhörer das Wort. Die roten Punkte vor Kerstins Augen wurden zu Schlieren. »Hallo, ich bin noch nicht fertig.« Ihre eigene Stimme klang fremd in ihren Ohren. Die Dozentin wandte sich ihr wieder zu, wirkte aber deutlich genervt.

»Wissen Sie, ich würde das Risiko eingehen, und meinen Hund weiter frei laufen lassen. Verkehr und Wildschweine sind für ihn auch ein Risiko, ich kann ihn ja nicht in Watte packen. Aber er soll artgerecht gehalten werden, daher ist es mir wichtig, dass er viel frei laufen darf.«

Die blonde Frau seufzte theatralisch. »Das ist ja wieder so typisch für die Hundebesitzer. Da rennt der Hund dann in den Wald, wird vom Wolf gerissen, der Wolf wird zum Problemwolf abgestempelt und getötet, und Sie, Sie sind daran schuld.«

Kerstin bemerkte nicht, dass alle Leute sie anstarrten und tuschelten. Sie hörte auch nicht, was andere Zuhörer zu dem Thema zu sagen hatten. Ihre Sinne waren plötzlich überscharf. Sie sah, dass das blonde Haar der leicht übergewichtigen Frau fein und flusig um ihr volles Gesicht hing. Sie nahm den abheilenden Pickel am Kinn wahr, die feuchten Lippen und die fanatischen hellen Augen. Sie roch die Ausdünstungen, den Schweiß der Frau bis zu ihrem Platz, darüber den Zitronenduft ihres Deos. Sie hörte den schnellen Atem und das raschelnde Geräusch, als ein Blatt Papier zu Boden segelte.

Christiane Markt, Wolfsreferentin aus Lüdenscheid, das stand in dem Programm, das die junge Frau neben ihr in der Hand hielt.

Kerstin stand auf und lächelte das Paar aus Dortmund an. Durch den roten Schleier vor ihren Augen konnte sie sie kaum erkennen. »Ich habe genug gehört«, sagte sie freundlich. »Jedem, wie er meint.« Mit einem Lächeln, das nur die Schneidezähne freigab, verließ sie den Vortragsraum. Auf dem Parkplatz warf sie ihren »Hallo Wolf«-Sticker samt dem Aufkleber, der für ihr Auto gedacht gewesen war, in den Abfall.

Christiane Markt verließ eine Stunde später die Biologische Station. Draußen verabschiedete sie sich von ein paar Leuten und ging zu ihrem Auto. Mittsommer war gerade vorüber und es war trotz der späten Stunde noch taghell. Kerstin folgte dem grünen Mini. Immer wieder wischte sie sich übers Gesicht, um die roten Schlieren vor ihren Augen zu vertreiben. Die heiße Wut jedoch war verraucht. Sie fühlte sich heiter und voller Vorfreude.

Die Wolfsreferentin fuhr zügig, aber da zu dieser Tageszeit nicht mehr allzu viel Verkehr war, verlor Kerstin sie nicht aus den Augen. Die B 229 führte sie durch eine waldreiche, wunderschöne Landschaft, aber Kerstin hatte keinen Blick für die Naturschönheiten. In Werdohl hielt der grüne Mini plötzlich an. Erleichtert erkannte Kerstin, dass Frau Markt sich nur an einem Imbiss ein paar Pommes holte.

Kurz vor Lüdenscheid bog der Mini auf eine kleine Landstraße ab, die Richtung Norden führte. Da hier niemand mehr unterwegs war, hielt Kerstin großen Abstand. Nach einer Viertelstunde stoppte die Frau an einem schiefergedeckten Haus und stieg aus. Rasch parkte Kerstin ihren Peugeot von Alleebäumen verdeckt auf dem Seitenstreifen.

Es dunkelte und im Haus ging Licht an. Kerstin umwickelte ihre Sneaker mit alten Lappen, die sie in ihrem unaufgeräumten Kofferraum fand, schlich sich heran und spähte vorsichtig durch die Fenster. Die Frau war allein. Auch gab es keinen Hund, nur eine getigerte Katze strich der Frau um die Beine. Natürlich kein Hund, dachte Kerstin und lächelte. Ihre Gedanken waren glasklar und sie fühlte nicht das Geringste, außer ein wenig durchaus anregende Anspannung.

Sie hörte es in der Küche rumoren. Dann ging die Terrassentür auf. Ein paar Hühner gackerten. »Habt ihr Hunger, meine Schönen?«, gurrte Christiane Markt.

Kerstin streichelte liebevoll den Knüppel, den sie abseits des Weges gefunden hatte. Ihre Hände wurden von Einmalhandschuhen aus dem Verbandskasten geschützt, von denen sie zur Vorsicht zwei Paar übereinander gezogen hatte. Lautlos schlich sie sich von hinten an.

Der erste Schlag traf die hochgewachsene Naturschützerin nur auf der Schulter. Sie brach schreiend in die Knie. Der zweite, gut gezielte Schlag zerschmetterte ihren Schädel. Kerstin lächelte strahlend auf die blutüberströmte Frau hinunter. »Ein Problemmensch weniger«, seufzte sie zufrieden. Dann sah sie an sich hinab. »Mist, schon wieder eine Hose ruiniert. Ich muss mir was anderes ausdenken, das wird langsam zu teuer. Ist ja echt eine Sauerei mit dem Blut.«

Bedauernd rieb sie an ihrer Jeans, aber da war nichts zu machen. Sie war voller Blut. »Verdammter Mist«, wiederholte sie, zog die Hose und die Handschuhe aus und steckte sie zusammen mit den Fußlappen in eine mitgebrachte Plastiktüte. Die Landstraße war nach wie vor wie leer gefegt, und so kam sie ohne Probleme zurück zu ihrem Auto. Wenn mich hier jemand nur so in Unterhose gesehen hätte, dachte sie und kicherte leise.

Aus dem Kofferraum nahm sie die Ersatzhose, die sie immer mit sich führte, um sich nach nassen Spaziergängen mit Jess zur Not umziehen zu können. Auch einen alten Pullover fand sie, sodass sie ihr T-Shirt, das Blut abbekommen hatte, ebenfalls ausziehen konnte. »Gut, dass mein Auto ein fahrbarer Kleiderschrank ist«, murmelte sie zufrieden.

Auf dem Heimweg fuhr sie am Hengsteysee vorbei, suchte sich eine ruhige, uneinsehbare Stelle, beschwerte die blutbesudelte Jeans und das T-Shirt mit Steinen und versenkte die Tüte im See. Den blutgetränkten Stock und die verschmutzten Lappen warf sie, ebenfalls um Steine gewickelt, hinterher.

Jess begrüßte sie begeistert, als sie kurz vor halb elf bei ihren Eltern ankam.

»Du bist spät dran«, meinte ihr Vater ein bisschen brummig von seinem Fernsehsessel aus.

»Der Vortrag war so spannend, da sind wir noch mit ein paar Leuten essen gegangen. Schlimm?« Sie drückte ihm einen Schmatz auf den Scheitel.

»Aber nein, Kind. Wir freuen uns doch, Jess hier zu haben«, sagte ihre Mutter und umarmte sie flüchtig. »Du siehst ein bisschen blass aus. Komm, setz dich doch. Willst du was trinken?«

Kerstin knuddelte Jess, der interessiert an ihr schnüffelte. »Nein, lass mal, Mama. Ich muss nach Hause. Tom wartet bestimmt schon.«

»Grüß ihn von uns. Und lasst euch bald mal wieder sehen.«

Kerstin küsste ihre Mutter auf die Wange. »Aber ja, Mama. Und danke, dass ihr Jess gehütet habt. Wir telefonieren morgen, ja? Ich bin doch ein bisschen müde.«

»Komm gut nach Hause, Schatz.«

Was für tolle Eltern ich doch habe, dachte sie auf der Heimfahrt. Dafür bin ich sehr dankbar.

In einer rasch eingerichteten Sonderkommission wurden dreißig Kriminalbeamte zusammengezogen, die in dem Fall der Wolfsreferentin ermittelten. Besonders die als extrem bekannten Wolfsgegner wurden ins Visier genommen, ohne Erfolg. Auch die Darstellung des Mordes in der Fernsehsendung »Aktenzeichen XY« blieb ohne Ergebnis. Zwar gab es eine Fülle von Hinweisen aus der Bevölkerung, doch keiner führte zum Ziel.

Frau Markt war zwar bei Wolfsgegnern verhasst gewesen, aber in ihrem persönlichen Umfeld und im Kreis der Naturschützer hatte sie sich allgemeiner Beliebtheit erfreut. Der Aktenberg wuchs im Laufe der Zeit auf nahezu achtzig Ordner an, aber nirgends fand sich ein Hinweis auf eine zierliche blonde Frau aus Bochum.

Kapitel 7

Kerstin war ausgesprochen guter Stimmung. Sie sorgte dafür, dass Tom am Wochenende weder eine Zeitung zu sehen bekam, noch die Nachrichten schauen konnte. Tom musste am Montag wieder abreisen, zu einem neuen Auftrag im Oman, daher kosteten sie jede Minute aus, die ihnen bis dahin zusammen blieb. Kerstin fühlte sich voller Energie und steckte Tom mit ihrer guten Laune an.

Am Montag kam ein Aufruf im Radio, dass sich alle Teilnehmer der »Hallo Wolf«-Veranstaltung in Sundern bei der Polizei melden sollten. Das hatte Kerstin nicht vor. Sie hatte niemandem ihren Namen genannt, nichts unterschrieben und auch keine näheren Bekanntschaften geschlossen. Kameras gab es dort nicht, so hoffte sie jedenfalls. Aber eigentlich hatte sie mit dieser Episode bereits abgeschlossen und verschwendete keinen Gedanken mehr daran. Es gab wahrlich Wichtigeres zu tun.

So erhielt sie am späten Vormittag einen Anruf ihrer Freundin. Sabrina hatte Darmkrebs und gerade zwei Zyklen einer adjuvanten Chemotherapie hinter sich.

»Ich muss am Mittwoch zur Besprechung«, berichtete sie. »Ach, Kerstin, kannst du da nicht mitgehen? Ich habe solche Angst.«

»Natürlich komme ich mit. Ich hole dich ab und wir fahren gemeinsam zu deinem Arzt.«

»Wenn du dabei bist, fühl ich mich einfach sicherer. Außerdem verstehst du mehr von diesen medizinischen Klamotten. So wie die Ärzte sich oft ausdrücken …«

»Gar kein Thema, so machen wir es.«

Am Mittwoch holte Kerstin ihre Freundin in Herne ab und sie fuhren gemeinsam ins Krankenhaus. In der onkologischen Ambulanz war es rappelvoll, und sie mussten fast zwei Stunden warten.

Kerstin tat alles, um ihre Freundin ein wenig aufzumuntern. Sie erzählte ihr lustige Geschichten aus ihrer Praxis, holte ihr Kaffee und hielt auch einfach ihre Hand.

»Ein Hund täte diesem Wartezimmer gut«, stellte sie fest. »In den USA ist das gerade in der Onkologie schon gang und gäbe. Selbst bei den Chemos sind oft Hunde dabei. Studien zeigen, dass das Stresslevel bei den Patienten enorm sinkt und sogar Nebenwirkungen der Chemo abgemildert werden können.«

»Die haben hier bestimmt Angst wegen der Infektionsgefahr«, meinte Sabrina.

Kerstin winkte ab. »Soweit ich weiß, ist nicht ein einziger Fall einer Infektion bekannt, die vom Hund verursacht worden wäre. Aber die Deutschen hinken mal wieder den Amerikanern hinterher.« Sie runzelte nachdenklich die Stirn. »Ich weiß nicht, wie das kommt, dass wir uns so weit von unseren Mitgeschöpfen entfernt haben. Wie viele Menschen fühlen nur Angst oder Ekel und wären am liebsten die einzigen Geschöpfe auf diesem Planeten.«

»Du und deine Hunde.« Sabrina schüttelte lächelnd den Kopf. »Aber du hast ja recht. Ich habe nicht so einen Draht zu Tieren wie du, aber ich würde trotzdem nicht auf die Idee kommen, ihnen etwas zuleide zu tun oder tierverrückte Menschen zu verurteilen oder zu belächeln.« Sie schaute sich um. »Und ich glaube, dass ein netter Hund, der hier herumläuft, mich schon etwas beruhigen könnte. Die ganze Stimmung wäre anders. Man könnte den Hund streicheln, es würden Gespräche mit anderen Patienten entstehen, die sich nicht um Krankheit drehen, und man würde nicht die ganze Zeit stocksteif auf diesen echt unbequemen Stühlen verharren.«

»Hunde waren meine erste große Liebe und werden meine letzte sein«, gab Kerstin zu.

»Wie in diesem Song, ›Music was my first love‹ von John Miles. Vielleicht kannst du ja auch einen Hit daraus machen. Ich glaube –«

»Frau Maurer, bitte Sprechzimmer zwei.«

Kerstin drückte Sabrinas Hand. »Komm, es wird alles gut.«

Sie gingen ins Sprechzimmer, wo ein Arzt in ihrem Alter sie mit einem kurzen »Guten Tag« begrüßte und mit einer lässigen Handbewegung aufforderte, vor seinem Schreibtisch Platz zu nehmen. Seinen Namen nannte er nicht, sein Namensschild am Kittel hing so ungünstig, dass es nicht zu lesen war, der Blickkontakt war äußerst kurz. Wie in vielen Kliniken war auch hier das Händeschütteln wegen der Infektionsgefahr abgeschafft worden. Und wie in noch mehr Kliniken hielt der Arzt durch die Barriere seines Schreibtisches auch optisch Abstand zu seinen Patienten.

Innerlich schüttelte Kerstin den Kopf. So viel zur Zugewandtheit von Ärzten, dachte sie. Ob sich das je ändern wird?

»Frau Maurer, Sie haben letzte Woche die zweite Chemotherapie beendet. Wie fühlen Sie sich?«

»Eigentlich ganz gut. Ich habe die Chemo recht gut vertragen.«

»Schön, schön.« Er schaute in seine Unterlagen. »Ultraschall und MRT wurden auch bereits gemacht, wie ich sehe.«

Sabrina griff nach ihrer Hand. Ihre war feucht von Schweiß.

»Ja, der Tumor hat gut auf die Chemo angesprochen. Wir können nun operieren.« Er blickte auf seinen PC. »Sagen wir am zweiten Juli?«

Sabrina nickte.

Zum ersten Mal sah der Arzt Sabrina wirklich an. »Dass der Tumor geschrumpft ist, ist erfreulich, aber ich muss Ihnen sagen, dass selbst mit einer Operation Ihre Prognose nicht sehr gut ist.«

Kerstin sah, wie ihre Freundin kalkweiß im Gesicht wurde. Gleichzeitig klammerte sie sich an ihrer Hand fest. Sie merkte, wie ihr Adrenalin hochschoss. Sie hatte sich fest vorgenommen, sich herauszuhalten und ihr aufbrausendes Temperament zu zügeln, aber nun konnte sie sich nicht mehr beherrschen.

»Wie können Sie so etwas sagen?«, fragte sie mit tiefer, etwas gepresster Stimme und beugte sich vor.

Der Arzt, der sie bisher vollkommen ignoriert hatte, wandte sich ihr zu. »Das müssen Sie schon mir überlassen.«

»Lernen Sie eigentlich an der Uni nichts über Patienten? Oder haben Sie die Psychologie-Seminare geschwänzt?« Jetzt redete sie sich in Rage. »Ihre Scheiß-Nocebos. Wissen Sie nicht, was Sie anrichten? Und kommen Sie mir nicht mit ›Ich sage nur die Wahrheit‹. Sie sind nicht Gott, Sie kennen die Wahrheit nicht. Sie kennen nur Statistiken, aber meine Freundin ist kein statistischer Wert. Sie wissen nichts über sie, kennen ihre individuellen Ressourcen nicht, ihre Widerstandskraft. Sie sind dafür da, ihr Hoffnung zu geben, selbst wenn Sie vielleicht selbst nicht daran glauben. Haben Sie noch nie von der ungeheuren Macht des Placebos gehört? Ist die ganze moderne Placebo-Forschung an Ihnen vorbeigegangen?« Sie war so wütend auf diesen ignoranten Arzt, dass sie ihm am liebsten an die Gurgel gegangen wäre. Ihre Hände öffneten und schlossen sich unwillkürlich.

»Kerstin, hör auf«, flüsterte Sabrina, doch über ihr angespanntes, weißes Gesicht lief ein erheitertes Lächeln.

Der Arzt stand auf. »Ich denke, es ist alles gesagt. Frau Maurer, ich sehe Sie am zweiten Juli.« Er wandte sich mit steinerner Miene wieder seinem Monitor zu. Sie waren entlassen.

Sabrina kicherte, als sie über die trostlosen, sterilen Gänge ins Freie gingen. »Dem hast du's aber gegeben.«

»Ist doch wahr. Du glaubst ihm hoffentlich nicht. Er kann es nicht wissen. Die OP wird dir Zeit verschaffen, und ich unterstütze dich zusätzlich mit alternativer Medizin. Wir fahren dein Immunsystem hoch, und dann wird dein Körper den Rest erledigen. In jedem von uns schlummern gewaltige Selbstheilungskräfte, du wirst es erleben.«

Spontan nahm Sabrina Kerstin in den Arm. »Ich bin so froh, dass du bei mir warst. Ja, dem Krebs werden wir's zeigen, ich werde wieder gesund, basta.«

»Auf jeden Fall. Es gibt so viel, was wir noch tun können. Sei erst mal froh, dass die Chemo den Tumor operabel gemacht hat, das ist doch schon mal ein super Ergebnis.«

»Das ist es.« Sabrina klang schon viel zuversichtlicher.

»Wollen wir noch irgendwo einen Cappuccino trinken oder ein Eis essen?«

Arm in Arm gingen die beiden Frauen zurück zum Auto, holten Jess ab und machten sich einen entspannten Nachmittag in einem Café am See.

Kapitel 8

Zwei Wochen später traf Kerstin sich mit Sandra und Maike samt deren Männern Jens und Klaus zum Spieleabend.

»Tom gondelt wieder in der Weltgeschichte herum?«, fragte Jens, ein immer gut gelaunter, schlanker Mann mit Glatze.

»Zurzeit im Oman.«

»Ach je, du Arme, wie lange wird er denn wegbleiben?«, frage Maike.

»Noch gut drei Wochen, schätze ich. Aber ist schon okay. Ich komm ja auch gut allein zurecht.«

»Also, ich könnte das nicht«, meinte Sandra und gab ihrem Klaus einen flüchtigen Kuss. »Aber für dich ist es bestimmt das Richtige, oder?«

Sie nickte und stellte die Spielfiguren auf. Jess ließ sich grunzend zu ihren Füßen nieder. »Mein anderer Mann ist ja da.« Sie streichelte Jess' lange Ohren.

Ohne ihren Hund würde sie tatsächlich nicht an den Spieleabenden teilnehmen. Mich gibt es nur mit Hund, sagte sie gern. Nachdem sich ihre Freunde daran gewöhnt hatten, dass sie und Jess zusammengehörten, war die Hundefrage nie mehr ein Thema gewesen. Jess gehörte einfach dazu.

»Aber bitte heute keine Diskussion über Wölfe«, bat Klaus. Er arbeitete in einem Betrieb für landwirtschaftliche Maschinen und sah diese Angelegenheit ziemlich kritisch. Daher war er schon öfters Opfer von ihren leidenschaftlichen Argumenten für den Wolf geworden.

Aber heute winkte Kerstin ab. »Ist kein Thema mehr für mich«, sagte sie.

»Wie das?«, fragte Klaus überrascht, und auch die anderen sahen sie fragend an.

»Ach, ich habe mich in letzter Zeit noch mal intensiv damit beschäftigt. Vielleicht hat Klaus ja doch in vielem recht.«

»Oh, es geschehen noch Zeichen und Wunder. Unsere Wolf-Lady ist meinen Argumenten zugänglich.«

»Das war eine einmalige Ausnahme, Klaus. Bilde dir bloß nichts darauf ein.« Lachend griff sie nach ihrer Apfelschorle. Zwar schielte sie etwas neidisch auf den guten Rotwein, den die anderen tranken, aber wenn sie noch Auto fahren musste, war Alkohol für sie tabu. Sie wollte auf keinen Fall einen anderen Menschen oder ein Tier gefährden, weil ihr Reaktionsvermögen durch ihre eigene Schuld eingeschränkt war.

»Ist da nicht letztens so eine Wolfs-Frau ermordet worden?«, fragte Maike. »Irgendwo im Sauerland oder so?«

»Ja, hab ich auch gelesen«, gab Sandra dazu. »War bestimmt so ein durchgeknallter Wolfshasser. Gibt ja genug von.«

»Nur gut, dass Kerstin sich zu uns, der dunklen Seite der Macht, gewandt hat«, scherzte Klaus, »sonst wäre sie vielleicht auch noch ein Opfer eines Schäfers geworden, dem der Wolf alle Schafe gemeuchelt hat.«

»Moment, ich habe nicht die Seiten gewechselt, aber ich bin einfach nicht mehr so euphorisch. Können wir vielleicht das Thema wechseln?«

»Komm zu mir, Kerstin. Ich. Bin. Dein. Vater.«, grollte Jens mit tiefer Stimme und imitierte Darth Vaders keuchenden Atem so echt, dass alle begeistert klatschten.

»Du hast den Beruf verfehlt, Jens. Warum bist du nicht Schauspieler geworden?«

»Was nicht ist, kann ja noch werden. Ich warte nur noch auf einen Anruf aus Hollywood. Aber was ist jetzt, wer ist dran?«

»Ich«, rief Maike und würfelte.

Später am Abend, als Kerstin zu ihrem Auto ging, tat ihr das Zwerchfell weh, so viel hatte sie in den letzten Stunden gelacht. Sie genoss diese lustigen Spieleabende mit ihren Freunden sehr. Aber noch schöner war es, wenn Tom mit dabei war.

»Aber ich habe ja dich, mein Junge, nicht wahr?«, sagte sie zu Jess, der mit seinen dunklen Augen vertrauensvoll zu ihr aufblickte. »Du bist mein Allerallerbester.«

Am nächsten Morgen ging sie ausgiebig mit Jess im Wald spazieren, und zu ihrer Freude trafen sie niemanden. Die Morgenspaziergänge waren ihr heilig. Sie allein mit ihrem Hund in der Natur, für sie konnte es kaum etwas Schöneres geben. Auf die meisten Menschen konnte sie wahrlich verzichten, auch wenn sie einem Plausch mit netten Hundehaltern nicht abgeneigt war. Aber alles zu seiner Zeit und nicht am frühen Morgen.

Um zehn öffnete sie die Praxis. Ihre erste Patientin an diesem Tag war eine gepflegte Frau von etwa fünfzig Jahren. Sie kam zum ersten Mal.

»Sie sind mir von einer Bekannten empfohlen worden«, begann sie. »Die Bekannte hatte auch solche Probleme mit der Menopause und Sie konnten ihr gut helfen. Ich schwitze ganz furchtbar und oft in den unmöglichsten Situationen. Ich habe viel mit Kunden zu tun, und das ist mir mehr als unangenehm.«

»Haben Sie noch weitere Beschwerden?«, fragte Kerstin freundlich und sah die Patientin offen an.

»Stimmungsschwankungen. Mein Mann reicht bestimmt bald die Scheidung ein.« Die Frau lächelte ein bisschen gepresst. »Ich bin oft übernervös und gereizt.«

»Nehmen Sie Hormone?«

»Ich habe zwei Jahre eine Hormonersatztherapie gemacht, aber man hört ja so viel über die Risiken, daher habe ich sie abgebrochen, und sofort waren alle Beschwerden wieder da. Wir Frauen sind ja damit wirklich geschlagen.«

»Das stimmt allerdings«, gab Kerstin zu.

Sie führte eine gründliche Anamnese durch. Die anfangs etwas zurückhaltende und kühl wirkende Frau taute unter ihren ruhigen Fragen nach und nach auf.

Unbemerkt hatte sich Jess, der fast unsichtbar unter dem Tisch gelegen hatte, erhoben und ging mit einem vorsichtigen Schwanzwedeln auf die Patientin zu.

»Nein, Jess. Komm her«, befahl ihm Kerstin.

Die Patientin winkte ab. »Lassen Sie ihn. Ich liebe Hunde. Komm her, mein Junge«, lockte sie ihn. Und während sie Kerstin nun auch sehr intime Dinge erzählte, die sie bedrückten, streichelte sie ausdauernd den braunen Rüden, der sich ganz begeistert über die Zuwendung an sie schmiegte.

Kerstin hatte etwas Bedenken wegen der Hundehaare auf der teuren Kleidung, aber die Anwesenheit des Hundes tat der Patientin augenscheinlich so gut, dass sie lieber keine Bemerkung darüber machte.

Am Ende der Sitzung schrieb sie Frau Hagenkorn ein Rezept aus. »Damit sollten Ihre Beschwerden zurückgehen. Rufen Sie an, wenn Sie einen Folgetermin möchten.«

»Auf jeden Fall möchte ich einen weiteren Termin, Frau Krumel. Ich muss Ihnen sagen, ich habe mich noch nie so gut verstanden gefühlt wie bei ihnen. Und wie viel Zeit Sie sich nehmen, das kann sich doch finanziell für Sie überhaupt nicht lohnen.«

»Ich komme schon über die Runden.« Kerstin lachte. »Und ich liebe meinen Beruf. Für mich ist es das Schönste, anderen Menschen helfen zu können.«

Frau Hagenkorn streichelte Jess noch einmal sanft über den Kopf. »So ein schöner Junge bist du«, murmelte sie.

Kerstin sah ihr vom Fenster aus nach, wie sie die Haustür schloss und schnellen Schrittes zu ihrem Auto ging. Eine sehr nette Frau, dachte sie. Sie war gehobener Stimmung und musste über sich selbst lachen. Komplimente verfehlten eben auch bei ihr nicht die Wirkung. Und wenn jemand dann noch ihren Hund mochte …

Bevor der nächste Patient kam, hatte sie noch eine Viertelstunde Zeit. Sie ging zu einem Schränkchen und zog die oberste Schublade heraus. Gedankenvoll betrachtete sie die verschiedenen Pflanzenauszüge, mit denen sie seit Kurzem experimentierte, und berührte vorsichtig einige exotische Pflanzenteile, von denen sie einige im Botanischen Garten stibitzt hatte oder sich von Freunden von Fernreisen hatte mitbringen lassen.

»Ich muss hier mal aufräumen«, sagte sie zu sich selbst. »Das mache ich in den nächsten Tagen.«

Sie hatte gerade ein Tütchen in die Hand genommen, als es klingelte. Rasch schob sie die Schublade zu. »Dann machen wir mal weiter, was Jess?«

Mit einem Lächeln begrüßte sie die Mutter der kleinen Lena. Das Mädchen war bereits zu Jess gerannt und ließ sich von ihm das Gesicht abschlecken.

»Jess!«, mahnte sie streng.

»Ach, lassen Sie ihn. Das wird ihr schon nicht schaden, und sie liebt ihn doch so sehr.«

Kerstin fand, dass sie viel Glück mit den allermeisten ihrer Patienten hatte. Sie alle mochten Jess und profitierten von seiner Anwesenheit. Jess war eigentlich wirklich ein sehr wertvoller Mitarbeiter. Dass es Menschen gab, die Hunde nicht mochten … Für sie war das unvorstellbar.

Kapitel 9

Inzwischen war es Spätsommer, und viele Äcker waren bereits abgeerntet. Nur der Mais stand noch. Es würde sicher eine zweite Heu- oder Silageernte geben.

Am späten Nachmittag machte sie mit Jess eine kleine Runde über die Felder. Jess war ein begeisterter Mäusefänger, daher liebte er diese Spazierrunde, denn hier konnte er seiner Passion nachgehen. Minutenlang beobachtete der Hund die Bewegungen am grasbewachsenen Randstreifen, um sich plötzlich mit einem gewaltigen Sprung auf eine unvorsichtige Maus zu stürzen.

Kerstin taten die Mäuse leid, aber sie war froh, dass Jess seinen Jagdtrieb hauptsächlich auf die kleinen Nager beschränkte. Auf diesen speziellen Spazierwegen kamen sie nur langsam vorwärts, da Jess ausschließlich Mäuse im Kopf hatte. Kerstin machte das nichts aus, Hauptsache, ihr Hund war glücklich. Da weit und breit kein Bauer in Sicht war, erlaubte sie ihm, auf einem Stoppelfeld nach Mäusen zu suchen, wo er aufgeregt er hin und her flitzte, um dann wieder einige Minuten ein Mauseloch zu belauern.

Kerstin hob ihr Gesicht der Spätsommersonne entgegen und genoss die angenehme, milde Wärme. In Gedanken versunken überhörte sie erst das Nahen des Treckers, und als sie aufblickte, war der Bauer schon nahe heran. Mit vor Wut rotem Gesicht gestikulierte er wild und lenkte das Fahrzeug von dem schmalen Schotterweg aufs Stoppelfeld.

»Jess!«, rief sie panisch. »Jess, komm her!« Aber Jess war auf sein Mauseloch konzentriert und hörte nichts. »Jeeeeess!«, brüllte sie.

Endlich sah der Hund auf. Der Trecker hielt genau auf ihn zu. Kerstin erkannte, dass der Bauer nicht die Absicht hatte, die Geschwindigkeit zu verringern. Jess ergriff die Flucht, den Trecker immer dicht hinter sich.

Kerstin rannte auf das Feld. Es gelang ihr, Jess am Halsband zu packen und zu sich heranzuziehen.

Der Trecker kam zum Stehen. »Ich mache Ihren Hund platt, wenn der auf meinem Feld ist!«, schrie der Bauer wie von Sinnen. »Das ist Privatbesitz.«

»Haben Sie nicht alle Tassen im Schrank?«, schrie Kerstin zurück. Ihr Herz klopfte noch immer wild.

Der Bauer, der sich als kleiner, o-beiniger Mann entpuppte, stieg vom Trecker und stapfte wütend auf sie zu. »Das nächste Mal ist der Köter dran!«, brüllte er und baute sich vor ihr auf.

»Sie können doch nicht meinen Hund einfach überfahren. Ihr Feld ist doch längst abgeerntet.«

»Ihr Scheißhundebesitzer! Bleibt doch verdammt noch mal auf den Wegen mit euren Kötern! Und nehmt sie gefälligst an die Leine. Hier ist eh Leinenzwang. Die Felder sind mein Besitz. Ich lasse ja auch nicht meine Kühe in Ihren Garten.«

Das Gesicht des Bauern verschwamm vor ihren Augen. Stattdessen tanzten dort rote Schlieren. Sie hatte das Gefühl, ein Déjà-vu zu haben. Musste sie diese Szenen denn wieder und wieder erleben? Was war nur los mit manchen Menschen? Warum hassten sie Hunde so sehr?

Der Knoten in ihrem Magen löste sich, ihr Blick wurde sehr klar. Sie sah die dunklen, kleinen Augen, die großporige Haut, das schüttere Haar. Sie roch seinen schalen Atem und den Schweißgeruch seiner Kleidung. Sie kannte den Bauern und auch seinen Ruf, den er unter Hundehaltern hatte, aber so nah war sie ihm noch nie gekommen.

»Ihre Kühe sehen doch eh nie das Tageslicht«, antwortete sie leise und sehr beherrscht. Der Ärger verflog, machte einer fast euphorischen Stimmung Platz. Sie musste unwillkürlich lächeln. Der Bauer machte noch einen drohenden Schritt auf sie zu, und Jess knurrte trotz seiner Angst vor lauten Männern.

Beruhigend legte sie ihm eine Hand auf den Kopf. »Komm, Jess, wir gehen.«

»Das nächste Mal fahre ich ihn platt!«, schrie der Bauer hinter ihr her.

Kerstin führte den zitternden Jess zurück auf den Weg.

»Was war los?«, fragte eine Frau mit einem kleinen, flockigen weißen Hund besorgt, die auf dem Weg stand.

Kerstin winkte ab. »Ach, nichts weiter. Der Bauer hat sich mal wieder aufgeregt, weil mein Hund auf dem Stoppelacker nach Mäusen suchte.«

»Der Kerl ist gemeingefährlich. Passen Sie da bloß auf. Der hält sogar mit seinem Trecker auf die Hunde drauf, habe ich gehört. Und dem Herrchen von Lana hat er den Jäger auf den Hals gehetzt. Hat behauptet, der Hund würde wildern, dabei ist die Lana gar nicht an Wild interessiert.«

Kerstin zuckte die Achseln. »Echt unangenehm, dieser Mensch. Wo hat er denn eigentlich seinen Hof?«

»Ach, gleich da vorne. Sehen Sie das rote Haus? Da vorbei und dann vielleicht noch einen Kilometer. Der hat sogar einen Hofladen, aber ich kaufe da nichts, schon aus Prinzip.« Zornig presste die Frau die Lippen zusammen.

»Nee, würde ich auch nicht bei so einem Hundehasser. Ich kann ja verstehen, dass er sich aufregt, wenn die Hunde auf die Heuwiese kacken. Muss ja auch wirklich nicht sein. Aber dieser Acker ist abgeerntet.«

Jess hatte sich beruhigt und schnüffelte interessiert an den Ohren der kleinen Hündin.

»Ich muss los«, verabschiedete sich Kerstin. »Noch einen schönen Abend.«

»Ihnen auch. Und nicht zu viel ärgern.«

Kerstin lächelte herzlich. »Nein, mache ich nicht.« Sie winkte noch mal kurz, beobachte, wie der grüne Traktor auf ein anderes Feld fuhr, und ging langsam und in Gedanken versunken mit Jess nach Hause.

»Da bist du ja schon wieder«, begrüßte Tom sie. Er schaute in ihr blasses Gesicht. »Ist was passiert?«

»Nö, nichts weiter. Aber es war mir heute Nachmittag zu voll. Total viele Radfahrer.«

»Soll ich uns was Schönes kochen?«

»Das wäre toll. Ich weiß schon, warum ich dich genommen habe.« Sie richtete Jess' Futter und stellte es ihm hin. »Soll ich dir beim Schnipseln helfen?«

»Nein, Prinzessin, lass dich von mir verwöhnen. Setz dich noch ein bisschen auf die Terrasse und genieß die Sonne. Wer weiß, wie lange die schönen Tage noch andauern.«

Kerstin seufzte. »Das mache ich. Du bist der Beste.« Sie gab ihm einen Kuss auf die Wange.

»Weiß ich doch«, winkte er ab.

Kapitel 10

Am nächsten Tag blieb Kerstin länger in der Praxis. Sie öffnete die oberste Schublade ihres Schränkchens wieder und holte einige Samen des Wunderbaums hervor. Nachdenklich betrachtete sie die zeckenähnlich aussehenden dunklen Körner. Sie hatte sie vor Kurzem im Botanischen Garten mitgehen lassen, warum, wusste sie eigentlich nicht. Es war ein unwiderstehlicher Drang gewesen, die Hand auszustrecken und die Samen abzuknipsen.

Sie zog sich Einmalhandschuhe an und legte ein Plastiktuch über einen kleinen Tisch. Chemie war ihr Lieblingsfach in der Schule gewesen, daher wusste sie ziemlich genau, was sie tun musste. Das Internet war ihr eine zusätzliche Hilfe.

Das Rizin in den Samen der Rizinuspflanze galt als eines der stärksten Gifte weltweit. Kerstin gewann durch Extrahieren eine winzige Menge davon, die sie in eine Spritze aufzog. Skeptisch betrachtete sie die Flüssigkeit. Ob das ausreichte? Sie zuckte die Achseln. Nun ja, wir werden sehen.

Sie setzte eine kurze, dünne Nadel auf die Spritze und verstaute das Gift in ihrer Umhängetasche. »Komm, Jessy, ab nach Hause.«

Abends hatte sie sich mit Tom eine DVD angeschaut und in der Nacht ruhig und nahezu traumlos geschlafen. Am Morgen nahm sie nicht den Weg in den Wald, sondern ging Richtung Felder. Zu dieser Jahreszeit waren die Bauern beinahe Tag und Nacht im Einsatz, um ihre Felder abzuernten. Von überall her hörte sie das Knattern der Traktoren.

»Wir müssen sehen, dass wir den Blödmann allein erwischen«, erklärte sie ihrem Hund. Der Rüde wedelte sie an, und sie streichelte ihm über den Kopf. »Ich hab dich sehr lieb, weißt du das?«

Jess schleckte ihre Hand ab. Sie hockte sich hin und küsste ihn auf die braune Stirn. Zum Dank leckte er ihr übers Ohr und hopste davon. Sie lachte. So ein Charmeur.

Sie suchte mit den Augen die Felder ab, konnte aber diesen speziellen Bauern nicht finden. Mehrere Male glaubte sie, den grünen Trecker zu erkennen, aber die Fahrzeuge waren einfach zu weit weg, und je weiter der Vormittag fortschritt, umso mehr Menschen waren unterwegs. Sie ärgerte sich und merkte, wie Ungeduld in ihr hochstieg. Die Spritze in ihrer Jacke schien zu brennen, wenn sie sie berührte. Sie stellte sich vor, wie die Nadel in das Fleisch dieses Fieslings eindrang und die winzige Menge Rizin sich auf den Weg durch die Blutbahn machte. Lächelnd schüttelte sie den Kopf. Dann atmete sie ein paar Mal tief durch, um sich zu beruhigen.

»Versuchen wir es später noch mal, was Junge? Er läuft uns ja nicht weg.«

Sie folgten dem Wirtschaftsweg und kehrten durch den Wald nach Hause zurück. Anschließend hatte Kerstin den ganzen Tag Praxisdienst, und am Abend schloss Tom sich ihr zum Spaziergang an. Das war ihr zwar nicht recht, aber wie hätte sie ihn auch davon abhalten sollen?

Erst zwei Tage später ergab sich eine Gelegenheit. Sie kam spät aus der Praxis, und es war schon kurz vor halb acht, als sie Jess an die Leine nahm und durch die Siedlung Richtung Felder spazierte. Tom war mit seinem Freund unterwegs und wäre sicherlich erst nach elf zurück.

Zu dieser Tageszeit waren alle Hundehalter bereits zu Hause, und auch die Jogger und Radfahrer saßen beim Abendbrot. Zu ihrer Freude hörte sie jedoch Treckerlärm. Zumindest einer der Bauern arbeitete also noch.

»Komm, Jess, vielleicht haben wir Glück.« Und wirklich, direkt neben dem Stoppelfeld, auf dem der Bauer sie bedroht hatte, pflügte ein Landwirt den Acker um. »Er ist es«, flüsterte sie begeistert. »So, jetzt bist du dran.«

Sie rannte mit Jess über das Feld auf den Trecker zu, rammte ihre Beine in den Boden und brachte das Gefährt mit erhobenen Händen zum Stehen.

»Sind Sie verrückt geworden?«, schrie der Bauer sie an.

»Vielleicht hat er gar nicht so unrecht, was Jessy?« Fast hätte sie aufgelacht, aber sie konnte es sich noch so eben verbeißen. Stattdessen hob sie die Stimme. »Ich muss noch mal mit Ihnen sprechen.«

»Aber ich nicht mit Ihnen. Runter von meinem Besitz. Sofort!« Er legte drohend den Gang ein, fuhr an. Kerstin blieb in stoischer Gelassenheit stehen, während der Bauer mit hochrotem Gesicht auf sie zu tuckerte.

Ah, Bluthochdruck, fantastisch, dachte sie und ließ den Bauern nicht aus den Augen. Das macht es einfacher!

Mit einem würgenden Geräusch kam das Fahrzeug wenige Zentimeter vor ihr zum Stehen. Wutentbrannt sprang der Bauer vom Trecker und stapfte ein weiteres Mal auf sie zu. »Vollkommen plemplem oder was?«, brüllte er sie an.

»Plemplem sind ja wohl Sie«, reizte sie ihn. Sie fühlte sich großartig.

Er griff wütend nach ihr, und sie nutzte die Gelegenheit zu einer blitzschnellen Bewegung. Er musste den kurzen, stechenden Schmerz im Oberschenkel spüren, auch wenn er die Ursache nicht erkannte. Wütend stieß er sie von sich und schaute an sich hinunter. Aber da war nichts zu sehen.

Kerstin war rückwärts gestolpert, konnte sich aber im letzten Moment fangen. Die Spritze war längst wieder in ihrer Jackentasche.

»Hauen Sie ab oder ich rufe die Polizei!«, schnauzte der Bauer und rieb seinen Oberschenkel.

»Ich wollte nur in Ruhe mit Ihnen reden, aber das scheint ja nicht möglich zu sein.« Kerstin nahm Jess am Halsband. »Wünsche noch ein gutes Leben.«

Als sie den Wirtschaftsweg erreichte, schaute sie zurück. Der Bauer war auf seinen Trecker geklettert. Im Abendlicht konnte sie erkennen, dass er sich mehrmals über die Stirn fuhr.

Tja, mein Lieber, dachte sie erfreut, das ist erst der Anfang. Noch ein paar Stunden, und du bekommst richtig schön Fieber, und dann versagt nach und nach dein Kreislauf. Wenn du Glück hast, bist du morgen tot, sonst aber spätestens in drei oder vier Tagen. Und das Schöne ist, es gibt kein Gegenmittel.

Sorgsam setzte sie die Hülle wieder auf die Kanüle und entsorgte die Spritze an nächsten Tag vorschriftsmäßig mit ihrem Praxismüll.

»Hast du gehört, dass der Bauer tot ist?«, fragte eine Hundebekannte eine Woche später.

»Welcher Bauer?« Kerstin sah Jess und seinem Retrieverkumpel Balou zu, die über ein abgeerntetes Feld tobten und sich freundschaftlich rauften.

»Na, dieser Hundehasser. Der, der mit dem Trecker hinter den Hunden hergefahren ist. Du weißt schon.«

»Ach der. Na, irgendwie nicht schade um ihn. Bestimmt Herzinfarkt, oder? Das würde passen.«

»Ich habe nur gehört, dass er an Herzversagen gestorben sein soll. So, wie er sich immer aufgeregt hat, ist es ja kein Wunder.«

»Irgendwie hassen uns alle, oder? Bauern, Jäger, Naturschützer, Fahrradfahrer, Jogger … Das Motto ›Leben und leben lassen‹ scheint keiner mehr zu kennen. Ist schon schade. Kann einem fast die Hundehaltung vergraulen.« Kerstin seufzte. »Das ist doch wirklich so schade«, wiederholte sie.

»Stimmt, vor allem hier gehe ich nur noch sehr ungern her. Man wird einfach zu oft blöd angequatscht. Aber immer mit dem Auto rauszufahren, um ruhigere Ecken zu finden, ist doch irgendwie auch zu aufwendig.«

»Wenn jeder etwas Rücksicht nehmen würde und ein wenig toleranter wäre, könnten alle zufrieden spazieren gehen.« Sie pfiff nach Jess, der hechelnd zu ihr kam. »Gehst du noch ein Stück mit bis zum Bach?«

»Klar, da können die Hunde schön zusammen rennen. Dann ist Balou gleich zu Hause richtig müde.«

Einträchtig gingen die beiden Frauen mit ihren Hunden bis zum Bach und ließen die Vierbeiner planschen. Selbst Jess vergaß im Spiel mit Balou, dass er Wasser eigentlich nicht besonders mochte.

Kerstin hatte die Arme auf die hölzerne Brüstung der kleinen Brücke gelehnt. Sie dachte an den Fahrradfahrer, den Jäger, die Wolfsfrau und den Bauern. Wie gut, dass diese Menschen nicht mehr auf der wunderschönen Erde wandelten. Sie waren überflüssig wie Zecken. Lästlinge, genau wie Zecken. Ja, der Vergleich gefiel ihr. Und was machte man mit Zecken? Man entfernte sie und sorgte dafür, dass sie kein Unheil mehr anrichten konnten. »Lästlinge«, murmelte sie fröhlich.

»Hm?«, fragte Balous Frauchen.

»Ach nichts, alles gut, ich war nur in Gedanken.« Kerstin warf den Hunden Leckerli hinunter ins Wasser und schaute zu, wie sie sie begeistert aus der Strömung fischten.

Kapitel 11

Kerstins vierzigster Geburtstag stand an. Tom hatte die Planung übernommen. Er mietete einen Saal, heuerte eine Kapelle an und schrieb die Einladungen.

»Hundertzwanzig Gäste? Bist du verrückt?« Kerstin wedelte mit der Gästeliste.

»Was kann ich dafür, dass du so viele Freunde und Bekannte hast? Und dann noch deine und meine Familie, ein paar langjährige Patienten von dir und auch ein paar enge Freunde von mir, da sind die hundertzwanzig rasch erreicht.«

»Hätten wir nicht irgendwohin fahren können und alleine feiern?« Kerstin hasste große Veranstaltungen und hasste es, im Mittelpunkt zu stehen, und hasste es, in diesem Rahmen zu feiern. Lieber hätte sie mit einigen Freunden und den Hunden irgendwo auf dem Land ihren Geburtstag begangen.

»Man wird nur einmal vierzig, Krümel«, erwiderte Tom streng. »Ich weiß, wovon ich rede.«

Toms vierzigster Geburtstag lag bereits vier Jahre zurück. Ergeben zuckte sie mit den Achseln. »Aber Jess ist auch dabei.«

»Selbstverständlich. Ich würde doch nichts ohne Jess planen.« Tom gab sich echauffiert. »Wir bauen ihm irgendwo im Saal einen Unterschlupf, sodass er sich zurückziehen kann, wenn der Trubel ihm zu viel wird.« Er blickte auf den schlafenden Rüden, der im Traum mit den Beinen zuckte und ein leises Knurren von sich gab. »Er ist mal wieder auf Hasenjagd«, kommentierte er und lächelte.

»Süß, nicht?« Kerstin sah liebevoll auf ihren vierbeinigen Gefährten. »Er ist das Beste, was mir passieren konnte.«

»Wie, und ich?«

»Du bist das Allerbeste, das weißt du doch«, sagte sie schnell.

Tom runzelte die Stirn, und sie fand, dass er ein wenig unsicher aussah. Vielleicht hatte er dazu auch Grund, das musste sie zugeben. Sie hatte sich seit ihrer Jugendzeit mehr als einmal von einem Partner getrennt, weil er sie vor die Wahl gestellt hatte – ›der Hund oder ich‹. Aber Tom lächelte schon wieder und strich ihr zart über die Wange. Seine Stirn blieb allerdings ein wenig gekraust.

»Woran denkst du?«, fragte sie.

Er schüttelte den Kopf. »An nichts Besonderes. Was ist nun, sollen wir Kurt und Conny auch einladen oder lieber nicht?«

»Und wenn die sich wieder den ganzen Abend streiten?«

»Da hast du recht.« Er machte einen Strich auf seiner Liste. »Das ist wirklich nur schwer auszuhalten.«

Und außerdem mögen sie keine Tiere, dachte Kerstin, und damit scheiden sie eh aus. Aber das sagte sie nicht laut. So gern Tom ihren Jess hatte, so weit würde sein Verständnis nicht gehen.

»Und Sabrina? Wie geht es ihr inzwischen?«

»Erstaunlich gut. Seitdem sie neben der Schulmedizin auch komplementäre Behandlungsmöglichkeiten wahrnimmt, ist sie sehr stabil.«

»Das freut mich. Also Sabrina und Jo.« Er machte einen Haken auf der Liste.

»Aber schenk mir nichts, Tom. Lass uns lieber von dem Geld noch ein paar Tage nach meinem Geburtstag wegfahren. Vielleicht an die See, das wär doch schön.«

»Ich schau nachher mal im Internet nach einer Unterkunft. Aber erst mal muss ich noch ein paar andere Dinge erledigen.«

Kerstin musste über seine Emsigkeit lächeln. Er war der geborene Organisator und nun voll und ganz in seinem Element. Auch wenn ihr die große Feier gar nicht passte, ließ sie ihn machen, um ihm nicht die Freude zu verderben. Und vielleicht würde es ja auch ganz lustig.

Am Morgen ihres Geburtstags weckte Tom sie mit Frühstück am Bett. Zusammen frühstückten sie ausgiebig und machten dann einen langen Hundespaziergang.

»Ist denn alles vorbereitet für heute Abend?«, fragte Kerstin.

»Ja, alles klar. Ich hab alles im Griff.«

»Wann geht es denn los?«

»Um sechs. Gut, dass heute Freitag ist, da müssen wir nicht auf das Ende schielen, weil morgen alle arbeiten müssen.«

»Nur ich«, bemerkte Kerstin schmunzelnd.

Tom blieb stehen. »Sag nicht, du hast morgen Patiententermine.«

»Nur einen. Ich konnte nicht Nein sagen, das ist eine arme Socke, wirklich.«

»Meine Güte, Kerstin. Du hast ein zu großes Herz. Hoffentlich ist der nicht gleich um acht.«

»Nein, nein, erst um zwölf. So klug war ich dann doch.«

Tom nahm ihre Hand und drehte sie zu sich. »Kerstin, wir sind jetzt fast sechs Jahre zusammen, und es klappt doch gut mit uns, oder?«

Kerstin nickte. Sein plötzlicher Ernst machte ihr ein mulmiges Gefühl. Ihr Herz schlug unangenehm schnell. Auch Jess merkte, dass etwas in der Luft lag, unterbrach seine Schnüffeltour und kam zu ihnen gelaufen.

»Krümel … Kerstin, willst du mich heiraten?«

Die ehrliche Antwort wäre ein entschiedenes Nein gewesen. Sie brauchte keinen Trauschein, ihr Zusammenleben gefiel ihr so, wie es war. Der Gedanke an eine Hochzeit machte ihr Angst. Aber sie wusste auch sehr genau, wie wichtig es Tom war. So unterdrückte sie ein Seufzen und blickte ihm in sein etwas besorgt aussehendes Gesicht.

»Natürlich will ich das. Ich liebe dich, Tom Hallweg.« Zumindest der zweite Teil war ehrlich gemeint. Zärtlich strich sie über seine glatt rasierte Wange und unterdrückte energisch ihre spontanen Fluchtgedanken.

»Puh.« Tom ließ die angehaltene Luft entweichen. »Ich war mir nicht sicher, ob du Ja sagen würdest.« Plötzlich lachte er wie ein kleiner Junge, packte sie und wirbelte sie begeistert herum. »Ich bin so glücklich!«, schrie er in den Wald.

Jess begann vor Aufregung zu bellen und sprang ihn an. Tom beugte sich zu ihm hinunter. »Klar, dich heirate ich gleich mit, Jessy Boy.« Dafür bekam er einen dicken Schmatz mit viel Hundespucke.

Unter tobendem Applaus gab Tom am Abend auf der Feier ihre bevorstehende Hochzeit bekannt. Kerstin versuchte, so begeistert auszusehen wie er. Sie würde ein paar Tage brauchen, sich an den Gedanken zu gewöhnen. Wenn sie es überhaupt je könnte.

»Endlich haben wir dich unter der Haube«, sagte ihr Vater und meinte es nur halb im Scherz. »Soll ich dich zum Altar führen?«

Lachend winkte Kerstin ab. »Nein, Papa, vielen Dank, aber es wird nur eine standesamtliche Zeremonie geben. Außerdem bin ich ein bisschen alt, um von meinem Vater einem anderen Mann übergeben zu werden, oder?«

»Recht hast du, Kind«, sagte ihre Mutter schmunzelnd. »Sag mal, sollen wir mit Jess eine kleine Runde machen? Er muss doch bestimmt mal raus.«

»Ach, das wäre toll, Mama.«

»Wir nehmen ihn dann mit zu uns, okay? Dieser Krach ist doch nichts für ihn. Und für unsere nicht mehr ganz so jungen Ohren auch nicht.«

»Ihr wollt schon gehen?« Ein bisschen beneidete Kerstin ihre Eltern. Gern hätte sie sich auch verkrümelt, aber das war natürlich nicht machbar.

Ihre Mutter deutete mit dem Kopf auf ihren Vater. »Du kennst ihn doch. Ihm wird es schnell zu viel. Aber wir haben lecker gegessen und auch das Tanzbein geschwungen, nun überlassen wir euch jungen Leuten das Feld.«

»So jung auch nicht mehr«, seufzte Kerstin.

»Ach, vierzig, mein Schatz, das ist doch kein Alter. Das ganze Leben steht dir noch offen. Ich bin sehr stolz auf dich, Krümel.«

»Jetzt fang du auch noch mit diesem ›Krümel‹ an, Mama«, beschwerte sich Kerstin.

Ihre Mutter lachte. »Alles Liebe zum Geburtstag, mein Engel. Besser?«

»Hm.«

»Wann soll denn die Hochzeit sein?«

»Darüber haben wir noch nicht gesprochen. Ich schätze mal, im Frühling.«

Ihre Mutter streichelte ihr über die Wange. »Tom ist ein guter Mann. Ich bin sehr froh. Es ist gut, jemand Verlässlichen an seiner Seite zu haben.«

»Weiß ich doch, Mama. Ich liebe Tom, und wenn ihm so viel daran liegt.« Es klang resignierter, als sie es beabsichtigt hatte. Ihre Mutter schüttelte leicht irritiert den Kopf. Wie so oft konnte sie ihre Tochter nur schwer verstehen.

Kerstin sah zu, wie ihre Mutter ihren Vater einsammelte, der mit Werner, ihrem zukünftigen Schwiegerpapa zusammenstand, über Politik debattierte und sich dabei furchtbar aufregte. Waltraud hakte sich bei ihm unter, und gemeinsam lockten sie Jess, der sich vor den vielen Menschen und der lauten Musik lieber in seine Höhle verkrochen hatte. Nur zu gern schien er mit ihnen zu gehen, auch wenn er sich nach ihr umblickte. Ich wollte, ich könnte mit euch gehen, dachte Kerstin und seufzte zum wiederholten Male.

»Deine Eltern gehen schon?« Tom stand hinter ihr und legte einen Arm um sie.

»Sie sind ja nicht mehr die Jüngsten. Sie nehmen Jess mit.«

»Tanzt du mit mir, Frau Krumel?« Er streckte die Hand aus.

»Sehr gern, Herr Hallweg.« Sie legte ihre Hand geziert auf seine, und er führte sie galant zur Tanzfläche, die bereits voller Paare war.

»Du siehst übrigens wunderschön aus«, flüsterte er und betrachtete sie bewundernd.

»Ja, mal keine alten Hundeklamotten, hm? Auch aus einem Aschenputtel lässt sich was machen.«

»Wohl gesprochen«, sagte er mit ernster Miene.

Sie knuffte ihn in die Rippen, und zur Antwort küsste er sie. Kerstin legte die Arme um ihn, und sie bewegten sich zu einem Schmusesong aus den Achtzigerjahren im Takt der Musik.

Kapitel 12

Kerstin und Tom heirateten am dreiundzwanzigsten Februar. Es war ein kalter, verregneter Tag, aber das tat der Stimmung keinen Abbruch. Jess war natürlich bei der Zeremonie anwesend, saß brav neben Kerstin und schaute seine beiden Zweibeiner mit großen Hundeaugen zu. Kerstin hatte sich inzwischen an den Gedanken gewöhnt, zu heiraten, und konnte daher ebenfalls den Tag genießen.

Nach der Hochzeit flogen sie eine Woche auf die Kanaren. Jess blieb bei ihren Eltern. Auch da hatte Kerstin Zugeständnisse gemacht. Nur ungern trennte sie sich von ihrem Hund, auch wenn sie wusste, dass er gut aufgehoben war. Urlaub ohne Hund, dazu war sie noch nie bereit gewesen. Sie tat es, um Tom einen Gefallen zu tun, aber sie schwor sich, dass es das letzte Mal sein würde, dass sie ohne Hund Ferien machte.

Kurz nach der Heimkehr musste Tom für anderthalb Monate in den Kaukasus. Zwar hatte er angedeutet, seinen ausgesprochen gut bezahlten Job aufzugeben und sich etwas Neues in der Nähe ihres Wohnortes zu suchen, aber Kerstin konnte ihn leicht davon abbringen. Zum einen wusste sie, dass der Job ihm Spaß machte, und zum anderen war sie sich bewusst, dass ihre Beziehung nur so gut funktionierte und so lebendig war, weil sie eben nicht immer aufeinander hockten. Schon als Jugendliche hatte sie zu ihren Eltern gesagt, dass sie einen Kapitän heiraten wolle, der sei oft weg, aber wenn er nach Wochen nach Hause käme, habe man auch immer wieder eine tolle gemeinsame Zeit. Mit dem Kapitän hatte es nicht geklappt, aber ein Ingenieur, der Projekte im Ausland betreute, war ebenso gut, fand sie. Ihr wurde es einfach schnell zu eng.

Auch bei Kerstin kehrte der Alltag ein. Ihre Praxis lief nach wie vor mehr als zufriedenstellend, aber ihr blieb auch noch ausreichend Zeit, viel mit Jess zu unternehmen.

An einem Samstagmorgen fuhr sie mit ihm in einen Wald, der ein paar Kilometer von ihrem Heimatort entfernt lag. Jess bellte begeistert und hüpfte herum. Er liebte es, neue Wege zu erkunden. Und auch Kerstin war es zu langweilig, stets die gleichen Wege zu laufen.

Sie gingen einen befestigten Waldweg entlang, und Jess lief, wie fast immer, frei. Nach kurzer Zeit kamen ihnen zwei Frauen mit Hunden entgegen, die ebenfalls frei liefen.

Auf gleicher Höhe angekommen, blieb Kerstin stehen, und die Hunde beschnüffelten einander interessiert, während Kerstin mit den Frauen ins Gespräch kam. Sie erzählten angeregt über ihre Vierbeiner, lachten viel und waren sich sympathisch.

Inzwischen verloren die Hunde das Interesse aneinander, und Jess entfernte sich etwas, um den bewachsenen Randstreifen ausgiebig zu beschnüffeln und zu markieren. Auch die anderen Vierbeiner standen zufrieden da oder begutachteten spannende Düfte am Wegesrand. Es herrschte eine friedliche Stimmung an einem sonnigen, schönen Morgen.

»Nehmen Sie Ihre Hunde an die Leine!«, unterbrach unvermittelt eine schrille Frauenstimme die angenehme Atmosphäre.

Kerstin und ihre Gesprächspartnerinnen zuckten erschrocken zusammen. Eine Walkerin hatte sich ihnen von einem Seitenweg genähert.

»Alles gut. Die Hunde sind lieb!«, rief eine der Frauen beschwichtigend und fasste nach dem Halsband ihres Rüden.

»Ist mir egal. Hier ist Leinenpflicht!«, keifte die Walkerin zurück. Ihre Hand fuhr in die Tasche.

Jess, der fremde Menschen bei Spaziergängen in der Regel ignorierte, drehte irritiert den Kopf. Die Frau kreischte auf, zog eine Spraydose aus der Tasche und sprühte Jess eine Ladung Pfefferspray ins Gesicht. Der Hund jaulte auf und floh ein paar Meter ins Unterholz.

»Sind Sie verrückt geworden?«, rief Kerstin und eilte besorgt zu ihrem Hund.

»Kommen Sie mir nicht zu nah mit ihrem Köter. Ich habe Pfefferspray!«, schrie die Frau, die zunehmend hysterisch wurde. »Bleiben Sie weg! Bleiben Sie weg!«

Die anderen Frauen zogen ihre Hunde zu sich. Jess war zu Boden gesunken und rieb sich mit den Vorderläufen winselnd über die Augen, er röchelte und speichelte stark.

»Sie zeige ich an«, sagte Kerstin ganz ruhig. Sie biss die Zähne zusammen, um der Frau nicht auf der Stelle die Augen auszukratzen oder ihr selbst den Pfeffer ins Gesicht zu sprühen. Dann würde die Tusse merken, wie weh das tat. Vielleicht eine gute Idee. Sie erhob sich halb.

»Leinenpflicht! Hier ist Leinenpflicht!«, schrie die Frau und wich mit drohend erhobener Sprayflasche zurück.

Die anderen Frauen schüttelten fassungslos den Kopf. »Nun geben Sie doch Ruhe«, sagte eine von ihnen scharf, aber die Walkerin wich immer weiter zurück und lief dann wie gehetzt davon. Die andere Hundehalterin hielt Kerstin ihre Wasserflasche hin.

Kerstin spülte Jess die geröteten Augen, aber gegen das Capsaicin in seinem Gesicht würde Wasser nicht helfen. Entschlossen blinzelte sie die roten Schlieren fort. »Haut ab, ich kann euch nicht brauchen. Nicht jetzt«, murmelte sie.

»Gehen Sie besser mit ihm zum Tierarzt«, riet eine der Frauen.

»Echt, die Olle tickt doch nicht mehr sauber«, sagte die andere. »Ich hab die hier schon öfters gesehen.«

»Die hat wohl eine Hundephobie, aber das ist ja kein Grund, einen Hund anzugreifen, der gar nichts mit ihr zu tun haben will. Sollen wir Ihnen helfen? Wir parken gleich da hinten.«

»Das ist sehr nett, vielen Dank. Mein Auto steht auch nicht weit weg. Das schaffen wir schon.« Kerstins Stimme zitterte leicht. »Sie kennen diese Frau?«

»Klar, die parkt auch immer da vorne.« Sie zeigte auf einen verbreiterten Randstreifen an einer Landstraße, der in einiger Entfernung schwach durch die Bäume zu sehen war. »Fährt einen blauen Corsa mit Dortmunder Kennzeichen. Wollen Sie sie wirklich anzeigen?«

Kerstin schüttelte resigniert den Kopf. »Das hat wohl wenig Zweck. Wir haben ja nicht gerade eine hundefreundliche Gesetzgebung. Das Recht ist selten auf der Seite von Hunden und ihren Haltern.«

Jess hatte sich ein wenig beruhigt. Er schnorchelte und speichelte jedoch noch und kniff die Augen zu.

»Ich fahre lieber gleich mit ihm zum Tierarzt. Zum Glück hat er die volle Ladung wohl nicht abbekommen.«

»Der sollte man auch mal Pfefferspray ins Gesicht sprühen«, regte sich eine der Frauen auf.

73

Kerstin lächelte und entblößte dabei nur die Schneidezähne. »Da bin ich ganz Ihrer Meinung.«

Sie fuhr mit Jess zu ihrem Haustierarzt, der zum Glück auch samstags einige Stunden geöffnet hatte. Mit seiner besonnenen Art gelang es ihm, Jess noch weiter zu beruhigen und die schlimmsten Auswirkungen zu beseitigen.

Während Kerstin die Tierarztrechnung beglich, waberte roter Nebel vor ihren Augen. »Sie fährt einen blauen Corsa«, murmelte sie nachdenklich.

»Was haben Sie gesagt?«, fragte die Tierarzthelferin.

»Ach, nichts Wichtiges. Vielen Dank für Ihre Hilfe.«

»Gerne. Und gute Besserung für Jess.«

Kerstin fuhr direkt in ihre Praxis. Sie brauchte nur Jess und seine geröteten Augen anzusehen und mörderische Wut kochte in ihr hoch.

»Leinenpflicht, hier ist Leinenpflicht«, murmelte sie immer wieder, während sie in der obersten Schublade ihrer Kommode kramte.

»Ah, da seid ihr ja.« Sie nahm zwei große Samen heraus und legte sie auf den Schreibtisch. »Cerbera odollam« stand auf dem Etikett auf der Schale. Sie hatte diese Samen vor einiger Zeit im Internet bestellt.

Versonnen betrachtete sie die kleinen Kugeln. »Ihr seid so schön«, sagte sie und lächelte sie an. »Und so nützlich.« Ihre Wut verrauchte und machte einer überschäumenden Vorfreude Platz.

Jess stieß sie mit der Schnauze an. Er war es nicht gewöhnt, dass sein Frauchen mit sich selbst sprach. Sie streichelte ihn versonnen. »Alles gut, mein Schatz. Leg dich wieder hin.«

Sie packte die Samen erst einmal wieder weg. Sie würde sie später bearbeiten.

An den nächsten Samstagen legte sie sich auf die Lauer, das heißt, sie durchstreifte die Gegend mit scharfem Blick. Ihre Geduld wurde auf eine harte Probe gestellt, denn volle drei Wochen lang tauchte die Walkerin in dieser Gegend nicht mehr auf. Währenddessen hatte sie ausreichend Muße, andere Hundehalter zu beobachten.

Vor allem die Handy-Junkies hatten es ihr angetan. Hundehalter, die durchgehend auf ihr Handy starrten und mechanisch mit der anderen Hand die Ballschleuder in Betrieb hielten. Bedauernswerte Junkie-Hunde hetzten dem Ball hinterher und hatten keinen Blick für ihre Umwelt. Warum schaffen sich solche Leute einen Hund an, fragte sie sich verständnislos. Wenn sie doch gar kein Interesse daran haben, sich mit ihm zu beschäftigen? Ihr taten diese süchtig gemachten Hunde von Herzen leid.

Noch trauriger war es, wenn diese Leute gleichzeitig einen Kinderwagen schoben und doch nur Interesse für ihr Handy zeigten. Leider sah man immer mehr von diesen bedauernswerten Mensch-Hund-Paaren. Der Mensch, süchtig nach seinem Smartphone, der Hund süchtig nach dem Ball.

Am vierten Samstagmorgen war es endlich so weit. Der blaue Corsa mit dem Dortmunder Kennzeichen stand auf dem Randstreifen. Als die Walkerin von ihrer Tour zurückkam, ihre Dehnungsübungen machte, ins Auto stieg und losfuhr, war sie schon bereit. Schnell stieg sie in ihr eigenes Auto und folgte ihr. An einem Schnellimbiss an der Straße hielt die Frau an und holte sich eine Currywurst mit Pommes.

Bloß keine Kalorien verlieren, dachte Kerstin ironisch und verzog die Lippen zu ihrem Wolfslächeln.

Die Walkerin setzte sich ins Auto und aß mit offensichtlichem Genuss. Anschließend fuhr sie durch zu ihrer Wohnung in einem sehr gepflegten Mehrfamilienhaus in der Nähe eines Seniorenzentrums.

Dieser Ablauf wiederholte sich auch am folgenden Samstag. Kerstin war zufrieden. Sollte sie auch am nächsten Wochenende diese Routine beibehalten, hatte sie eine gute Chance, die Hundehasserin zu erwischen. Es wurde auch Zeit, denn sie erwartete Tom in einer Woche zurück.

Kerstin fuhr in die Praxis, holte den Mörser heraus und zerkleinerte fein säuberlich und mit viel Elan die Samen des Zerberusbaums.

Am Samstag wartete sie in der Nähe des Imbisses. Sie trug unauffällige Joggingkleidung und hatte sich die Kapuze ihres Sweatshirts über den Kopf gezogen. Und da kam er, der blaue Corsa. Seine Fahrerin stellte sich in die Schlange, der Imbiss schien sehr beliebt, wartete und nahm das Übliche. Mit ihrer Pommes-Currywurst ging sie zurück zu ihrem Auto. Wie zufällig stieß sie mit Kerstin zusammen.

»Oh, Entschuldigung«, murmelte Kerstin.

»Nichts passiert«, erwiderte die Frau und schaute an sich hinunter, ob ihre helle Sportkleidung womöglich doch Soßenspritzer abbekommen hatte. Die kleine Handbewegung der anderen Frau hatte sie gar nicht mitbekommen. Ohne ein weiteres Wort stieg sie in ihr Auto und fiel heißhungrig über ihr Essen her.

»Genieß es«, flüsterte Kerstin. »Lass es dir so richtig schmecken.«

Sie ging zu ihrem Auto und ließ Jess heraus. »Wollen wir uns auch eine Pommes holen?« Sie sah dem blauen Corsa nach, der nach hundert Metern in eine Seitenstraße abbog. »Lieber nicht, oder?« Sie nahm Jess Kopf zwischen ihre Hände und rubbelte seine Ohren. »Morgen kommt Tom zurück, ist das nicht toll?« Jess machte sich von ihr los und nutzte die Gelegenheit, einen Strauch zu markieren.

»Du musst wirklich nicht überall hinpinkeln, Jessy. Ab, rein ins Auto, wir müssen noch zu Hause aufräumen, sonst kriegt Tom einen Schlag.«

Im Radio spielten sie einen ihrer Lieblingssongs. Kerstin drehte die Musik laut und sang aus ganzem Herzen mit. Sie fühlte sich hervorragend. Morgen war Tom wieder da. Das Leben war schön. Die Walkerin war bereits aus ihrem Gedächtnis verwunden.

Kapitel 13

Tom blieb einen Monat. In dieser Zeit kam auch Toms Nichte Jenny zu Besuch. Die junge Frau hatte gerade Abitur gemacht und war sich nicht sicher, wie es nun weitergehen sollte. Zu ihrem Onkel Tom hatte sie stets ein gutes Verhältnis gehabt, aber vor allem kam sie wegen Kerstin, die immer ein offenes Ohr für das Mädchen hatte.

»Macht es euch wirklich nichts aus, wenn ich eine Woche oder so bleibe?« Jenny sah besorgt von Tom zu Kerstin. Die beiden hatten die junge Frau gerade am Bahnhof abgeholt.

»Überhaupt nicht, wir freuen uns«, sagte Kerstin warm und hakte sich bei ihr unter. »Wir haben doch ein Zimmer frei und du bist uns immer willkommen.«

Jenny verzog das hübsche Gesicht. »Ich kann mit Mama darüber einfach nicht reden, und Papa ist ja sowieso nie da.« Sie kraulte im Gehen Jess' Fell.

»Das ist manchmal so mit Eltern und Kindern. Aber sie lieben dich, Jenny. Sehr sogar.«

»Weiß ich doch.« Jenny blieb stehen, hockte sich hin und rieb ihr Gesicht an Jess' Kopf. Der Rüde leckte ihr tröstend über die Wange. »Es ist nur … Ach, ich weiß auch nicht.«

»Komm erst mal an und später reden wir, okay?«

Jenny lächelte. »Ja, okay.« Sie hakte sich wieder bei Kerstin und Tom unter. »Ich habe total Hunger.«

Sie gingen zum Italiener, denn die mediterrane Küche mochten alle drei am liebsten. Im ›Da Carlo‹ waren auch Hunde willkommen. Jess lag brav unter dem Tisch. Kerstin sah zwar, dass Jenny ihm heimlich etwas von ihrer Pizza zusteckte, sagte aber nichts dazu. Jenny liebte Jess, und das wiederum öffnete Kerstins Herz für die junge Frau.

Die nächsten Tage verliefen harmonisch. Besonders abends saßen sie beieinander und redeten über Gott und die Welt. Das Mädchen wurde ruhiger und lachte wieder mehr.

Jenny war eine schlanke, hochgewachsene junge Frau mit raspelkurzem, hellblond gefärbtem Haar und Piercings durch Nase und Augenbraue. Kerstins Geschmack war dieses Outfit nicht, aber sie sagte nichts dazu. Sie wusste, hinter diesem etwas martialischen Aussehen verbarg sich ein sensibles Mädchen mit einem großen Herzen für Tiere.

An einem Sonntagmorgen klingelte das Telefon, als Tom, Kerstin und Jenny beim Frühstück saßen.

»Blöd, ich muss noch mal in die Praxis. Ein Notfall. Könntet ihr mit Jess eine Runde gehen?«

Tom schüttelte bedauernd den Kopf. »Ich bin mit Johannes verabredet.«

»Stimmt, habe ich vergessen.«

»Ich kann doch gehen«, rief Jenny. »Jess und ich sind doch ein super Team.«

»Okay, danke, Jenny. In spätestens zwei Stunden bin ich wieder da.« Kerstin beugte sich zu Jess hinunter. »Und du bist artig, mein Junge, hörst du?«

Sie schaute die junge Frau an. »Lass ihn lieber nicht von der Leine. Man weiß ja nie.«

Jenny winkte lässig ab. »Wie kommen schon klar, nur keine Sorge.«

»Gut, dann bis gleich.« Rasch zog sie sich Schuhe und Jacke an und verließ eilig das Haus.

Nachdem sie der Patientin zu ihrer beider Zufriedenheit hatte helfen können, fuhr sie nach anderthalb Stunden zurück nach Hause. Gutgelaunt durchquerte sie den Flur und trat ins Wohnzimmer. Hier lag Jenny mit angezogenen Beinen auf der Couch, hatte die Arme um Jess geschlungen, und Tränen liefen ihr Gesicht hinab.

»Jenny, was ist los?«, fragte sie besorgt.

Jenny kuschelte sich noch enger an Jess, der mit offenen Augen neben ihr lag und ihr hin und wieder wie tröstend über das Gesicht leckte. »Nichts, schon gut«, schluchzte sie und wandte ihr verweintes Gesicht mit der verlaufenen Wimperntusche ab.

Kerstin setzte sich zu ihr. »Erzähl.«

»Ach, ist irgendwie albern.« Das Mädchen fuhr sich fahrig über die Augen und verwischte noch mehr Wimperntusche.

»Egal, erzähl einfach. Was ist passiert?«

»Da waren so Leute, die haben mich beschimpft. Wegen Jess.«

»Wegen Jess? Hat er was gemacht?«

»Tut mir leid, ich hatte ihn abgeleint.« Sie schniefte. »Und dann kamen diese Leute mit einem kleinen Hund. Die schrien schon von Weitem, ich solle Jess an die Leine nehmen. Aber er hörte nicht auf mich und ist hingerannt.«

»Gut, also vielmehr nicht so gut. Und was dann?«

»Er hat gar nichts gemacht, Kerstin. Er wollte den anderen Hund nur freundlich begrüßen. Aber diese Leute haben total Terror gemacht. Besonders der Mann. Die Frau war mehr hysterisch.« Wieder schniefte sie laut.

»Na ja, ist ja auch nicht ideal, wenn ein fremder Hund auf einen zugerannt kommt.«

»Aber Jess war ganz freundlich. Trotzdem haben die ihn angeschrien und nach ihm getreten.«

Kerstin verengte die Augen. »Und dann?«

»Dann habe ich ihn endlich am Halsband erwischt und ihn an die Leine genommen. Ich habe mich auch entschuldigt. Aber der Mann ist total ausgeflippt. Hat mich als asoziale, bescheuerte Schlampe beschimpft. So jemandem wie mir dürfe man gar keinen Hund geben. Und er würde mich anzeigen. Kann er das, Kerstin? Mich anzeigen?«

Kerstin richtete sich auf. Sie versuchte, Ruhe auszustrahlen, obwohl ihr Adrenalinpegel hochgeschossen war. Tröstend legte sie ihre Hand auf die Hand des Mädchens. »Mach dir keine Sorgen, er kann dich gar nicht anzeigen. Warum auch?«

»Aber er hat gesagt, na, eigentlich gebrüllt, es bestehe im Wald Leinenpflicht. Und er würde dafür sorgen, dass mir Jess weggenommen wird. Das kann er doch nicht, Kerstin, oder?«

»Nein, das kann er nicht.« Kerstin fuhr sich mit der Hand über die Augen und blinzelte. »Wo warst du denn mit Jess?«

»Hier im Wald. Wo du auch immer gehst. Ist da wirklich Leinenpflicht? Das wusste ich nicht.«

Jenny fing wieder an zu weinen, und Kerstin wischte energisch die roten Schlieren vor ihren Augen fort.

»Nein, auf Waldwegen besteht in Nordrhein-Westfalen keine Leinenpflicht. Das war also Unsinn. Erzähl mal, wie sahen die Leute aus?«

»Das waren zwei Pärchen. Die mit dem kleinen weißen Hund waren so um die fünfzig. Der Mann groß und ziemlich dick. Brille und Schnäuzer. Blond mit Schnäuzer, das geht doch gar nicht, oder?« Jenny lächelte endlich wieder.

Kerstin ging nicht darauf ein. »Und die Frau?«

»Hm, habe ich nicht so drauf geachtet. Ach ja, mahagonirote, kurze Haare hatte sie, dauergewellt, und knallrote Fingernägel. Das ist mir aufgefallen. Und ihre Schuhe waren für den Wald nicht geeignet. So niedliche Pumps, wie sie solche Leute eben tragen. Und schlank war sie auch nicht gerade, aber auch nicht dick, ein bisschen pummelig eben.« Jenny hatte für das Aussehen fremder Leute ein erstaunlich gutes Auge. Kerstin dagegen konnte sich eine halbe Stunde mit jemandem unterhalten und hinterher nicht mal sagen, ob der Gesprächspartner eine Jacke getragen hatte oder nicht. Geschweige denn die Farbe oder den Schnitt.

»Haben sie den Hund beim Namen genannt?«, hakte sie nach.

Jenny zog beim Überlegen die Stirn kraus. »Ich glaube nicht, nein. War ein puschliger weißer, kleiner Hund, der sich in die Leine gehängt und Jess wie doof angekläfft hat.«

Kerstin strubbelte Jenny über die kurzen Haare. »Du kannst aufhören zu weinen, Jennylein. Ist ja nichts passiert, außer dass du an ein paar Bekloppte geraten bist. Sie können dich weder anzeigen, noch können sie an Jess ran. Die wollten sich nur aufspielen. Passiert manchmal. Ist unschön, aber leider kaum zu vermeiden.«

»Dann bist du nicht böse?« Jenny schaute besorgt in Kerstins Gesicht.

»Warum sollte ich böse sein? Du hast ja dein Fett bereits abbekommen. Es sollte nicht passieren, dass ein freilaufender Hund zu einem angeleinten Hund einfach so hinläuft, aber auch das geschieht eben dennoch manchmal. Dann entschuldigt man sich, und fertig ist. Die kleine Fußhupe sollte uns leidtun. Immer an der Leine und niemals Sozialkontakt zu anderen Hunden – solche

Leute sollte man anzeigen. Aber leider finden das immer mehr Hundehalter ganz normal. Traurig so was.«

Kerstin stand auf. »Noch was. Du hast gesagt, die haben nach Jess getreten. Haben sie ihn getroffen?«

Jenny schüttelte den Kopf. »Nein, zum Glück nicht. Aber das mit der Leinenpflicht - warum sagen die so was, wenn es gar nicht stimmt?«

»Frag mich nicht. Ich verstehe es auch nicht. Aber komm, vergessen wir den Vorfall und überlegen lieber, was es zum Mittagessen geben soll. Tom ist bestimmt bald zurück.«

Aber Kerstin vergaß nicht. Da hatte jemand ihre geliebte Nichte übel beleidigt und zum Weinen gebracht, nach ihrem geliebten Hund getreten, und das Schlimmste – er hatte das Wort »Leinenpflicht« benutzt. Auf solche Menschen konnte die sowieso schon überbevölkerte Welt wirklich verzichten.

Bei ihren Spaziergängen jedoch traf sie diese Leute nicht an. Sie fürchtete schon, dass es nur Besucher gewesen waren, doch dann kam ihr der Zufall zu Hilfe.

Sie kam vom Einkaufen und fuhr durch die Siedlung. Zuerst sah sie den Hund. Aber kleine weißlockige Hunde waren modern, das musste nichts bedeuten. Am Ende der Leine ging jedoch eine wohlbeleibte Frau mit mahagonirot gefärbten Haaren.

Kerstin parkte und stieg aus. Langsam folgte sie der Frau. Die quatschte unentwegt auf ihren Hund ein und ruckte immer wieder an der Leine, weil der Kleine wie verrückt zog. Und dann auch noch eine Flexileine, die am Halsband festgemacht war. Wie blöd konnte man eigentlich sein? Kerstin kam die Galle hoch. Am liebsten hätte sie dem Frauchen selbst die Leine um den Hals gelegt und ständig daran geruckt. Immer wieder blieb die Frau stehen, beugte sich tief über den kleinen Hund und schimpfte und quatschte. Kerstin unterdrückte mühsam den Drang, sich vor Abscheu zu schütteln.

Nach kurzer Zeit kamen sie an ein weiß geklinkertes Haus. Auch der Vorgarten bestand lediglich aus weißem, steril aussehendem Schotter. Die Frau ging hinein, immer noch ohne Unterlass auf den Hund einredend. Logorrhoe, Sprechdurchfall nannte man so was wohl. Kerstin verzog angewidert das Gesicht.

Sie schaute sich um. Vor dem Haus stand ein weißer Mazda, der wohl der Dame des Hauses gehörte. Von dem Mann war nichts zu sehen. Vermutlich war er arbeiten.

Am selben Abend ging sie noch einmal an dem Haus vorbei. Jetzt stand ein schwarzer, strahlend sauberer SUV vor der Garage. Kurz bekam sie auch den Mann zu Gesicht, als er Müll herausbrachte. Jennys Beschreibung passte auch auf ihn. Das musste man dem Mädchen lassen, es war eine gute Beobachterin. Ihre Laune verbesserte sich schlagartig.

Wieder zu Hause begann sie mit größter Vorsicht und gut geschützten Händen eine Tinktur aus dem Blauen Sturmhut zu erstellen. Der Vorgang würde einige Wochen dauern, da die Tinktur ziehen musste, aber Kerstin wusste, diese Leute würden ihr nicht entgehen. Zudem wollte sie warten, bis Tom wieder im Ausland war. Das fehlte noch, dass er was mitbekam.

Jenny hatte auch ihrem Onkel die Geschichte erzählt, aber Tränen waren dabei nicht mehr geflossen. Sie war jetzt wütend und machte sich mit dem bösen Witz der Jugend über das Paar lustig. Tom zeigte jedoch sehr viel weniger Verständnis für sie als Kerstin und wies sie streng zurecht. Daraufhin schmollte sie eine

Weile, bekam sich aber aufgrund von Kerstins Vermittlung schnell wieder ein.

Jenny hatte sich nach vielen intensiven Gesprächen entschlossen, erst einmal einen Bundesfreiwilligendienst bei einer Naturschutzorganisation zu absolvieren. Sie war nach Mecklenburg-Vorpommern abgereist. Ihre WhatsApp-Nachrichten klangen überaus begeistert, was Kerstin und Tom sehr freute.

Endlich war es so weit. Tom war fort, die Tinktur einsatzbereit. In früheren Zeiten hatten Frauen, die ihre Männer loswerden wollten, deren Socken mit Blauem Sturmhut getränkt. Diese Socken wurden daher gern im Volksmund Witwensocken genannt. Ein so passender Name, fand Kerstin.

An die Socken dieses Mannes kam sie leider nicht heran. Aber ein weiterer Ex-Freund, ein Automechaniker, hatte ihr beigebracht, wie man eine Autotür auch ohne Schlüssel öffnen konnte. Das war einfacher, als sie je gedacht hätte. Sie hoffte nur, dass der SUV nicht alarmgesichert war.

Da sie sich Mittsommer näherten, konnte sie erst spät in der Nacht ihren Plan verwirklichen. Zum Glück regnete es, sodass sich hoffentlich nur noch wenige Menschen im Freien aufhalten würden. Sie ließ Jess im Auto und schlich zu dem Klinkerhaus. Ihre Hände steckten in Einmalhandschuhen. Die Häuser in der Nachbarschaft waren dunkel. Kein Mensch war zu sehen. Plötzlich ging irgendwo eine Tür auf. Kerstin zuckte heftig zusammen und kauerte sich blitzschnell hinter eine kleine Mauer. Ein Mann in Unterhemd und Schlafshorts trat heraus und ließ seinen Hund im Vorgarten pinkeln. Schlaftrunken schloss er nach wenigen Minuten die Tür wieder. Kerstin horchte angestrengt. Alles war still.

Behutsam näherte sie sich dem schwarzen SUV. »Danke, Tim«, bedankte sie sich fast unhörbar bei ihrem Ex, als die Autotür mit einem satten Knacken aufsprang. Sie war stolz auf sich, schließlich hatte sie schon sehr lange keine Übung mehr. Kein Alarm, sehr gut.

Da sie keine Spuren hinterlassen wollte, stieg sie nicht ein. Sie konnte nur hoffen, dass niemand aus dem Fenster schaute und die offene Autotür sah. Rasch öffnete sie das Fläschchen mit der Tinktur, tauchte einen kleinen Pinsel hinein und bestrich das Lenkrad und den Schaltknüppel.

Sie war sich nicht sicher, ob die Dosis tödlich wäre, aber zumindest würde es dem Fahrer richtig schlecht gehen. Die Vergiftungserscheinungen gingen zunächst mit Brennen und Prickeln einher, dann folgten Taubheit und Lähmungen. Hoffentlich verursacht er nur keinen Unfall und gefährdet dabei noch andere Leute, dachte Kerstin und zögerte kurz. Aber dann entschied sie, das Risiko einzugehen. Die Autotür verriegelte lauter, als sie gedacht hatte. Erschrocken lauschte sie, aber im Haus blieb es still. Nur ein Hund schlug kurz im Nachbarhaus an. Sie wartete, bis er wieder still war, und lauschte noch eine Weile auf andere Geräusche. Leise und sehr aufmerksam machte sie sich auf den Rückweg zu ihrem Auto, wo Jess sie überschwänglich begrüßte.

»So, mein Junge, das wäre vollbracht. Bin gespannt, ob das Zeug wirkt«, sagte sie leise zu ihm und streichelte seine weichen Ohren. »Ungemütliches Wetter. Ab nach Hause mit uns.«

Zwei Tage später las sie in der Lokalzeitung, dass ein schwarzer SUV in den frühen Morgenstunden auf der Autobahn A 43 von der regennassen Fahrbahn abgekommen und in die Leitplanke ge-

kracht war. Der Fahrer, ein dreiundfünfzigjähriger Geschäfts-
mann, verstarb noch am Unfallort. Die Polizei ging von einer der
Witterung nicht angepassten Geschwindigkeit aus.

Drei Wochen später warf Kerstin den Flyer eines Tierphysiothera-
peuten und eine Packung Pflaster in den Briefkasten des Klinker-
hauses. Beigelegt hatte sie einen computergeschriebenen Zettel
mit dem Wortlaut »Den Physiotherapeuten wird ihr armer Hund
bald brauchen können. Die Pflaster sind für Sie. Großzügig auf
dem Mund verkleben, hilft zuverlässig gegen Sprechdurchfall«.

Kapitel 14

»Ich bringe eine Überraschung mit«, kündigte Tom wenige Wochen später am Telefon an.

»Was ist es?«, fragte Kerstin neugierig.

»Dann wäre es keine Überraschung mehr. Du wirst schon sehen.« Tom tat geheimnisvoll.

»Hm, deine Überraschungen sind nicht immer ganz so toll, Tom.« Kerstin runzelte besorgt die Stirn. »Sag mir lieber jetzt schon, was es ist, damit ich mich seelisch darauf vorbereiten kann.«

»Die Verbindung reißt ab, Schatz. Wir sehen uns Samstag. Ich liebe dich.«

Kerstin strich Jess über die langen Ohren. »Das wird ja wieder was sein. Tja, lassen wir es auf uns zukommen.« Nachdenklich legte sie den Hörer auf.

Sie saß nach einem langen, anstrengenden Tag müde auf der Couch, hatte die Beine hochgelegt und kraulte den an sie gekuschelten Jess.

»Samstag ist Tom wieder da. Freust du dich?« Jess wedelte leicht mit der Rute, als er Toms Namen hörte. »Ja, ich freue mich auch. Sehr sogar.« Sie küsste den Rüden auf den Kopf. »Ich habe ihn fast so lieb wie dich«, lächelte sie. Jess leckte ihr entzückt übers Ohr.

Samstagmittag hörte sie dann Toms Wagen vorfahren. Sie lief ihm entgegen, warf sich in seine Arme und küsste ihn ausgiebig.

»Habe ich dir gefehlt?«, fragte Tom.

»Natürlich nicht«, scherzte sie und küsste ihn noch einmal herzhaft.

»Jess, mein Junge, aber dir habe ich gefehlt, nicht wahr?«, begrüßte Tom den Rüden, der schon begeistert an ihm hochsprang.

Aber schnell war Jess abgelenkt und umrundete schnüffelnd das Auto. Dann setzte er sich auf die Hinterbeine und schaute erwartungsvoll auf den Kofferraum.

»Ja, ich habe dir was mitgebracht, Jess.«

Kerstin ahnte schon etwas und spähte ins Auto. Hinten im Kombi war eine Hundebox festgezurrt.

»Tom, was …?«

»Ich erkläre es dir nachher. Aber schau doch erst mal.« Tom öffnete die Heckklappe.

In der Hundebox saß verängstigt ein mittelgroßer, hellbrauner Hund mit kurzem Fell. Jess schnüffelte interessiert.

»Darf ich vorstellen, das ist Tira.« Er öffnete die Gittertür, nahm den Hund an die Leine und überredete ihn sanft, sich aus der Box zu wagen.

»Sie ist mir zugelaufen. Ein Straßenhund, ich konnte sie nicht zurücklassen.« Seine Stimme klang etwas besorgt. »Wirklich, Schatz, ich konnte sie da nicht lassen. Ich weiß, du bist nicht begeistert, wenn man Straßenhunde einfach einsammelt, aber Tira kam allein nicht zurecht. Sie war krank und halb verhungert. Ich konnte sie einfach nicht zurücklassen.«

Kerstin streichelte seinen Arm. »Nein, das konntest du nicht, Tom. Ich verstehe dich. Bring sie erst mal rein. Jess, komm her, lass sie erst mal in Ruhe.«

Tira folgte den beiden Menschen ins Haus. Hier leinte Tom sie ab. Geduckt verzog sie sich in eine Ecke, taute aber erstaunlich schnell auf, als Jess sie freundlich begrüßte.

»Zumindest vor anderen Hunden hat sie keine Angst.«

»Vor mir auch nicht«, sagte Tom, hockte sich hin und lockte die Hündin zu sich. Sie kam geduckt mit eng an den Kopf gelegten Ohren, aber sie kam. Er streichelte sie vorsichtig. »Hat ein bisschen gedauert, bis ich sie anfassen durfte. Aber schon vorher hatte sie sich mir einfach angeschlossen.«

»Dünn ist sie. Richtig mager.«

»Sie sah noch viel schlimmer aus. Ich habe schon ordentlich gepäppelt. Und einem Tierarzt habe ich sie auch vorgestellt. Schon wegen der Ausreisepapiere und der Impfungen. Hm, wir mussten da ein bisschen tricksen. Sie ist etwa ein Jahr alt, hatte aber wohl schon Welpen. Die schlimme Darminfektion haben wir auch in den Griff bekommen. Sie ist jetzt gesund.«

»Ich wusste es ja. Deine Überraschungen sind, hm, gewöhnungsbedürftig.«

»Bist du sauer?« Tom sah sie mit gerunzelter Stirn an.

Sie schüttelte den Kopf. »Natürlich nicht. Sie gehört ab jetzt zur Familie.«

»Danke, Schatz.« Tom küsste sie auf den Scheitel. »Du bist die beste Frau der Welt.«

»Nach deiner Mutter, versteht sich.«

Tom lachte. »Natürlich, Mama kommt immer zuerst.«

Kerstin knuffte ihn, aber das erschreckte die Hündin, die zur Seite sprang. »Puh, das wird ein bisschen dauern. Aber wir geben ihr so viel Zeit, wie sie braucht. Und du, Jess, du hilfst ihr, nicht wahr?«

Jess leckte Tira die Ohren. Offensichtlich war er mit dem Familienzuwachs ausgesprochen zufrieden.

In den folgenden Wochen lebte sich Tira bei Kerstin und Tom ein. Der mutige, wesensfeste Jess machte ihr das Leben leichter. Sie orientierte sich stark an ihm. Auch als Tom wieder in den Oman musste, machte die Hündin weiter Fortschritte. Schon bald folgte sie ihrem neuen Frauchen auf Schritt und Tritt.

An einem schönen Spätsommertag ließ Kerstin Tira zum ersten Mal von der Leine. Ihr Herz ging auf, als sie die beiden Hunde über die Wiese flitzen sah. Sie passten perfekt zusammen.

Kerstin war strikt dagegen, frei lebende Hunde im Ausland einzufangen und in enge Zwinger zu sperren oder an Familien in Deutschland zu vermitteln, die ihre Freiheiten extrem einschränkten, ja zwangsläufig einschränken mussten. Sie glaubte, dass für die meisten Straßenhunde trotz aller Gefahren das freie Leben besser geeignet war als Jahre in einem grausam überfüllten Tierheim oder in einer deutschen Familie mit ihren vielen Regeln und Begrenzungen.

Aber es gab Hunde, die auf der Straße allein nicht zurechtkamen. Tira gehörte zu ihnen. Sie von der Straße zu holen, war ein Akt der Menschlichkeit. Kerstin liebte Tom dafür. Womit habe ich so einen herzensguten, wunderbaren Mann verdient, dachte sie oft. Sie sehnte sich nach ihm und freute sich darauf, ihm zu zeigen, welche Fortschritte seine Schutzbefohlene machte.

Vor allem Jess war sehr glücklich mit seiner neuen Partnerin. Oft schliefen sie eng aneinander gekuschelt im Körbchen. Kerstin musste nur aufpassen, dass er es mit seiner Beschützerrolle nicht zu ernst nahm und andere Rüden anpöbelte. Dieses Verhalten war neu an ihm, hielt sich jedoch zum Glück in Grenzen.

Kerstin gewöhnte sich schnell daran, mit zwei Hunden spazieren zu gehen statt mit einem. Tira machte es ihr leicht. Anders als

Jess, der als Jagdhund einen recht großen Radius hatte, entfernte sie sich kaum von ihr.

Auch anderen Menschen gegenüber wurde die Hündin nach und nach aufgeschlossener. Sprach jemand sie mit leiser Stimme freundlich an, so ging sie gern hin und ließ sich streicheln. Sie war noch immer vorsichtig, genoss es aber augenscheinlich, liebe Worte und sanfte Streicheleinheiten zu bekommen. Grobmotorikern dagegen ging sie aus dem Weg. Auch bärtigen Männern wich sie aus.

Als Tom für zwei Wochen nach Hause kam, kriegte Tira sich vor Freude kaum ein.

»Da kann ich aber echt eifersüchtig werden«, schmunzelte Kerstin.

»Ja, es gibt eben mehr als eine Frau in meinem Leben«, rief Tom lachend und versuchte, sich der nassen Hundeküsse zu erwehren.

Endlich konnte er sich von ihr freimachen und nahm Kerstin liebevoll in die Arme. »Du hast mir gefehlt, erste Frau.«

»Das will ich doch hoffen.« Kerstin drückte sich an ihn.

Tom deutete auf die Hunde, die sich noch immer an ihn drängten. »Wie macht sich die Kleine?«

»Sehr gut. Sie ist ein Schatz. Auch Jess liebt sie heiß und innig. Wie es aussieht, muss ich meine beiden Männer jetzt teilen.« Kerstin nahm Toms Hand. »Komm, ich hab was Schönes gekocht. Extra für dich. Dann erzähle ich.«

Eine halbe Stunde später saßen sie am Esstisch und erzählten sich gegenseitig, was sie in den langen Wochen ohne einander erlebt hatten.

»Und sie läuft schon ohne Leine. Ist überhaupt kein Problem. Sie bleibt immer nah bei mir«, berichtete Kerstin. »Selbst die größten Leinenfetischisten könnten bei ihr nicht meckern.«

»Warum ist dir das eigentlich so wichtig, dass ein Hund ohne Leine laufen darf? Du bist da ein bisschen extrem, oder?«

»Finde ich nicht!« Kerstin merkte, wie ihr Blutdruck stieg. »Hunde, die immer nur an der Leine sind, verlieren einen Großteil ihres Hundseins. Das ist meine Meinung, und dazu stehe ich. Und das vertrete ich auch!« Ihre Stimme war schärfer geworden.

»Ist ja schon gut, Schatz. Ich weiß ja, dass das ein Reizthema für dich ist. Und zum Glück können unsere beiden Vierbeiner ja ohne Leine laufen. Aber vergessen wir das jetzt mal.« Er schaute auf die Uhr. »Es ist Bettzeit.«

»Es ist doch erst sieben Uhr«, tat Kerstin empört. Sie war noch ein bisschen sauer und versuchte krampfhaft, die gute Stimmung wiederzufinden.

»Als Ehemann habe ich Rechte und du Pflichten, das habe ich im Oman gelernt. Also gehorche, Frau.« Tom gab sich autoritär.

»Ich glaube, ich muss mit deinem Chef sprechen, dass er dich in andere Länder schickt. Arabien tut dir nicht gut.«

Er richtete sich hoch auf und spannte die Muskeln an. »Ich weiß jetzt, wo mein Platz als Mann ist. Ich habe viel gelernt.«

Kerstin wehrte sich spielerisch, während Tom sie packte und ins Schlafzimmer trug.

»Runter vom Bett«, befahl er den beiden Hunden streng. »Das gehört heute nur mir und meiner Ehefrau.« Lachend warf er Kerstin aufs Bett. Die Hunde entschieden, dass es besser war, sich ins Wohnzimmer zu verziehen.

Kapitel 15

Die Zeit mit Tom erschien Kerstin wieder viel zu kurz. Aber wenn sie ehrlich war, genoss sie es auch, allein zu sein. Sie liebte Tom von ganzem Herzen, aber sie wusste nicht, ob sie es ertragen würde, ihn jeden Tag um sich zu haben. Daher war es so, wie sie im Moment lebten, perfekt.

Deshalb sah sie ihm mit einem lachenden und einem weinenden Auge nach, als er frühmorgens ins Auto stieg, um zum Flughafen zu fahren.

Die ersten Tage kam ihr das Haus ohne Tom immer sehr leer vor. Aber schnell hatte sie sich wieder an das Alleinsein gewöhnt. Einsam fühlte sie sich nie. Sie wusste es durchaus zu schätzen, wieder nach ihrem eigenen Rhythmus leben zu können.

Es war August und den Tag über sehr heiß gewesen. Aufgrund der Hitze brach Kerstin zur letzten Gassirunde erst später am Abend auf. Sie wollte nur bis zum Bach gehen, in dem die Hunde sich ein bisschen abkühlen konnten. Na ja, Jess kühlte sich ab und Tira machte ihre Pfoten nass. Zu mehr war sie nicht zu bewegen. »Eben ein Kind der Wüste«, erklärte Kerstin anderen Hundehaltern, die sich über die wasserscheue Hündin amüsierten.

Sie ging auf dem Feldweg zum Bach, als ihr eine Frau mit einem angeleinten Australian Shepherd entgegenkam. Knurrend und bellend sprang der schöne Hund in die Leine. Die dunkelhaarige Frau hatte Mühe, den Rüden zu bändigen. Kerstin rief Jess und Tira zu sich und ging mit ihnen bei Fuß an der Frau mit dem tobenden Hund vorbei.

Sie war wenige Meter gegangen, als sie hinter sich ein ploppendes Geräusch hörte. Rasch drehte sie sich um. Die Frau lag bäuchlings am Boden, ihr Hund beschnüffelte sie überrascht und neugierig.

»Kann ich Ihnen helfen?«, fragte Kerstin besorgt und machte einen Schritt auf die gestürzte Frau zu.

»Hauen Sie bloß ab!«, schrie die Frau. »Sie sind doch schuld. Sie mit ihren unangeleinten Mistkötern.« Mühsam rappelte sie sich hoch und zerrte wütend ihren verblüfften Hund zu sich.

»Ähm, wieso bin ich schuld?«, fragte Kerstin irritiert. »Wir sind doch ganz ruhig vorbeigegangen. Ihr eigener Hund hat Sie umgerissen.«

»Hauen Sie ab, verschwinden Sie!« Die Frau wurde langsam hysterisch. »Hier ist Leinenpflicht. Verstehen Sie, L E I N E N P F L I C H T.«

Kerstin fuhr sich mit der Hand über die Augen. Rote Punkte tanzten im schummrigen Abendlicht. Wütend machte die Frau kehrt und zerrte ihren Hund gewaltsam am Halsband hinter sich her. Kerstin rieb sich weiter die Augen, um wieder klare Sicht zu bekommen. Tira stupste sie vorsichtig an. Sie ging in die Hocke und streichelte ihre beunruhigten Hunde. »Alles gut. Kommt, wir gehen baden.«

Sie rieb sich weiter die Augen, bis ihre Sicht wieder klar wurde. Langsam beruhigte sich ihr Herzschlag. Ihr war ein bisschen übel. Zu viel Adrenalin, überlegte sie. Ich muss ruhiger bleiben. Nicht dass noch meine Gesundheit Schaden nimmt wegen solcher Idioten. Sie atmete ein paar Mal tief durch, während in ihrem Kopf bereits die Planungsphase ansprang. Sofort fühlte sie sich besser.

Am Bach traf sie zwei Bekannte, die ebenfalls auf die Idee gekommen waren, ihren Hunden eine Abkühlung zu gönnen. Sie erzählte ihnen, was gerade geschehen war.

»Ach, die kenne ich. Die wohnt in der Schürbankstraße, das rot-weiße Eckhaus«, sagte Rosi. »Die läuft meistens nur ein paar Meter in der Siedlung mit dem Hund. Ist total mit dem Rüden überfordert. Vergiss es einfach.«

In Kerstins Gehirn machte es ›klick‹. Sie lächelte, zeigte allerdings nur die Vorderzähne. »Ach ja, lohnt sich auch nicht, oder? Aber habt ihr nicht auch das Gefühl, dass es seit einiger Zeit eine neue Hunderasse gibt, den sogenannten ›Leinenhund‹? Scheint echt der neue Modehund zu werden. Kann man überall erwerben, sowohl beim Züchter als auch beim Tierschutz.«

»Ja, den Eindruck habe ich auch.« Rosi lachte. »Aber schau mal, deine Tira, heute ist sie sogar bis fast zum Bauch im Wasser. Sie wird bestimmt noch eine Wasserratte.«

Kaum hatte sie es ausgesprochen, verließ Tira mit angewidertem Blick den Bach und schüttelte sich ausgiebig. Erst als die drei anderen Hunde aus dem Bach kamen und auf der daneben liegenden Wiese Rennspiele veranstalteten, schloss sie sich ihnen wieder an.

Die drei Frauen lachten und freuten sich über ihre Hunde. Es war ein wunderbarer lauer Spätsommerabend.

Noch am selben Abend saß Kerstin am Esstisch und überlegte. Konnte man über das Internet an Strychnin kommen? Andererseits war Rizin ungefähr fünfundzwanzigtausendmal so giftig. Und davon hatte sie noch etwas. Wäre doch schade, es verkommen zu lassen, dachte sie und lächelte zufrieden.

Sie gesellte sich zu den Hunden, die es sich auf dem Sofa bequem gemacht hatten.

»Schön, dass ihr mir noch eine kleine Ecke zum Sitzen freigelassen habt, ihr Tölen«, sagte sie liebevoll und kraulte den beiden den Nacken, was sie sehr genossen. »Noch ein Stündchen lesen und dann ab ins Bett.«

Sie stand noch einmal auf, um alle Fenster aufzureißen, damit es sich in der Wohnung ein wenig abkühlen konnte. Dann nahm sie das Buch, einen spannenden Roman, und vertiefte sich, bequem auf der Couch liegend, in die historische Liebesgeschichte.

Erst am Wochenende hatte sie die Muße, das Rizin zu präparieren. Diesmal gab sie das Gift in eine Pennadel, die auch Diabetiker oft nutzten. Pennadeln sahen ein wenig aus wie Kugelschreiber, waren einfach zu handhaben, und die eigentliche Injektion war schmerzarm. Also genau richtig für Kerstins Zwecke.

Dann legte sie sich auf die Lauer. Sie bekam heraus, dass die Frau jeden Morgen um acht Uhr einmal mit dem Aussie um den Block ging und dann zur Arbeit fuhr. Dann war der Hund mindestens neun Stunden allein. Abends machte sie noch eine Runde, meistens ebenfalls in der Siedlung, seltener im Feld, fast nie im Wald. Könnten ja auch die Schuhe schmutzig werden, dachte Kerstin und bedauerte den völlig unausgelasteten Shepherdrüden. Der Ehemann schien den Hund nie auszuführen.

Kerstin war klar, dass sie an die Frau nicht herankam, wenn Jess und Tira dabei waren. Die beiden Hunde schauten sehr irritiert, als sich ihr Frauchen nun abends nach ihrem gemeinsamen Spaziergang in Joggingklamotten schmiss und ohne sie von dannen zog.

Es wurde jetzt abends schon recht früh dunkel, und Kerstin hoffte, die Frau im Dämmerlicht zu treffen. Morgens war die Siedlung einfach zu belebt, und abends führten viele andere Hundehalter ihre Vierbeiner aus. Es kam also auf ein gutes Timing an.

Die Chance ergab sich an einem wolkenverhangenen Abend. Es hatte den ganzen Tag geregnet, auch jetzt nieselte es noch. Kerstin hatte also einen guten Grund, sich die Kapuze ihrer Joggingjacke über den Kopf zu ziehen.

Mit einem Schirm in der Hand, den ziehenden Aussie-Rüden an der Leine, kam ihr die Frau entgegen. Aufgrund des Wetters waren die meisten Menschen in ihren Häusern. Es dämmerte bereits, sodass die wenigen Autos mit Licht fuhren.

Kerstin verlangsamte ihren Schritt, um den Rüden nicht zu beunruhigen. »Was bist du denn für ein Schöner«, säuselte sie, als sie fast heran war, und beugte sich vor. Der Hund sprang sie begeistert kläffend an, während sein Frauchen um Kontrolle kämpfte. »Conor, aus! Nicht springen, Conor! Lass es sein!« Behindert vom Schirm zerrte sie heftig an der Leine.

Kerstin tat so, als käme sie durch den Hund ins Straucheln. Sie prallte gegen die Frau, achtete darauf, dass die ihr Gesicht nicht zu sehen bekam, presste die Nadel gegen den entblößten Arm und drückte ab.

Die Frau war so sehr damit beschäftigt, ihren temperamentvollen Hund unter Kontrolle zu bekommen, dass sie den kurzen Schmerz gar nicht spürte. Kerstin schubste den Rüden von sich weg, murmelte eine Entschuldigung und joggte weiter. Kurz nur blickte sie zurück, sah, dass die Frau noch immer an ihrem Hund zerrte, der sich langsam beruhigte. Ihre Bewegungen schienen kraftloser geworden zu sein, aber vielleicht bildete sie sich das auch nur ein.

»So, meine Liebe, du wirst nie mehr jemanden beschimpfen oder dieses böse Wort benutzen«, sagte sie lauter, als sie wollte. Aber es war niemand da, der sie hören konnte. Kerstin zuckte über sich selbst die Achseln. »Vielleicht hat jetzt auch dein Hund eine Chance, ein besseres Zuhause zu finden. Das wünsche ich ihm von ganzem Herzen.« Sie nickte sich selbst zu und lächelte zufrieden. Sie fühlte sich in Hochstimmung.

Ein paar Tage später traf sie ihre Hundebekannte Rosi.

»Sag mal, hast du das mit der Frau mit diesem Australian Shepherd gehört?«, fragte Rosi.

»Welche Frau?« Kerstin stellte sich dumm.

»Die, mit der du letztens Ärger hattest. Mit diesem ständig kläffenden Rüden.«

»Ach die. Was ist mit der?«

»Die soll tot sein, habe ich gehört. Ganz plötzlich gestorben.«

»Echt? Ein Unfall?«

»Nee, wohl nicht. Ging ganz schnell, habe ich gehört. Hohes Fieber und dann hat das Herz versagt.«

»Hoffentlich nichts Ansteckendes.«

Rosi zuckte ihre wohlgerundeten Schultern. »Hoffentlich nicht.«

»Und was ist mit dem Hund?«

»Tierheim, habe ich gehört. Der Mann wollte ihn nicht behalten.«

»Traurig so was.«

»Ja, auch wenn die Frau echt doof war. Das wünscht man dann doch niemanden. Und der arme Hund.«

»Na, vielleicht findet der Hund jetzt eine neue Familie, die besser mit ihm umgeht.«

»Ist ihm zu wünschen. Aber ist schon komisch.«

»Was?«

»Es scheint in letzter Zeit etliche der wirklich blöden Leute zu treffen. Dieser Jäger, der so viele Hundefrauen in Angst und Schrecken versetzt hat, dann der Busch-Bauer, der ja echt gemeingefährlich war, und jetzt diese Tusse. Da meint es jemand gut mit uns.« Rosi zwinkerte Kerstin zu.

Einen kurzen Moment blieb Kerstin die Luft weg. Rasch fing sie sich wieder. »Wie meinst du das?«, fragte sie so unbefangen wie möglich. Ihr Herz raste.

»Bestimmt so eine Art Hundeengel, dem diese Leute auch auf den Keks gehen.« Rosie deutete in den verhangenen Himmel.

Kerstin atmete langsam wieder aus und lächelte etwas verkrampft. »Tja, wen die Götter lieben, den lassen sie früh sterben«, zitierte sie den römischen Komödiendichter Titus Plautius.

»Hm, ob sie sich damit einen Gefallen getan haben? Vielleicht nervt sie jetzt die Götter. Hauptsache, sie schicken sie nicht so bald zurück.«

Die beiden Frauen lachten.

»Ich wollte noch über die Felder gehen. Kommst du mit?«, fragte Rosi.

»Gern«, sagte Kerstin und entspannte sich endgültig. »Ist doch super, dass sich unsere Hunde so gut verstehen.«

Angeregt plaudernd setzten sie ihren Spaziergang fort.

Kapitel 16

Der Herbst kam und mit ihm Tom. Der Klimawechsel von der heißen, trockenen Wüstenluft zum nasskalten Deutschlandwetter brachte ihm gleich eine gehörige Erkältung ein. Kerstin umsorgte ihren kranken Mann.

»Du hast Fieber, mein Schatz«, sagte sie und legte das Thermometer fort.

»So fühle ich mich auch. Kannst du mir was geben, um es zu senken?« Er sah sie aus fieberglasigen Augen an.

»Bestimmt nicht. Du hast 38,8 Grad und das ist fabelhaft. Dein Immunsystem arbeitet so, wie es sollte. Das Fieber ist sehr nützlich.«

»Echt? Ich weiß nicht«, schniefte Tom. »Ich fühl mich echt nicht gut.«

»Alles gut, glaub mir. Sollte es weiter steigen, können wir immer noch überlegen. Ich mache dir jetzt erst mal das berühmte Hühnersüppchen.«

»Ach ja«, seufzte Tom und verkroch sich tiefer in seine Decke. Tira hatte sich eng an ihn gekuschelt, während Jess Kerstin in die Küche folgte.

»Und wenn du gegessen hast, inhalierst du. Ich stelle dir eine wirksame Mischung zusammen.«

»Du bist so gut zu mir«, murmelte Tom und nieste. »Quäl mich nur weiter mit deinen Kräutern und Wickeln.«

Kerstin lachte und brachte Tom eine neue Wasserflasche. »Hier, viel trinken. Und wenn ich dich quälen wollte, würde ich meine Mutter rufen. Die würde dich mit zwei Wärmflaschen auf dem Körper wie eine Mumie in ganz viele Decken einhüllen, sodass du dich nicht bewegen kannst, und dann das Weite suchen, damit sie deine Klagen nicht hört. Du würdest unbeweglich daliegen, wie ein Affe schwitzen und nach Luft schnappen. Also beschwer dich nicht, ich bin viel sanfter.«

»So was macht deine Mutter? Und ich habe sie immer für so nett gehalten.«

»Tja, so kann man sich täuschen. Bei meiner Mutter war es besser, nicht krank zu werden. Sie hatte echt rabiate Methoden. Die aber gut geholfen haben. Das muss ich zugeben.«

»Kannst du mir noch Taschentücher bringen?«, fragte Tom mit jammervoller Stimme.

Kerstin warf ihm kommentarlos ein Paket zu. Ihr starker Tom war wie so viele Männer ein echter Jammerlappen, wenn er eine Erkältung hatte. Aber sie konnte darüber lachen und ihn dennoch liebevoll umsorgen. Tom genoss es außerordentlich, dieses Klischee vom jammernden kranken Mann zu bedienen.

»Steck bloß die Hunde nicht an«, warnte sie ihn.

»Geht das denn?«

»Klar geht das. Also nicht küssen und möglichst nicht anniesen oder anhusten.«

»Ich werde mich bemühen.« Er streichelte Tira, die ihm genussvoll den Bauch bot. »Aber erzähl mal. Was war hier los während meiner Abwesenheit?«

»Ach, nichts Besonderes. Ich habe jeden einzelnen Tag gezählt, an dem du nicht da warst, und bin vor Sehnsucht fast eingegangen.«

»Schön wär's«, ließ Tom mit griesgrämiger Stimme verlauten. »Du hast bestimmt überhaupt nicht an mich gedacht.«

»Nein, niemals.« Kerstin brachte Tom die Hühnersuppe und ein Handtuch zum Unterlegen. Zufrieden beobachtete sie, dass sein Appetit nicht gelitten hatte. Tiras Nase wurde immer länger, als er Löffel für Löffel in den Mund schob, und auch Jess gesellte sich zu ihm aufs Sofa.

»Jess. Tira. Kommt, ich hab ausgekochtes Hühnchenfleisch für euch.« Das ließen sie sich nicht zweimal sagen und sausten in die Küche.

»Treulose Hunde. Für ein bisschen Hühnchen verlassen sie mich einfach.«

Kerstin lachte. »Ja, die Welt ist schlecht. Da siehst du's mal wieder.«

Tom schob den Teller beiseite. »Das hat gut getan. Ich werde jetzt ein bisschen schlafen.«

»Tu das. Ich mache eine Runde mit den Hunden. Schlaf schön.«

Tom drehte sich zur Seite und sie zog sich an, um dem Herbstwind und dem Regen zu trotzen. Bei diesem Wetter machten Hundespaziergänge wirklich keinen Spaß. Hoffentlich wird es noch mal besser mit ein bisschen Sonnenschein, dachte sie, während sie die Kapuze ihres Anoraks hochschlug.

Tira blieb wie angewurzelt stehen, als sie den ersten Schritt nach draußen gemacht hatte. Am liebsten hätte sie sich umgedreht und wäre wieder ins Warme und Trockene geflüchtet. »Ich besorge dir gleich nachher ein Mäntelchen, versprochen«, sagte Kerstin zu der Hündin. Tira hatte wenig Unterwolle und es war ihr erster Herbst in Deutschland. Besonders wenn es regnete und wehte, fror sie schnell.

»Komm, nur eine kleine Runde, ja?«, versuchte sie die Hündin zu überreden. Widerwillig setzte Tira einen Fuß vor den anderen. Auch Jess mit seinem kurzen Fell behagte das Wetter nicht, aber er fror längst nicht so schnell wie seine Gefährtin.

»Ihr seid wirklich Memmen, ihr zwei«, sagte Kerstin liebevoll. »Das bisschen Regen.« Aber sie erbarmte sich und fuhr mit dem Auto direkt bis zum Wald. Hier schützten die Bäume sie vor Regen und Wind, und die vielen Gerüche waren so anregend, dass die beiden Hunde das schlechte Wetter vergaßen.

Auf eine größere Runde verzichtete sie bei dem Wetter und machte mit den Hunden Schnüffelspiele, um sie mental auszulasten. Der Regen ließ nach, vom Wind war zwischen den Bäumen kaum etwas zu spüren. Außer ihr war niemand unterwegs, aber das kannte Kerstin schon. Sie lächelte über Sprüche wie »Ich würde ja gehen, aber mein Hund will bei Regen nicht raus«. Sie fragte sich immer, wo diese Hunde bei schlechtem Wetter ihr Geschäft verrichteten. Im Garten oder gar in einer Katzentoilette?

Direkt vom Spazierweg aus öffnete sich eine kleine Schneise, auf der umgestürzte Bäume lagen. Sie waren hervorragend für Leckerli-Suchspiele geeignet. Kerstin verließ den Weg und ging mit den Hunden die knapp zehn Meter zum ersten gefallenen Baum. Hier verteilte sie kleine Leckerli zwischen Unebenheiten der Rinde und auf den am Boden liegenden Ästen. Die Hunde waren augenscheinlich begeistert. Leidenschaftlich suchten sie den ganzen Baum ab. Kerstin wiederholte das Suchspiel an einem anderen Baum.

Plötzlich hörte sie das Geräusch eines Autos. Sie schaute zum Weg. Ein silberner Geländewagen hielt auf dem geschotterten

Wanderweg. Oh nee, dachte sie genervt. Jetzt kommt wieder ein Vortrag. Warum kann man mich nicht einfach in Ruhe lassen?

Tatsächlich, mit langen Schritten näherte sich eine Frau in Jagdkleidung. Ohne sich vorzustellen, zeterte sie gleich los. »Was soll denn das? Sie beunruhigen das Wild. Ich sehe, Sie haben einen Jagdhund dabei, haben Sie den unter Kontrolle?«

»Darf ich fragen, wer Sie sind?« Kerstin bemühte sich um Höflichkeit, während das Blut durch ihre Adern rauschte.

Die Frau ging nicht auf die Frage ein. »Wir haben uns alle Mühe gegeben, hier im Revier die Füchse zu eliminieren und wir waren sehr erfolgreich. Es gibt wieder mehr Fasane und Rebhühner. Aber diese frei laufenden Hunde machen uns wieder alles kaputt.«

Kerstin schüttelte sich innerlich vor Widerwillen, Wut schoss in ihr hoch. Sie versuchte krampfhaft, ruhig zu sprechen. »Nun lassen Sie mal die Kirche im Dorf. Wir sind hier keine zehn Meter vom Weg weg, und dies hier ist kaum als Wald zu bezeichnen. Hier ist absolut kein Wild, das wir beunruhigen könnten.«

»Und wenn das alle machen?« Die Jägerin plusterte sich auf.

»Puh, diesen Satz habe ich schon als Kind gehasst. Es machen eben NICHT alle. Es wäre sogar schön, wenn sich mehr Hundehalter mit ihren Hunden auch mental beschäftigen würden, aber sie tun es nicht. Sie sehen doch, es regnet ein bisschen, und schon ist niemand mehr unterwegs.«

Die Jagdpächterin ließ sich nicht beirren. »Ich muss Sie bitten, auf dem Weg zu bleiben. Es gibt hier doch wahrlich genug schöne Wege. Das Abweichen von den Waldwegen ist nicht erlaubt.«

»Allen Ernstes - machen Sie mich hier wegen der paar Meter an? Haben Sie Angst, dass Ihnen nicht genug Wild zum Abschießen bleibt?« Kerstin hatte Mühe, ihre Stimme zu kontrollieren.

»Ich diskutiere mit Ihnen nicht darüber. Nehmen Sie Ihre Hunde an die Leine und bleiben Sie auf den Wegen.«

»An die Leine soll ich sie jetzt auch noch nehmen? Warum das denn?« Kerstin knirschte mit den Zähnen.

»Sie verscheuchen mir hier die Fasane und hetzen das Rotwild. Das sind jagdlich ambitionierte Hunde, für die besteht im Wald Leinenpflicht.«

Kerstin schloss die Augen und ließ langsam die Luft aus den Lungen entweichen. Als sie die Augen wieder öffnete, musste sie blinzeln. Die Jägerin vor ihr verschwamm in roten Schlieren. Ohne ein weiteres Wort wandte sie sich ab. Die Hunde folgten ihr brav.

Als sie am Auto der Jägerin vorbeikam, bellte ein Großer Münsterländer sie vom Kofferraum aus an. Jess und Tira schnüffelten interessiert, aber Kerstin rief sie schroffer als gewöhnlich zu sich. Irritiert sahen die Hunde sie an.

Kerstin murmelte das Kennzeichen des grauen Mercedes Geländewagens vor sich hin. Schließlich fand sie in einer Tasche einen alten Einkaufszettel und notierte dort das Nummernschild. Es zuckte ihr in der Hand, diese Frau auf der Stelle mundtot zu machen. Ein Rest logischer Verstand sagte ihr jedoch, dass zwei tote Jäger im selben Wald für sie gefährlich werden könnten.

Sie schüttelte sich wie ein Hund, als der silberne Geländewagen im Wald verschwand. Dann sang sie, erst leise, dann immer lauter einen ihrer Lieblingssongs. Singen entspannte sie immer sehr. Auch die Hunde wurden rasch ruhiger. Als sie bei der vierten

Zeile angekommen war, funktionierte ihr Gehirn wieder glasklar und sie lächelte.

Ihr Rizin war inzwischen verbraucht. Das war nicht weiter schlimm, da sie gern einmal ein anderes Gift ausprobieren wollte. Die Experimente mit Rizin hatten sie ermutigt. Sie hatte ja gar nicht geahnt, wie spannend es war, sich mit Giftpflanzen zu beschäftigen. Es machte so viel Spaß, nicht nur darüber zu lesen, sondern sie auch praktisch anzuwenden. Eigentlich gar nicht so schlecht, dass es so viele Idioten gab. Die waren ja auch selbst schuld. Warum ließen die sie nicht einfach in Ruhe? Wer ihre Grenze überschritt, der musste eben damit rechnen, dass er nicht ungestraft davonkam. »Wer sich in Gefahr begibt, kommt darin um«, murmelte sie den alten Bibelspruch, den ihre Oma so gern auf der Zunge getragen hatte.

Zu Hause angekommen druckte sie sich eine Liste der giftigsten einheimischen Pflanzen aus. Ihr Blick blieb am Seidelbast hängen. Vielleicht geht sie nicht drauf, aber leiden wird sie, dachte sie fröhlich.

Später fuhr sie in ein großes Gartencenter und kaufte einen Seidelbast, der noch Früchte trug. Die Pflanze wurde häufig als Zierpflanze in Gärten genutzt. Aber es war zu spät im Jahr, um noch in den Gärten der Nachbarn danach Ausschau zu halten.

In ihrer Praxis mörserte sie fünf Samen. Sie hatte keine Ahnung, ob das eine tödliche Dosis war, aber wie sie so gern sagte – Versuch macht klug.

Die Frage war nun, wie sie das giftige Samenpulver in die Jägerin bekommen sollte. Sie zerbrach sich den Kopf, hatte aber keine Idee. Dann las sie zufällig in der Lokalzeitung, dass auf den Feldern vor dem Gysenbergpark am Montagnachmittag eine

Treibjagd auf Fasane stattfinden würde. Sicher feierten die Jäger im Anschluss ihren »großen Jagderfolg« mit viel Alkohol.

Am Montagnachmittag ging sie mit den Hunden auf den Feldern spazieren. Weit kam sie nicht, da sie schon von fern die Knallerei hörte. Tira zitterte vor Angst und wollte nur noch nach Hause.

»Blödes Volk, nicht wahr?«, sagte sie zu der Hündin. »Nee, das hat keinen Zweck, ihr müsst zu Hause warten.« Rasch kehrte sie um und ließ die beiden bei Tom, der sich auf dem Weg der Besserung befand.

»Schon wieder da?«, fragte er überrascht.

»Die Jäger sind los. Tira hat Angst vor der Knallerei.«

»Armes Schätzchen. Komm her zu Papa.«

Beide Hunde stürmten auf ihn zu und er knuddelte sie gründlich durch.

»Ich muss noch mal kurz weg in die Praxis. Bin in spätestens zwei Stunden zurück.«

»Ist gut. Bringst du was zu essen mit?«

»Vom Italiener?«

»Das wäre super.«

»Bis nachher.«

»Tschüss, Schatz.« Tom warf ihr eine Kusshand zu.

So, und was nun, fragte sich Kerstin. Es wurde bereits dunkel, die Jagd würde also sicher beendet sein.

Auf gut Glück fuhr sie einige Gaststätten in der Nähe ab. Vor den »Bürgerstuben« standen viele Geländewagen und SUVs, zum Teil konnte sie Jagdhunde im Kofferraum erkennen. Hier bin ich richtig, dachte sie und ging hinein.

Der Schankraum war voller Menschen, und es herrschte eine ausgelassene Stimmung. Alkohol floss in Strömen. Kerstin hatte sich immer gewünscht, eine hochgewachsene, schöne Frau mit langen Engelslocken zu sein. Jetzt war sie froh, dass sie aufgrund ihrer kleinen Gestalt kaum auffiel. Die blonden, glatten Haare hatte sie aufgesteckt und unter einer Mütze verborgen, die sie tief ins Gesicht zog. Ihr olivgrüner Parka ließ sie in der Masse der grüngekleideten Männer und Frauen verschwinden.

Sie schaute sich um. Von der Jägerin war nichts zu sehen. Kerstin wollte sich schon enttäuscht abwenden, als sie die Frau aus einem angrenzenden Raum kommen sah. Sie war sichtlich angeheitert. Ein schwitzender dicker Mann reichte ihr ein Glas Bier und schlug ihr herzhaft auf die Schulter, was sie mit einem übertrieben lauten Lachen quittierte.

Sie musste es unbedingt vermeiden, dass die Jägerin sie wiedererkannte. Als die Frau in Richtung Toiletten verschwand, nutzte sie den Augenblick und schlängelte sich durch die laute Menge. Niemand beachtete sie. Die Jägerin hatte ihr Glas auf einem kleinen Tisch abgestellt.

Was nun kam, war riskant. Es musste nur jemand zufällig in ihre Richtung schauen, wenn sie das Pulver ins Bier gab, und sie wäre aufgeflogen. Das Adrenalin rauschte durch ihre Adern, und sie lächelte. War das aufregend!

Von irgendeinem wild gestikulierenden Mann wurde sie unabsichtlich an den Tisch gedrückt. Er erzählte seinen Kumpels gerade eine haarsträubende Geschichte über seine jagdlichen Heldentaten. Kerstin zögerte nicht. Mit einer schnellen Bewegung schüttete sie das Samenpulver in das Bier.

Keine Sekunde zu früh, denn schon kam die Jägerin zurück. Kerstin schob sich mit Gewalt durch die Menge.

»He, nicht so hastig, junge Frau«, sagte ein bärtiger Mann und fasste nach ihrem Arm. Seine Augen waren schon glasig vom Alkohol. »Wer bist du denn? Kenn ich dich?«

»Wohl kaum«, erwiderte Kerstin schroff und entzog ihm den Arm.

»Nee, warte mal. Bleib doch.« Wieder grapschte der Mann nach ihr. Sie gab ihm einen kleinen Stoß und tauchte unter seinem Arm ab. Außer Atem erreichte sie den Ausgang.

Rasch warf sie einen Blick zurück. Befriedigt sah sie, dass die Jägerin aus ihrem Glas trank, direkt danach aber ein bisschen das Gesicht verzog. Sie nahm noch einen großen Schluck, stellte aber dann das Glas deutlich angewidert ab.

»Hoffentlich reichte das«, dachte Kerstin besorgt.

Als sie jedoch sah, dass die Frau begann, ihren Mund zu reiben und auszuspucken, war sie zufrieden. Sie wusste, das typische Brennen im Mund hatte eingesetzt. Bald würden Schwellungen hinzukommen, dann Blasen im gesamten Mundbereich, und die Verätzungen würden sich bis in den Magen ziehen. Später konnte sie sich auf Durchfall, Erbrechen und Krämpfe freuen, und wenn alles gut ging, würde ihr Kreislauf in den nächsten Stunden versagen. Kerstin hätte das zu gern live miterlebt, aber sie konnte nicht wagen, noch länger zu bleiben.

Sie warf noch einen raschen Blick in die Runde. Niemand beachtete sie, alle waren berauscht von ihren blutigen Taten und vom Alkohol. Schnell verließ sie die Gaststätte.

Draußen atmete sie tief die frische Luft ein. Puh, das war riskant, aber es hatte richtig Spaß gemacht. Am liebsten hätte sie vor

Freude und Lebenslust laut gejubelt. Frohen Mutes stieg sie in ihr Auto, drehte das Radio voll auf und rollte singend vom Parkplatz. Auf den Nachhauseweg holte sie die vorbestellte Pizza beim Italiener ab und fuhr zu Tom, Jess und Tira nach Hause.

»Da bist du ja. Ah, die Pizza – großartig«, sagte Tom. Er schnüffelte. »Warst du in einer Kneipe? Du riechst nach Alkohol und Zigarettenrauch.«

»Ja, aber nur kurz. Ich musste da ein Medikament abgeben«, antwortete Kerstin leichthin. Und das ist nicht mal gelogen, dachte sie befriedigt.

Sie machten sich einen schönen Abend. Tom ging es wesentlich besser, was sich auch auf seine Laune auswirkte. Wie gut ich es habe, dachte Kerstin. Ich bin wirklich gesegnet.

Die Jägerin überlebte knapp, aber sie brauchte sehr viele Wochen, um sich zu erholen. Sie glaubte, vergiftet worden zu sein, und auch die Ärzte waren dieser Meinung. Leider war ihr Bierglas längst gespült worden, als die Polizei Nachforschungen anstellte. Einer der Jäger meinte, sich an eine fremde Frau erinnern zu können. Aber er gab zu, so betrunken gewesen zu sein, dass er sich nicht sicher war. Seinen Kollegen war niemand aufgefallen.

Die Polizei suchte vor allem in der radikalen Anti-Jäger-Szene, aber auch im privaten Umfeld der Jägerin. Die Suche lief jedoch ins Leere. Aufgrund ihrer geschädigten Gesundheit gab die Frau die Jagdpacht auf.

Kapitel 17

Silvester war vorüber und damit die endlosen Böller-Orgien der Nachbarn. »War das wieder ätzend. Wie kann man nur so viel Spaß an hirnloser Knallerei haben?«, sagte Kerstin zu Tom. Sie war entnervt nach diesen vielen Tagen sinnentleerter Böllerei.

Tom streichelte ihr kurz über den Arm. »Keine Ahnung. Und das viele Geld, das die verschießen. So schlimm wie dieses Jahr war es aber auch noch nie, glaube ich.« Er schien nur halb bei der Sache, denn er packte für einen längeren Aufenthalt auf der Arabischen Halbinsel.

»Das ist doch auch total rücksichtslos! Nicht nur für die Haustiere ist das der blanke Horror, auch für die vielen Wildtiere.«

»Du kannst die Menschen nicht ändern, Krümel. Hast du meinen blauen Pullover gesehen?«

Kerstin sah ein, dass Tom zu abgelenkt für ein Gespräch war. Sie holte ihm seinen Pullover aus dem Schrank und legte ihn neben den Koffer. »Ich mache uns einen Kaffee«, sagte sie und ging in Begleitung der Hunde in die Küche.

Manchmal war sie von ihrem Mann doch ein wenig enttäuscht. Wie konnte er immer so ruhig bleiben, während andere Leute keine Hemmungen kannten, rücksichtslos auf ihren Nerven herumzutrampeln? Vielleicht sollte ich irgendwo hinziehen, wo keine Menschen sind, überlegte sie. Eine einsame Alm wäre vielleicht das Richtige.

Am nächsten Tag brachte ein Taxi Tom zum Flughafen und der Alltag kehrte bei Kerstin ein. Die Praxis lief weiterhin mehr als zufriedenstellend und Jess und Tira wurden zu einem immer besseren Team. Wie so oft nach Silvester wurde es kalt und der erste Schnee des Jahres fiel.

Kerstin machte am Nachmittag einen Schneespaziergang. Die Flocken umtanzten sie. Außer ihr war kaum jemand im Feld. Sie atmete tief ein und genoss die Stille. In der Ferne sah sie einen Mann mit Hund, der ihr langsam entgegenkam.

Hm, kenne ich nicht, dachte sie. Jess und Tira tobten ausgelassen auf dem verschneiten Feld. Kerstin rief sie vorsichtshalber heran. Der Mann kam näher und Kerstin erkannte den Hund. Sie hatte den großen, langhaarigen Mischling schon ein paar Mal mit seinem überaus ängstlichen Frauchen gesehen. Die Frau wich stets weit aus, wenn sie einen anderen Hund sah, oder drehte gar um und ging – nein flüchtete – eiligen Schrittes nach Hause. Soweit sie es beobachten konnte, flippte der Rüde bei Hundebegegnungen komplett aus, daher hielt die Frau ihn immer mit beiden Händen an extrem kurzer Leine.

Der Mann gestikulierte schon von Ferne und zog seinen Hund an der Leine eng zu sich heran. Kerstin war sofort klar, was er wollte, aber sie stellte sich dumm. Ihre Hunde saßen brav bei ihr und sie harrte der Dinge, die da kommen würden. Sie merkte jedoch, dass ihr Adrenalinpegel anstieg.

»Gute Hunde«, lobte sie leise ihre Vierbeiner, die interessiert dem näher kommenden Hund entgegensahen.

Der Mann gestikulierte weiter, zeigte immer wieder auf seine Uhr und blieb schließlich stehen. Kerstin stellte sich weiter dumm, auch wenn das Blut in ihren Ohren zu rauschen begann.

Der Mann verlor die Geduld. »Verdammt noch mal!«, schrie er. »Nehmen Sie Ihre Hunde an die Leine.«

Kerstin zuckte die Achseln und lächelte nur mit den Vorderzähnen. »Warum? Die sitzen doch ganz brav hier.«

»Nehmen Sie sofort Ihre Hunde an die Leine. Hier besteht Leinenpflicht.« Das Gesicht des dicklichen Mannes bekam rote Flecken. Er ruckte wild an der eigenen Leine, obwohl sein Hund gar nichts machte, nur guckte.

»Oh, mal wieder ein ganz Oberschlauer«, konterte Kerstin. »Gehen Sie doch einfach vorbei, Mann.« Ihre Stimme war tief vor Wut.

»Und dann beißt mein Hund Ihren tot und wir haben den Schlamassel«, tobte der Mann.

»Blödsinn. Gehen Sie einfach vorbei. Ist doch Platz genug.«

»Hier ist Leinenpflicht, verdammt noch mal!«, brüllte der Mann aufgebracht.

Der Schnee vor Kerstin hatte plötzlich rote Punkte. »Dich kriege ich«, flüsterte sie und lächelte mit hochgezogener Oberlippe. »Dich kriege ich.«

Scheinbar einsichtig leinte sie Jess und Tira an und ging aufreizend langsam an dem Mann vorbei, ohne auch nur im Geringsten die Miene zu verziehen. Der große, gefleckte Hund schaute nur interessiert, aber sein Herrchen ruckte weiter herrisch an der Leine.

Im Kopf ging Kerstin bereits alle Giftpflanzen durch, die sie kannte. Eine nach der anderen ließ sie im Geist vorüberziehen. Das beruhigte sie ungemein. Aber erst musste sie herausfinden, wo der Mann wohnte. Mechthild würde es wissen. Sie lebte schon seit vierzig Jahren in der Siedlung und kannte nahezu jeden.

Der Mann sagte noch etwas, aber sie hörte es nicht. Das Gedankenkarussell in ihrem Kopf hatte eingesetzt und ratterte immer schneller. Sie löste die Leine und die Hunde flitzten voran. Ihr Lächeln war nun echt und strahlend.

Liebevoll beobachtete sie Jess und Tira, die voller Begeisterung den ersten Schnee des Jahres begrüßten, freudig umeinander herumsprangen, was schließlich in einem wilden Rennspiel endete. »Ihr seid ja völlig durchgeknallt!«, rief sie lachend.

Energisch verdrängte sie den Mann aus ihren Gedanken. Für ihn war später Zeit genug. Jetzt waren die Hunde weitaus wichtiger. Gut gelaunt spielte sie mit Jess und Tira auf der verschneiten Wiese.

Natürlich kannte Mechthild den Mann. Er wohnte direkt an den Feldern auf der Holthauser Straße in einem Reihenhaus. Der sei zwar ein bisschen komisch, aber eigentlich ganz nett, meinte sie. Kerstin nickte unverbindlich und wechselte das Thema.

Wenn sie mit den Hunden zum Gysenbergpark ging, kam sie oft an dem Haus vorbei. Vor der Garage stand ein dunkelroter Opel Astra. Sie lugte unauffällig hinein. Drinnen lagen mehrere leere und halb leere Cola-Flaschen. Bingo, dachte sie. Jetzt musste sie nur herausbekommen, ob nicht auch die Ehefrau das Auto benutzte. Es war ihr eigentlich gleichgültig, ob es diese merkwürdige Hundehalterin auch erwischte, aber der Mann war ihr wichtiger.

Sie besorgte eine identisch aussehende Cola-Flasche und gab Schierlingspulver in die Flüssigkeit. Du wirst sterben wie Sokrates, diese Ehre hast du eigentlich nicht verdient, dachte sie.

Es war jedoch schwieriger als gedacht, die Cola-Flasche im Auto zu deponieren. Das Haus hatte einen Bewegungsmelder. Ständig sprang das Licht an. Und nachts stand das Auto in der Garage.

Einmal wäre sie fast erwischt worden, als sie abends an dem Auto hantierte. Sie konnte gerade noch rechtzeitig ins angrenzende Feld entwischen. Die Hunde in den anliegenden Häusern bellten.

Schließlich wartete sie einen Tag mit strömendem Regen und stürmischem Wind ab. Die Kältewelle nach Silvester hatte nicht angehalten. Rasch war der Schnee wieder in Regen übergegangen. Erst in der kommenden Woche sollten die Temperaturen laut Wetterbericht wieder fallen und der Wind nachlassen.

Sie hatte herausgefunden, dass der Mann gegen sechs Uhr abends von der Arbeit kam. Also machte sie sich auf den Weg. Die Hunde ließ sie zu Hause.

Sie hatte Glück. Das Auto stand noch in der Einfahrt. Niemand war zu sehen, nur die Straßenlaternen erleuchteten ein wenig die nasse Dunkelheit. Gebückt näherte sie sich der Beifahrertür. Der Bewegungsmelder reagierte nicht. Kerstin hatte an ihrem eigenen Auto geübt und konnte inzwischen ein Auto in weniger als zehn Minuten öffnen.

Doch auch zehn Minuten können lang werden. Immer wieder hielt sie inne, um zu lauschen, hörte aber nur den heulenden Wind und einmal in der Nähe eine Autotür schlagen. Sie schrak zusammen, als die Rollläden im Nachbarhaus hinuntergelassen wurden. Aber niemand ließ sich blicken. Nur eine getigerte Katze kam von ihrem Streifgang zurück, beäugte sie misstrauisch und trollte sich dann in ihr trockenes und warmes Zuhause.

Endlich sprang die Zentralverriegelung auf. Rasch entfernte sie eine der Cola-Flaschen auf dem Beifahrersitz und deponierte stattdessen ihre mitgebrachte. Leise schloss sie die Tür wieder. Sie ließ das Auto offen. Sollte der Mann doch denken, dass er in der

Eile, um aus dem stürmischen Regenwetter zu kommen, vergessen hatte, das Auto abzuschließen. Sie wollte nur noch hier weg.

Keine Minute zu früh. Der Bewegungsmelder sprang an und der Besitzer des Opels trat aus dem Haus. Fluchend eilte er im strömenden Regen zur Garage und öffnete das Tor. Kerstin duckte sich reaktionsschnell weg und fand Schutz hinter dem Müllcontainer des Nachbarhauses. Ihr Herz raste. Unter ihrer regennassen Kapuze lächelte sie breit und ballte im Triumph die Faust.

Pudelnass und durchgefroren kam sie zu Hause an. »Puh, jetzt brauche ich erst mal ein schönes Bad«, sagte sie zu den Hunden. Sie schälte sich aus ihrer triefenden Kleidung und ließ Badewasser ein. In das eingelaufene Wasser gab sie Lavendelöl, um zu entspannen. Mit einem zufriedenen Seufzen ließ sie sich in das heiße Wasser gleiten und schloss genüsslich die Augen. Ein wirklich guter Tag, dachte sie.

Ein paar Tage später traf sie beim Spazierengehen auf ihre Hundebekannte Mechthild. Sie unterhielten sich angeregt, während ihre Vierbeiner vorausliefen.

»Weißt du eigentlich, dass der Mann mit dem gefleckten Hund tot ist?«, fragte Mechthild im Verlauf des Gesprächs.

»Welcher Mann?«, fragte Kerstin.

»Na der, nach dem du mich letztens gefragt hast. So ein korpulenter mit einem großen, langhaarigen Rüden. Du weißt schon.«

»Ach der. Ja, kann mich dunkel erinnern. Und der ist tot?«

»Ja, stell dir vor. Er hat auf der Arbeit plötzlich Lähmungserscheinungen bekommen und ist umgekippt. Hat mir Rosi erzählt, die kennt die Leute näher. Im Krankenhaus konnten sie nichts mehr machen.«

»Na ja, so richtig traurig bin ich nicht«, gab Kerstin zu. »Er war schon sehr unsympathisch.«

Mechthild zuckte mit den Achseln. »Ich fand ihn eigentlich ganz nett. Aber so genau kenne ich die Leute nicht. Bin auch mal gespannt, was mit dem Hund jetzt geschieht. Der ist ja nicht gerade einfach.«

Kerstin nickte. »Hoffentlich muss er nicht ins Tierheim.«

»Ja, das wäre traurig«, meinte Mechthild. »Schau mal, wenn man vom Teufel spricht, da kommt Rosi.«

Ein paar Minuten später waren die drei Frauen in ein lebhaftes Gespräch verstrickt. Der tote Mann war Schnee von gestern.

Kapitel 18

»Kommt, wir holen Tom vom Flughafen ab«, forderte Kerstin die Hunde auf. Beide wedelten erwartungsvoll mit dem Schwanz, als sie Toms Namen hörten.

Auf der Straße stellte Kerstin fest, dass sie mal wieder zugeparkt war. Die neuen Nachbarn von gegenüber. Sie hatte sie bereits zweimal darauf angesprochen, aber der Nachbar meinte nur machomäßig, es sei doch mehr als genug Platz, um rauszukommen, selbst für eine Frau.

Kerstin kochte. Es gab ausreichend Platz auf dem Parkstreifen. Das dichte Auffahren war völlig unnötig. »Hirnloses Machopack«, schimpfte sie, als sie mühsam ihr Auto aus der Parklücke bugsierte. Jess hinter dem Gitter auf der Rückbank schnaufte ihr beruhigend in den Nacken.

»Ist schon gut, Herrschaften«, sagte Kerstin zu den Hunden. »Nur, wer nicht hören will, muss fühlen.« Sie lächelte voller Vorfreude. »Aber erst holen wir Tom ab und dann sehen wir weiter.«

Kerstin erreichte den Flughafen mit zehn Minuten Verspätung. Tom wartete bereits. Er nahm seine Frau zärtlich in die Arme. »Ich habe dich so vermisst«, flüsterte er ihr ins Ohr.

»Und ich dich erst.« Sie küssten sich leidenschaftlich.

Hand in Hand gingen sie zum Auto, und hier begrüßte Tom erst mal die Hunde. Besonders Tira war außer Rand und Band. Tom war und blieb ihr Held.

»Hast du das Ferienhäuschen bekommen?«, fragte Tom.

»Ja, und Hunde sind auch willkommen. Freu mich total aufs Meer.«

»Nächste Woche soll es ja auch schön werden, wenn sich die Wetterfrösche nicht geirrt haben.«

»Ganz bestimmt. Und am Meer kann man ja immer raus. Wenn das Wetter nicht so toll ist, bleiben wir eben länger im Bett.« Kerstin sah Tom schelmisch an.

»Eine wunderbare Idee, Krümel.« Tom lachte herzlich.

Wie ich dieses Lachen vermisst habe, dachte Kerstin. Er ist einfach einzigartig.

»Woran denkst du?«, fragte Tom auch prompt.

Kerstin lächelte ihn warm an. »Was ich mit dir für ein Glück gehabt habe.«

»Und ich mit dir«, sagte Tom und küsste übertrieben hingebungsvoll ihre Hand.

Zu Hause angekommen musste Kerstin ein Stück weiter weg parken, da die Nachbarn ihren angestammten Platz vor ihrer Tür zusätzlich mit einem Moped blockiert hatten. Das bedeutete auch, dass sie Toms Gepäck schleppen mussten.

»Wie viele Fahrzeuge haben die eigentlich?«, fragte Tom.

»Na, mindestens zwei Autos und zwei Mopeds. Die könnten eigentlich ihren Vorgarten opfern und dort parken, statt hier die Nachbarn zu ärgern.«

»Hast du schon mit ihnen gesprochen?«

»Ja, zweimal. Asoziales Pack. Nur Machosprüche geerntet, von wegen, es sei doch genug Platz, da käme selbst eine Frau raus und so weiter.«

»Dann spreche ich noch mal mit denen.«

»Lass nur, das gibt nur Ärger. Wird sich schon einpendeln.«

Tom küsste Kerstin. »Meine harmoniebedürftige Frau.«

Kerstin runzelte kurz die Stirn, drückte sich dann aber an ihn. »Komm erst mal rein und erhol dich. Ich koch uns was Schönes.«

»Musst du nicht in die Praxis?«

»Nein, heute nicht. Hab mir extra für dich freigenommen.«

Hand in Hand gingen sie ins Haus. Die Hunde umsprangen sie ausgelassen.

»Es ist schön, wieder daheim zu sein«, sagte Tom und kniete sich vor Tira, um sie zu knuddeln. Jess drängte sich dazwischen und bekam auch eine ordentliche Portion Streicheleinheiten ab.

Am Abend schlief Tom auf dem Sofa ein. Beide Hunde umlagerten ihn und er hatte den Arm um Tira gelegt. Kerstin bedeutete den Hunden, dortzubleiben, und schlich hinaus.

Der Bewegungsmelder an ihrem Haus sprang an. Sie wartete, bis das Licht ausging, und zog das Skalpell aus der Tasche. Rasch schaute sie nach rechts und links. Es war niemand zu sehen. Die Rollläden bei den Nachbarn waren heruntergelassen. Voller Genuss stach sie die Klinge mehrmals in die Reifen des schwarzen Golfs. Sie bedauerte, dass das Moped nicht mehr auf seinem Platz stand. Zu gern hätte sie sich auch diese Reifen vorgenommen. Nun, dann eben noch mal der Golf. Sie zog das Messer einmal längs der Wagentüren und schaute befriedigt auf das Ergebnis. Morgen früh würde es sicher noch besser aussehen.

Wieder im Haus entsorgte sie das Einmalskalpell fachgerecht und ging ins Wohnzimmer.

Sie küsste Tom leicht auf die Wange. »Komm ins Bett, Schatz.«

Tom lächelte sie verschlafen an. »Wie spät ist es?«

»Elf Uhr durch.«

Er gähnte. »Geh du schon mal vor. Ich komm gleich nach.«

Kerstin küsste Tom noch einmal und verschwand dann im Bad.

Als sie am nächsten Morgen die Frührunde mit Jess und Tira machte, hatte sie Gelegenheit, ihr Werk bei Tageslicht zu begutachten. Ein langer, hässlicher Kratzer in der Karosserie und zwei platte Reifen. Ihr Nachbar stand aufgeregt davor und telefonierte an seinem Handy.

»Oh, was ist denn hier passiert?«, fragte Kerstin unschuldig.

»Sehen Sie doch. Was ist mit Ihrem Auto, hat das auch was abbekommen?«

»Muss ich mal schauen. Aber ich parke ganz da hinten, gestern war hier kein Platz.« Ihre Stimme klang zuckersüß.

Der Nachbar schaute sie misstrauisch an. »Dann gucken Sie mal besser nach.«

Kerstin schlenderte zu ihrem Auto hinüber und beugte sich hinunter, als würde sie die Reifen begutachten. Dann winkte sie mit der Hand. »Alles in Ordnung bei mir«, rief sie fröhlich.

Der Nachbar machte eine ärgerliche Bewegung und sprach weiter gestikulierend in das Smartphone.

Erst als sie um die Ecke war, erlaubte sich Kerstin, laut zu lachen. Die Hunde schauten sie irritiert an. »Das hat Spaß gemacht«, erklärte sie ihnen. Sie hockte sich hin und streichelte ihre schönen Köpfe. »Ja, das hat richtig Spaß gemacht. Wisst ihr, ich kann rücksichtslose Menschen einfach nicht ausstehen.« Noch einmal lachte sie herzlich und Jess leckte über ihr Gesicht. »Ja, ihr seid feine Hunde, nicht wahr? Ich bin so glücklich, euch zu haben.«

Kapitel 19

Eine Woche später fuhren Tom, Kerstin und die beiden Hunde nach Sylt. Das gebuchte Ferienhaus war zwar klein, aber wunderschön an den Dünen gelegen und besaß einen eingezäunten Garten. Jetzt, Anfang April, waren die Strände noch wenig besucht und selbst die Strandhäuschen zum großen Teil unbesetzt.

Kerstin war früher regelmäßig mit ihren Eltern und dem Familienhund Bella im Frühjahr nach Sylt gefahren. Sie dachte gern an diese Zeit zurück.

Jess und Tira hatten viel Spaß am Strand. Sie flitzten über den Sand und konnten sich kaum einkriegen. Auch die Wellen fanden sie sehr interessant, mieden aber den Kontakt mit dem Wasser. Tira probierte das Salzwasser, verzog aber sofort das Gesicht und speichelte.

Auch andere Hunde genossen die Weite und den Sand, und Jess und Tira fanden etliche Spielgefährten.

Das Wetter war kühl und windig, aber überwiegend trocken. Kerstin und Tom unternahmen weite Strandspaziergänge. Auf der Wattseite nahmen sie die Hunde an die Leine, da die Brut- und Setzzeit begonnen hatte und sie vermeiden wollten, dass die Hunde die Vögel jagten. Aber auf der Seeseite rannten und spielten die Vierbeiner am Strand, was das Zeug hielt.

Tom hatte wie Kerstin die Mütze tief über die Ohren gezogen, um sich vor dem frischen Wind zu schützen. »Es ist so schön, diese unbändige Freude mit anzusehen.«

»Jetzt kommt auch noch die Sonne heraus«, meinte Kerstin und hielt ihr Gesicht in die ersten wärmenden Strahlen. »Es ist einfach herrlich, wieder mal hier zu sein.«

»Guten Tag«, sprach sie eine barsche Stimme von hinten an. »Sind das Ihre Hunde?«

»Ja, wieso?«, fragte Tom alarmiert und nahm Kerstins Hand.

»Sie wissen, dass hier Leinenpflicht ist?« Der Mann baute sich gewichtig vor ihm auf.

»Aber hier ist doch fast niemand«, warf Kerstin ein, bevor er antworten konnte. Er schaute sie irritiert an, weil sie dabei merkwürdig mit den Augen zwinkerte.

»Das spielt keine Rolle. Ab dem fünfzehnten März besteht auf diesen Strandabschnitten Leinenpflicht. An den Hundeständen können Sie fast immer ihre Hunde frei laufen lassen. In einem geordneten Rahmen natürlich. Hier jedoch nicht, das ist eine Ordnungswidrigkeit.«

»Sie sind vom Ordnungsamt?«, fragte Tom und schob Kerstin ein Stück zurück.

Der dunkel gekleidete Mann holte seinen Ausweis aus der Tasche und hielt ihn ihm unter die Nase.

»Herr Jensen, wir verstehen das. Aber im Moment ist hier weit und breit keine Menschenseele. Können Sie da nicht eine Ausnahme machen?«, versuchte er es auf seine ruhige, vernünftige Tour. Ohne Erfolg.

»Ich muss Sie bitten, Ihre Hunde zu rufen und sie anzuleinen, sonst muss ich Sie belangen.«

»Schon gut.« Tom warf einen kurzen besorgten Blick auf Kerstin, die den Ordnungshüter fixierte und immer noch so merkwürdig blinzelte. »Jess! Tira!«, rief er die Hunde zu sich.

Als die Hunde herankamen, hatte Kerstin sich abgewendet und schaute mit leerem Blick auf die aufgewühlte See. Ab und zu wischte sie sich mit der behandschuhten Hand über die Augen.

Tom leinte die Hunde an. »Alles okay? Hast du was im Auge?«, fragte Tom, aber Kerstin schüttelte nur stumm den Kopf.

Der Ordnungshüter nickte befriedigt, ging die paar Schritte zu seinem Auto und stieg ein. Tom sah ihm nach, wie er auf dem Strand davonfuhr.

»Was für ein Idiot. Komm, Kerstin, wir gehen einen Tee trinken und fragen dann in der Touri-Information nach den Hundesträanden, ja?«

Kerstin lächelte ihn an, aber ihr Blick war seltsam leer. »Ein Tee würde gut tun«, sagte sie tonlos.

Tom hakte sich bei ihr unter. »Hey, durch den lassen wir uns doch nicht den Tag verderben. Also, erst mal raus aus dem Wind.«

»Ist gut«, murmelte Kerstin. Ihr Blick war jetzt nicht mehr leer, sondern eher konzentriert.

Zwei Tage später hatte Tom einen Termin im Syltness Center zu einer Ayurvedamassage, die sie ihm zum Geburtstag geschenkt hatte. Neunzig Minuten würde sie dauern, und anschließend kam die Dampfsauna. Da einer bei den Hunden bleiben musste, ging Tom allein hin.

»Du wirst die Massage genießen. Sie ist wirklich wundervoll«, sagte Kerstin, die selbst diese Erfahrung bereits gemacht hatte.

»Und was macht ihr in der Zeit?«

»Wir gehen eine kleine Runde.«

»Gut, dann treffen wir uns heute Mittag wieder. Ich bringe Fisch von Gosch mit.«

»Oh ja, super.« Kerstin sah Tom nach, wie er mit dem Auto Richtung Westerland davonbrauste. Jetzt musste es schnell gehen.

Warum sie pulverisierte Engelstrompete bei sich führte, hätte sie selbst nicht sagen können, aber sie brannte darauf, sie auszuprobieren. Sie hatte so viele interessante Dinge über diese schöne Pflanze gelesen und wusste, dass sie in allen Teilen hochgiftig war, wenn sie auch eher selten tödlich wirkten.

»Wir werden sehen«, murmelte sie. Giftpflanzen machten ihr immer größere Freude. Sie waren ja so spannend. Eigentlich gut, dass es so viele Idioten gab, an denen sie sie ausprobieren konnte.

Sie hatte Glück. Der schwarze Geländewagen stand am Strand. In einiger Entfernung konnte sie den Ordnungshüter erkennen, der mit zwei Hundehaltern sprach.

»Neue Opfer. So ein Wichtigtuer.« Die Hunde sahen sie an. »Ich spreche mit mir selbst, nicht mit euch.«

Das Auto war nicht verschlossen. Auf dem Beifahrersitz lag eine Thermoskanne. Der Mann konnte sie von seinem Standort aus nicht sehen und war auch gut beschäftigt, wie sie an seinen gestikulierenden Bewegungen erkennen konnte. Allerdings war es möglich, dass Spaziergänger in den Dünen sich fragten, was sie dort tat. Sie musste schnell sein.

Also schnappte sie sich die Thermoskanne, öffnete sie und schnüffelte daran. Kaffee. Sehr gut. Koffein mit Engelstrompete ergab eine gute Kombination. Rasch schüttete sie das Pulver in die Kanne und verschloss sie wieder. Da sie wegen der Kälte Handschuhe trug, musste sie sich um Fingerabdrücke keine Gedanken machen.

Leise schloss sie die Autotür und sah sich um. In recht kurzer Entfernung lief ein Paar mit Kind und Hund. Die Menschen hatten jedoch Kapuzen auf und schauten vor allem auf die Wellen. Auch der Ordnungsmann kam nun mit großen Schritten zurück.

Sie zog sich ebenfalls die Kapuze weit ins Gesicht, nahm die Hunde kürzer und ging in einem Bogen zur Wasserkante. Der Mann warf nur einen kurzen, kritischen Blick auf ihre angeleinten Hunde und stapfte weiter durch den Sand. Befriedigt sah sie zu, wie er die Thermoskanne zur Hand nahm und Kaffee in einen Becher goss.

»Wohl bekomm's«, murmelte sie und lächelte siegessicher. Nachdem das Auto weg war, ließ sie die Hunde von der Leine. Die Leute, die wegen ihres frei laufenden Dackels von dem Ordnungshüter angesprochen worden waren, folgten ihrem Beispiel. Verschwörerisch lächelten sie sich an.

Tom kam völlig entspannt und gut gelaunt von seiner Massage zurück.

»Das war wundervoll, Krümel«, sagte er und gab ihr einen Kuss. »Vielen Dank für das Geschenk. Es hat so gut getan.«

»Das freut mich, Schatz. Du siehst auch richtig erholt aus. Leg dich ruhig noch ein bisschen aufs Sofa und knuddel mit den Hunden. Ich mache uns den Fisch.«

Sie genossen ein wunderbares Fischgericht, machten eine Stunde Siesta und wanderten anschließend in der nur leicht verschleierten Frühlingssonne über die Dünen. Es war ein perfekter Tag.

Kapitel 20

Einen Tag vor ihrer Abreise saß Tom am Frühstückstisch und las das Inselblatt.

»Du, dieser Ordnungshüter, der uns letztens angesprochen hatte, der hieß doch Jensen, oder?«

»Keine Ahnung.« Kerstin köpfte ihr Frühstücksei und gab etwas Salz auf das Eigelb.

»Der ist tot.«

»Ach was.« Kerstin gab sich desinteressiert. »Hat er einen Hundehalter zu viel geärgert?«

»Mag sein. Hier steht nicht, wie er gestorben ist.«

»Vielleicht hat er sich totgeärgert.« Kerstin kicherte.

Irritiert sah Tom sie an. »Nett war der Mann wirklich nicht, vielleicht war er auch ein Idiot, aber den Tod wünscht man ihm ja nun doch nicht.«

»Nicht?« Arglos sah Kerstin Tom in die Augen.

Der runzelte die Stirn. »Manchmal bist du mir ein klein bisschen unheimlich, Krümel.«

Kerstin lachte. »Nun hör aber auf. Was interessiert uns dieser Mann? Lass uns lieber unseren letzten Urlaubstag genießen.«

»Hm«, brummte Tom, legte aber die Zeitung weg. »Was machen wir denn heute?«

»Ich würde gern noch mal zum Ellenbogen. Das Ordnungsamt hat ja heute wohl andere Probleme und ist unterbesetzt, da können die Hunde frei laufen.« Sie lachte fröhlich.

Tom verzog ein wenig das Gesicht, sagte aber nichts dazu. Und so verlebten sie einen wunderschönen letzten Urlaubstag und machten eine lange Wanderung am Ellenbogen. Sie sammelten

Muscheln, sahen zwei Seehunde und freuten sich mit den Hunden an ihrer Freiheit. Nur manchmal schaute Tom Kerstin prüfend an, und seine Augen verengten sich leicht. Es waren nur kurze Momente, und Kerstin übersah es geflissentlich.

Am Abend gingen sie in die »Kajüte«, um die letzten Muscheln zu genießen. Bald kämen die Monate ohne »r«, dann sollte man Muscheln bekanntermaßen lieber meiden.

»So lecker«, schwärmte Kerstin und sah Tom liebevoll an. »Das war ein gelungener Urlaub, Schatz. Das sollten wir jedes Jahr machen.«

»Fand ich auch. Aber schau mal, was ist denn da los?«

Kerstin drehte sich um. Ein älterer Mann am anderen Ende des Speiseraums war zusammengebrochen und lag am Boden.

»Einen Krankenwagen! Rufen Sie einen Krankenwagen!«, rief Kerstin dem Wirt zu und eilte hinüber.

»Haben Sie Schmerzen?« Kerstin hatte sich neben dem alten Mann niedergekniet.

»Ja, furchtbare Schmerzen. In der Brust«, keuchte der Mann. Er war sehr blass. Kalter Schweiß stand ihm auf Stirn und Oberlippe.

»Sagen Sie der Notfallzentrale Verdacht auf Herzinfarkt!«, rief Kerstin dem telefonierenden Wirt zu.

»Ich … kriege … keine Luft.« Der Mann keuchte immer schlimmer.

»Tom, hilf mir, ihn höher zu lagern.« Rasch schoben sie ihm zahlreiche Sitzkissen unter den Oberkörper und Kerstin öffnete sein Hemd und den Gürtel.

»Nimmt er Medikamente?«, wandte sie sich an die entsetzte Ehefrau.

Mit schreckgeweiteten Augen starrte diese auf ihren keuchenden Mann. »Nein. Ich meine, die sind zu Hause.«

Der Mann verlor das Bewusstsein.

»Kein Puls mehr. Kissen weg«, kommandierte Kerstin. »Flach hinlegen.«

Tom und ein weiterer Mann gingen ihr zu Hand. Umgehend begann sie mit der Herzdruckmassage. Als der Notarzt endlich eintraf, war sie vor Anstrengung schweißgebadet.

»Machen Sie weiter«, sagte der Notarzt zu ihr, während er den Defibrillator bereit machte. »Und jetzt aufhören.«

Kerstin sah zu, wie der Defibrillator zum Einsatz kam und der Arzt etwas injizierte. Dann wurde der alte Herr auf eine Trage gebettet und nach draußen gebracht. Seine Frau folgte ihm. Sie war sehr bleich.

Der Arzt berührte Kerstin leicht am Arm. »Ich schätze, Sie haben ihm durch ihren beherzten Einsatz das Leben gerettet.«

Dann war er weg.

Die Sirenen verklangen in der Ferne. Kerstin und Tom gingen zu ihrem Tisch zurück und der Wirt kam mit zwei Schnäpsen. »Die können Sie jetzt bestimmt gebrauchen. Alle Achtung, junge Frau.«

Kerstin winkte ab. »Vielen Dank. Aber das ist doch selbstverständlich.«

Der Wirt schüttelte den Kopf. »Leider nicht. Was meinen Sie, was ich hier schon alles erlebt habe.« Er schüttelte noch mal den Kopf. »Das Essen geht natürlich aufs Haus.«

»Vielen Dank. Wir hätten gern noch einen Nachtisch, nicht wahr, Kerstin?« Tom hielt fest ihre Hand und sah ihr bewundernd in die Augen. »Du bist toll, Krümel. Und ich liebe dich.«

Langsam wurde es Kerstin unangenehm. »Wie wäre es mit Roter Grütze?«, lenkte sie ab.

»Zweimal Rote Grütze, kommt sofort«, sagte der Wirt und verschwand in der Küche.

Kerstin entzog Tom ihre Hand. »Lass uns weiter essen, Tom. Mach da nicht so eine große Geschichte draus.«

Stumm beugte Tom sich über den Tisch und küsste sie auf die Wange. Sein Lächeln wärmte ihr Herz.

Am nächsten Tag ging es zurück ins Ruhrgebiet. Der tote Ordnungshüter war längst vergessen.

Kapitel 21

»Ich bin schwanger.«

Kerstin telefonierte über Skype mit ihrem Mann.

»Du bist schwanger?« Tom schrie es fast. »Wie … das ist ja … oh, Krümel, das ist großartig.«

»Na, ich weiß nicht so recht. Das war ja eigentlich nicht geplant. Und ich bin ein bisschen alt für das erste Kind.«

»Ach was. Alles wird gut. Ich freue mich so, Krümel. Wie weit bist du denn?«

»Sechste Woche. Muss wohl auf Sylt passiert sein.«

»Pass gut auf dich auf, mein Schatz. In drei Wochen bin ich wieder zu Hause. Ich liebe dich.« Er führte seine Hand an die Lippen und drückte den imaginären Kuss auf den Bildschirm.

»Ja, es wäre wirklich schön, wenn du jetzt hier wärst, Tom. Ich liebe dich auch.«

Mit einem Seufzen machte Kerstin den Bildschirm aus. Sie war noch überrumpelt von der Aussage ihres Gynäkologen. Schwanger, damit hatte sie nun gar nicht mehr gerechnet. Bereits als junge Frau in den Zwanzigern hatte ihr ein Gynäkologe wenig einfühlsam mitgeteilt, dass sie keine Kinder bekommen könne. Und jetzt war es doch passiert.

Kinder waren nie ein Thema zwischen ihr und Tom gewesen. Sie hatte gedacht, Tom wolle auch keine. Seine große Freude hatte sie überrascht. Sie war unschlüssig, aber vielleicht wäre es ja doch schön, ein Kind zu haben.

»Was meint ihr dazu?«, fragte sie Jess und Tira, die sie aufmerksam anschauten. »Ein Baby – würde euch das gefallen?« Sie seufzte noch einmal. »Nein, wahrscheinlich eher nicht. Aber ihr werdet euch dran gewöhnen. Und ich auch.«

Auch ihre Eltern waren ganz aus dem Häuschen vor Freude. Die Schwangerschaft machte Kerstin milder und gelassener. Zweimal war sie von Fußgängern aufgefordert worden, ihre Hunde anzuleinen, und sie hatte es ohne Murren getan. Sie konnte selbst ihre Nachbarn, die sie übrigens nicht mehr zuparkten, ohne Mühe mit einem Lächeln begrüßen. Was Hormone so alles mit einem anstellen.

Tom kam nach Hause und begann, Pläne zu schmieden. Kerstin war jetzt Mitte des dritten Monats und wusste immer noch nicht, was sie davon halten sollte. Als Spätgebärende war sie ein Risikofall, das wusste sie. Aber sie war gesund, zwar zierlich, aber kräftig. In dieser Hinsicht erwartete sie keine Probleme. Es ging ihr blendend, selbst die Morgenübelkeit hatte sie rasch hinter sich gelassen. Nur gut, dass es die Homöopathie gab.

An einem sonnigen Nachmittag im Juli begleitete Tom sie auf eine Hunderunde in den Wald.

»Lass uns zum Bach gehen. Dort können die Hunde baden«, schlug er vor.

Am Bach war bereits eine Frau mit einem großen Malinois-Rüden, der mit Spaß durch das Wasser tobte. Begeistert sprang Jess vor.

Die Frau sah ihn aus den Augenwinkeln kommen und schrie nur noch: »Ben! Hierher, Ben!«

Aber es war zu spät. Der Malinois hatte Jess gleich bemerkt und stürzte sich auf ihn. Im nächsten Moment waren die beiden nur noch ein Knäuel aus kämpfenden Hunden. Die andere Hundehalterin schrie verzweifelt den Namen ihres Rüden, der jedoch nicht von seinem Opfer abließ, sondern sich offenbar im Gegenteil noch angespornt fühlte.

Inzwischen schrie Jess vor Angst. Tom versuchte, die Hunde zu trennen, und wurde prompt in die Hand gebissen. Endlich bekam er den Malinois am Halsband zu packen und zerrte ihn von dem am Boden liegenden Jess weg.

Tira jaulte und winselte. Kerstin kniete bei ihrem Hund nieder. Jess' Flanke war aufgerissen, Blut spritzte aus der Wunde und tränkte das Erdreich.

Die Hundehalterin hatte ihren noch immer knurrenden Rüden an die Leine genommen und starrte mit weit aufgerissenen Augen auf die Szene. »Es tut mir so leid, so leid!«, rief sie immer wieder.

»Bring sie zum Schweigen, Tom«, knurrte Kerstin, während sie versuchte, das Blut zu stillen. »Gebt mir alles, was ihr an Taschentüchern habt, am besten eine Packung Tempos.«

Sie legte einen behelfsmäßigen Druckverband aus Papiertaschentüchern und zusammengebundenen Kotbeuteln an. Jess atmete schnell. Sein Puls raste.

»Er kann nicht laufen. Tom, kannst du das Auto holen?«

»Ich parke gleich hier vorne«, sagte die Frau. »Ich hole es.« Froh, etwas tun zu können, eilte sie davon.

Die Verbände waren schnell durchgeblutet, und Tom zog sein T-Shirt aus und wickelte es stramm um die Flanke. Er war kreideweiß im Gesicht. »Wird er es schaffen?«

»Ich weiß nicht. Er hat jetzt schon viel Blut verloren.« Kerstin liefen die Tränen über das Gesicht, was sie nicht davon abhielt, ihre Hand weiter entschlossen auf den Verband zu pressen.

Obwohl die Hundehalterin kaum zehn Minuten brauchte, um den Waldweg entlang zu brettern, kam Kerstin die Wartezeit wie eine Ewigkeit vor.

Sie legten Jess auf eine Decke auf dem Rücksitz. Kerstin wickelte ihn gut ein, um ihn warmzuhalten. Besorgt überprüfte sie seine Schleimhäute im Maul, die immer blasser wurden.

»Rasch in die Klinik. Tom, komm mit unserem Auto nach. Und ruf in der Klinik an, dass wir kommen.«

»Soll ich nicht lieber …«, begann Tom, aber Kerstin hatte bereits die Tür zugeschlagen und redete auf die Hundehalterin ein. Hinter dem Hundeabsperrgitter tobte wütend der Malinois. Kerstin hörte ihn nicht und versuchte verzweifelt weiter, die Blutung zu stoppen.

Die Hundehalterin hatte ihre Nerven wiedergefunden und fuhr schnell, aber besonnen. Kerstin weinte jetzt ganz offen.

»Bleib bei mir, Jess. Bitte, bitte, halte durch.« Jess hob ein bisschen den Kopf und schaute sie lange an. Es sah aus wie ein Abschied. »Nein, Jess, bitte nicht!«, schrie Kerstin. »Jessy, bleib bei mir, bitte, bitte.«

Als sie die Tierklinik erreichten, atmete Jess kaum noch. Sofort nahmen zwei Tierärzte ihr den Hund ab und rollten ihn umgehend in den OP.

Die Hundehalterin war ihr nachgekommen und nahm sie in den Arm. »Es tut mir so unendlich leid«, sagte sie. Auch ihr rannen die Tränen über die Wangen.

Kerstin konnte nicht antworten. Alles in ihr hatte sich vor Angst zu einem Klumpen zusammengezogen. Die Frau führte sie zu einem Stuhl. Sie reichte ihr einen Lappen. »Hier, für ihre Hände. Sie sind ganz blutig.«

»Ich gehe mal kurz auf die Toilette«, erwiderte Kerstin tonlos. Im kalten Licht des Waschraums starrte sie in den Spiegel und erkannte sich selbst fast nicht wieder. Ihr weißes Gesicht war mit Blut beschmiert, ebenso ihr T-Shirt, ihre Jeans und ihre Hände. Sie zitterte. Mechanisch rieb sie sich das Blut von Händen und Gesicht, dann ging sie mit schleppenden Schritten wieder in den Warteraum. Andere Tierhalter starrten sie an, aber sie registrierte es kaum.

Kurze Zeit später traf Tom ein. Er hatte Tira zu Hause gelassen. »Wie sieht es aus?«

Kerstin schüttelte den Kopf. »Nicht gut.«

Tom wandte sich an die Halterin des Malinois. »Ihr verdammter Mistköter«, stieß er wütend hervor. »Gemeingefährlich ist der. Sehen Sie hier, sogar mich hat er gebissen. So was muss einen Maulkorb tragen.«

Die Frau fing an zu weinen.

»Lass es, Tom«, sagte Kerstin. »Solche Dinge passieren, wenn man Hunde hat. Zumindest ist sie nicht abgehauen, sondern hat geholfen.« Sie nahm Toms verletzte Hand. »Frag mal, ob eine Tierärztin die Wunde versorgen kann.«

Gehorsam stand er auf, und Kerstin konnte sehen, wie er mit einer Helferin sprach. Als er kurze Zeit später zurückkam, war seine Hand verbunden. »Ich soll aber noch zu einem Arzt damit.«

»Hm«, machte Kerstin. Der Angstknoten in ihrem Bauch zog sich weiter zusammen. Bei jeder Bewegung an der Rezeption zuckte sie zusammen.

»Ich komme für alle Kosten auf«, flüsterte die Frau.

»Das will ich meinen«, knurrte Tom zornig. »Geben Sie mir mal Ihren Namen und Ihre Anschrift.«

»Tom«, mahnte Kerstin erschöpft.

Eine der Tierärztinnen kam aus dem OP und winkte ihnen. Kerstin sprang auf und musste sich an Tom festhalten, weil ihr schwindelig wurde. Rasch folgten sie der Ärztin in ein Büro.

»Nehmen Sie Platz«, sagte die Tierärztin und zeigte auf zwei Stühle. »Möchten Sie ein Wasser? Sie sehen sehr mitgenommen aus.«

»Was ist mit Jess?«, fragte Kerstin leise. Erneut flossen ihr die Tränen übers Gesicht.

»Es war sehr knapp. Und er ist noch nicht über dem Berg. Wir behalten ihn hier. Er kommt an einen Tropf und wird ständig beobachtet. Vielleicht benötigt er auch noch eine Bluttransfusion, wir werden sehen. Wenn er die Nacht übersteht, wird er es vermutlich überleben.«

»Gott sei Dank, er lebt.« Kerstin stieß die angehaltene Luft aus.

Die Tierärztin erlaubte sich ein kleines Lächeln. »Ja, er lebt. Sie haben alles richtig gemacht, sonst wäre er längst verblutet.«

Tom legte einen Arm um ihre Schultern. »Es wird alles gut. Er ist kräftig und noch jung. Du bekommst deinen Jess wieder. Ganz bestimmt.«

»Rufen Sie morgen früh durch, dann wissen wir mehr«, sagte die Tierärztin und erhob sich. »Im Moment schläft er die Narkose aus. Wir werden gut auf ihren Jess aufpassen.«

»Danke. Danke schön.« Kerstin kamen schon wieder die Tränen. Tom führte sie hinaus.

Die Halterin des Malinois kam ihnen mit besorgtem Gesichtsausdruck entgegen. »Was ist?«

»Er lebt. Morgen wissen wir, ob er es schaffen wird.«

»Ich kann nur noch einmal wiederholen, es tut mir so leid. Ich habe nicht aufgepasst. Ben kann nicht mit anderen Rüden.«

»So kann man es auch nennen«, knurrte Tom.

Die Frau schien immer kleiner zu werden. »Würden Sie mich bitte auf dem Laufenden halten?«, fragte sie schüchtern.

Kerstin nickte nur. »Bring mich nach Hause, Tom.«

Auf dem Weg zum Auto zuckte sie heftig zusammen. Ihr Unterleib krampfte und sie hielt sich unwillkürlich an Tom fest.

»Was ist?«

»Nichts. Geht schon.« Ein erneuter Krampf. Sie schrie leise auf.

»Kerstin?«

»Ins Krankenhaus, Tom. Fahr mich ins Krankenhaus.«

Kerstin erlitt eine Fehlgeburt, während Jess in der Tierklinik um sein Leben kämpfte. Aber Jess schaffte es, und das war für Kerstin die Hauptsache. Wegen des Kindes war sie traurig, aber Jess zu verlieren, hätte sie in tiefe Verzweiflung gestürzt. Vielleicht ist das der Preis für Jess' Überleben, dachte sie. Dann habe ich ihn gern bezahlt.

Kapitel 22

Zwei Monate später hatten sich Kerstin und auch Jess körperlich erholt. Bis die Psyche heilte, würde es bei beiden länger dauern. Sie ging mit den Hunden über die sonnenbeschienenen Felder am Kapellenweg in Waltrop in Richtung Dortmund-Ems-Kanal. Nahe der alten Kapelle hörten die Spundwände auf und die Hunde konnten hier fabelhaft auf einer langen Strecke im Kanal baden.

Von vorn kam ihr auf dem schmalen Wirtschaftsweg ein Auto entgegen. Ein Auto auf dem Feldweg – das konnte eigentlich nur Bauer oder Jäger bedeuten, also höchstwahrscheinlich Ärger. Sie dachte jedoch keinen Moment daran, die Hunde an die Leine zu nehmen, rief sie nur näher zu sich.

Das Auto hielt wie erwartet neben ihr, und der Fahrer, ein stämmiger Mann in Jägerkleidung, lehnte sich aus dem offenen Seitenfenster und lächelte sie an. »Entschuldigen Sie, ich mache mir etwas Sorgen wegen Ihrer Hunde.«

Kerstins Muskeln spannten sich an, ihr Kiefer verkrampfte sich.

»Wissen Sie, dort oben sind gerade Wildschweine mit Frischlingen im Korn. Die Bachen sind leicht reizbar und wenn sie einen von Ihren Hunden erwischen … Also, was ich sagen wollte, gehen Sie hier lieber nicht weiter Richtung Kanal, sondern biegen Sie besser da vorne ab in den Wald. Das ist für Sie und die Hunde sicherer. Um das Wildschweinproblem müssen wir uns bald kümmern.« Der Jäger lächelte freundlich, sagte noch »Schöne Hunde haben Sie da«, und fuhr auf dem holprigen Weg davon.

Kerstin blieb vor Überraschung der Mund offen stehen. Sie konnte dem abfahrenden Auto noch »Danke für die Warnung!« hinterherrufen, dann stand sie allein auf dem Feld und staunte.

»Dass ich das noch erleben darf«, sagte sie zu den Hunden. »Ein Jäger, der freundlich und besorgt ist, und kein Wort von Leine. Mein Gott, schade, dass es von dieser Sorte nicht mehr gibt.« Sie bekam das Lächeln kaum noch aus dem Gesicht.

Dem nächstbesten Hundehalter, der ihr entgegenkam, musste sie diese erstaunliche Geschichte direkt erzählen. Die Frau führte zwei Vizslas. »Ach ja, den kenne ich schon lange. Der ist wirklich sehr nett und entspannt. Auch mich hat er schon vor den Wildschweinen gewarnt. Ganz anders als all die anderen Jäger hier. ›Leben und leben lassen‹ ist sein Motto.«

Kerstin konnte es immer noch kaum fassen. »Wären doch alle so«, sagte sie inbrünstig.

Die Frau lachte. »Ja, das wäre schön. Ich bin es auch dermaßen leid, dauernd angequatscht und belehrt zu werden. Aber damit müssen wir Hundehalter leben. So einen wie den Johann gibt es wohl nicht ein zweites Mal. Kennen Sie den Jäger von der anderen Kanalseite? Der hat letztens eine Freundin von mir so bedroht, dass sie aus Angst die Polizei gerufen hat. Das ist ein ganz furchtbarer Mensch.«

»Dieses Vergnügen hatte ich noch nicht«, sagte Kerstin. »Dort gehe ich nur selten spazieren. Ich bin eigentlich aus Bochum. Aber auch da gibt es einige Jagdpächter, die wirklich übel drauf sind und sich schnell mal im Ton vergreifen.«

Sie verabschiedeten sich und jede ging ihres Weges. Kerstin befolgte den Rat des Jägers und wich den Wildschweinen aus. Dieses Risiko wollte sie nun wirklich nicht eingehen. Jess' lebensgefährliche Bissverletzung mit all ihren Folgen reichte ihr für ein ganzes Leben.

Am Freitagabend brachte sie Jess und Tira zu ihren Eltern. Sie hatte vor, am Wochenende an einem Kurs über Giftpflanzen in einer Kräuterschule in Münster teilzunehmen.

»Giftpflanzen, ausgerechnet«, sagte ihre Mutter. »Warum nicht Heilpflanzen? Das würde dir doch in deinem Beruf viel mehr bringen.«

Kerstin lächelte fein. »Alle Dinge sind Gift, und nichts ist ohne Gift; allein die Dosis macht's, dass ein Ding kein Gift sei«, zitierte sie den berühmten frühneuzeitlichen Arzt Paracelsus.

»Du wieder mit deinen Sprüchen«, erwiderte ihre Mutter und klang dabei ein wenig ungehalten.

»Ach, Mama. Viele Giftpflanzen sind auch Heilpflanzen. Es ist gut, mehr darüber zu erfahren. Und es ist wirklich total spannend.«

»Na ja, du wirst es schon wissen. Dein Vater und ich freuen uns jedenfalls, die Hunde über das Wochenende mal wieder hüten zu dürfen.«

»Das ist echt lieb von euch. Ich hole sie Sonntagabend wieder ab.«

»Bleibst du dann noch zum Essen?«

»Gern. Tom ist das Wochenende über mit seinem Freund Alex unterwegs und wird Sonntag erst spät zu Hause sein.«

»Alles in Ordnung mit euch?«

»Aber ja, Mama. Tom ist und bleibt der Mann meines Lebens. Er ist noch traurig wegen des Babys, aber das wird vergehen.«

»Und du?«

»Ich bin natürlich auch traurig. Aber Tom und ich und die Hunde, wir haben ein gutes Leben. Wir sollten uns nicht beklagen.«

»Da hast du recht, mein Kind«, sagte ihre Mutter und gab ihr einen Kuss auf die Stirn.

Am nächsten Morgen fuhr Kerstin nach Münster. Sie mochte diese Stadt und ihre Atmosphäre. Nur die vielen Radfahrer fand sie gewöhnungsbedürftig. Zum Glück hatte die Heilpflanzenschule eigene Parkplätze, sodass sie nicht ewig suchen musste.

Auf dem Parkplatz stieß sie fast mit einer anderen Frau zusammen.

»Oh, hallo. Gehst du auch zu dem Seminar?«, fragte sie sie und musterte die hochgewachsene, dünne Frau mit den fast hüftlangen, hennagefärbten Haaren und den lustigen dunklen Augen. Sie trug ein wild gemustertes, buntes Kleid und viel Silberschmuck.

»Ja, das tue ich. Ich bin Barbara, du kannst auch Babs sagen. Und ja, ich bin eine Hexe. Das wolltest du doch fragen?«

Sie schüttelten sich die Hände. Kerstin fand die Frau etwas merkwürdig, aber nicht unsympathisch.

»Eine Hexe, ja?«

»Du hältst mich für durchgeknallt, oder? Und du hast recht, ich bin durchgeknallt.«

Barbara lachte ein dunkles, samtiges Lachen und Kerstin musste unwillkürlich mitlachen.

Während sie den Seminarraum suchten, unterhielten sie sich. Kerstin erfuhr, dass Babs in einem kleinen Haus im Wald wohnte – klar, wo auch sonst? –, viele Tiere hatte und ansonsten von einer kleinen Rente lebte, die sie aufgrund einer nicht genannten Erkrankung erhielt. Kerstin mochte die Frau, die wohl gut zehn Jahre älter als sie selbst sein mochte.

Das Seminar war interessant, auch wenn Kerstin nicht viel Neues erfuhr. Inzwischen war sie ja selbst zu einer Giftpflanzenexpertin geworden. Sie versuchte, nicht zu häufig nachzufragen, wie viel Gramm jeweils tödlich seien. Das wäre dann vielleicht doch zu auffällig gewesen.

»Warum interessierst du dich für Giftpflanzen?«, fragte Kerstin Babs in der Pause.

Barbara lächelte geheimnisvoll. »Na, man kann ja nie wissen. Ich habe zum Beispiel einen ein bisschen anstrengenden Vermieter.«

Kerstin lachte. »Ja, dafür ist so ein Seminar sicher hilfreich.«

Andere Frauen kamen hinzu und es entwickelten sich interessante Gespräche. Die meisten der Teilnehmerinnen waren Heilpraktikerinnen, zwei waren begeisterte Pflanzenfreunde, und der einzige Mann schrieb seine Abschlussarbeit an der Uni über Giftpflanzen. Kerstin genoss es sehr, unter Gleichgesinnten zu sein. Aber besonders spannend fand sie ihre neue Bekannte Barbara.

»Ich würde mich freuen, wenn du mich mal besuchen kommst, Kerstin«, sagte Babs am Ende herzlich zum Abschied und umarmte sie. »Dann können wir unsere Erfahrungen mit Gift- und Heilpflanzen austauschen. Und der Teutoburger Wald ist ja nicht gar so weit von dir weg.«

»Das würde ich sehr gern. Dürfte ich denn meine beiden Hunde mitbringen?«

»Selbstverständlich. Ich liebe Tiere über alles. Sie sind mir herzlich willkommen. Ihr könnt natürlich auch bei mir übernachten. Bei mir kann man herrlich wandern oder einfach waldbaden.«

»Das hört sich super an. Ich nehme dein Angebot gern an. Sollen wir direkt was ausmachen?«

Sie verabredeten sich für Mitte Oktober, damit Kerstin miterleben könnte, wie sich der Wald bunt verfärbte.

Tom war den ganzen Oktober im Oman, sodass Kerstin an einem sonnigen Wochenende ihre Reisetasche packte und sich mit den Hunden in den Teutoburger Wald aufmachte.

Barbaras Haus lag auf einer Lichtung inmitten eines Privatwaldes. Kerstin musste ihr Auto an der Straße zurücklassen und ungefähr einen Kilometer zu Fuß gehen.

»Wirklich ein Hexenhaus«, sagte sie staunend, als sie die Blockhütte erblickte.

»Kerstin!« Die Tür flog auf und Babs rannte ihr mit fliegenden, bunten Röcken entgegen. »Wie schön, dass du da bist, meine Seelenschwester.«

»Hallo, Babs«, erwiderte Kerstin ein bisschen überrascht von der überschwänglichen Begrüßung. Als sie sich aus der Umarmung gelöst hatte, musterte sie ihre neue Bekannte. Langes, offenes rotes Haar, kreischend bunte Kleidung, ein Amulett um den Hals ... Fehlte nur noch der Rabe oder die schwarze Katze auf ihrer Schulter. Und eine schwarze Katze gab es tatsächlich, wie Kerstin kurze Zeit später feststellte. Und Hühner und ein paar Ziegen aus dem Tierschutz.

»Komm rein, ich habe uns einen Tee gemacht.«

Kerstin sah sich beeindruckt in der Hütte um. Bemalte Trommeln, Federn und allerlei Schnickschnack zierten die Holzwände. Von der Decke hingen Büschel von Pflanzen zum Trocknen. Kerstin fühlte sich fast in einen Roman aus dem Mittelalter versetzt.

Wie sich zeigte, war Babs besessen vom Mittelalter. In den Regalen türmten sich historische Romane, mittelalterliche und frühneuzeitliche Pflanzenbücher, Sachbücher über das Mittelalter und auch moderne Kräuterbücher.

Babs sah gelassen zu, wie Kerstin alles ausgiebig begutachtete, und ließ auch die Hunde in Ruhe schnüffeln. Sie hatte bereits für Jess und Tira ein weiches Lager vorbereitet und gab ihnen zur Begrüßung Kauknochen.

»So nette Hunde hast du.« Babs streichelte sanft Tiras Kopf.

»Danke, ich liebe sie sehr.«

»Das glaube ich. Mein Hund ist vor einem halben Jahr gestorben. Max, siehst du das Foto dort?«

Kerstin sah einen schwarzen, mittelgroßen Hund, der auf dem Foto zu lächeln schien. »Du musst ihn vermissen.«

»Ja, sehr. Aber bald werde ich so weit sein, dass wieder ein Hund einziehen kann. Vielleicht etwas Größeres, das einen gewissen Schutz bietet. Es gibt ja so viele Idioten auf dieser Welt.«

»Da kann ich dir nur zustimmen.« Kerstin setzte sich und probierte den würzigen Kräutertee. »Hm, der ist gut.«

»Meine eigene Mischung. Und kein Gift drin.« Babs lachte so herzlich, dass Kerstin mit einstimmen musste.

»Und nun sag, wie viele hast du schon um die Ecke gebracht?« Babs beugte sich erwartungsvoll vor.

Die Frage kam so überraschend, dass Kerstin sich verschluckte.

»Was?«, hustete sie.

»Na, komm. Ich hab doch sofort die Seelenfreundin in dir erkannt. Ich bin sicher, wir kennen uns schon aus vielen vergangenen Leben. Vergiss nicht, ich bin eine Hexe.«

»Du meinst es ernst, oder?« Kerstin hatte den Impuls, aufzustehen und zu gehen.

»Sicher. Gut, ich mache es dir leichter. Bei mir waren es erst drei. Mein erster Freund, einer meiner Vermieter und eine dumme Tusse vom Sozialamt.«

Kerstin starrte sie entgeistert an. »Die hast du …?«

»Aber ja. Aber nun tu doch nicht so. Ich hab dich gut beobachtet und deine Fragen im Seminar gehört. Gibt es bei dir einen Auslöser?«

Kerstin nickte langsam. »Ja, den gibt es. Ich werde dir davon berichten, wenn wir uns besser kennen.«

»Na bitte«, triumphierte Barbara. »Dann lass uns jetzt mit deinen Hunden durch diesen wundervollen Wald spazieren, Mutter Erde huldigen, und heute Abend mache ich den Kamin an und wir tauschen uns aus.«

»Klingt gut, Babs.« Noch immer war Kerstin unentschlossen, ob sie bleiben oder gehen sollte. Aber sie war fasziniert von dieser selbst ernannten Hexe, und so blieb sie.

Es wurde ein sehr ergiebiges Wochenende. Barbara wusste ungeheuer viel über Giftpflanzen und kannte sich auch mit psychoaktiven Pflanzen bestens aus, hatte viele schon an sich selbst erprobt.

Als sie sich trennten, gab es nur noch wenige Geheimnisse zwischen ihnen. Mit neuen Ideen im Kopf fuhr Kerstin nach Hause. Sie war nun gut gewappnet, komme, was oder wer da wolle. Es war einfach wundervoll, eine solche Freundin zu haben.

Kapitel 23

Es regnete schon seit Tagen und die Waldwege verwandelten sich in Schlammrutschen. Die Waschmaschine leistete Schwerstarbeit, um der vielen Handtücher Herr zu werden, die Kerstin jeden Tag verbrauchte, um die Hunde sauber zu bekommen und trocken zu rubbeln.

»Alex hat eine neue Freundin«, bemerkte Tom.

Alex war Toms bester Freund und gleichzeitig sein Kollege, mit dem er sowohl in Deutschland als auch im Oman viel Zeit verbrachte.

»Er kann aber wirklich nicht gut allein sein. Wann hat sich Sabine davongemacht? Erst vor ein paar Wochen, oder?«

»Ja, das Alleinsein ist nichts für Alex. Ich weiß auch nicht, wie er es immer schafft, so schnell wieder eine neue Partnerin zu finden. Internet, nehme ich mal an.«

»Und, wie ist sie?«

»Hab sie noch nicht kennengelernt, nur Fotos gesehen. Scheint ziemlich hübsch zu sein. Kennst ja Alex' Geschmack, brünett und großbusig.«

»Und nichts in der Birne.«

»Nee, diesmal hat er wohl eine Frau mit Grips kennengelernt. Juristin, glaube ich.«

»Es geschehen ja noch Zeichen und Wunder. Lade sie doch mal ein. Dann machen wir uns einen schönen Abend zusammen.«

»Gute Idee. Ich frage ihn direkt mal.« Tom zückte sein Smartphone und ging ins Wohnzimmer. Nach kurzer Zeit kam er zurück. »Alex fand die Idee gut. Er muss noch Cora fragen, aber wir haben schon mal Samstagabend ins Auge gefasst. Neunzehn Uhr. Passt das?«

»Prima. Ich habe Alex ja schon länger nicht mehr gesehen. Und ich bin gespannt auf seine Neue.«

Kerstin hatte ihre berühmte Pizza gemacht. Dazu gab es einen trockenen Rotwein und Wasser für jeden, der wollte. Zum Nachtisch würde es Tiramisu geben, und Kerstin hatte auch noch von den selbst gebackenen vorweihnachtlichen Schokoplätzchen ihrer Mutter.

Sie war gerade mit Tischdecken fertig, als es klingelte. Tom ging zur Tür und Kerstin folgte ihm.

»Alex.« Kerstin nahm den Freund ihres Mannes in den Arm. Sie mochte den schlaksigen Blondschopf.

»Und das ist Cora«, stellte Alex vor.

Die attraktive Mittdreißigerin gab Kerstin kühl und schlaff die Hand. Einen Händedruck kann man so was ja nicht nennen, dachte Kerstin leicht angewidert. Dann fiel der Blick der Frau auf Jess und Tira, die wohlerzogen im Hintergrund warteten.

»Ihr habt Hunde? Warum hast du mir das nicht gesagt, Alex?« Ihre Stimme klang empört.

»Das sind Jess und Tira, ganz bezaubernde Vierbeiner. Tom hat Tira im Oman gerettet und mit nach Deutschland genommen. Komm mal her, mein Schatz.« Er beugte sich vor, um die Hunde zu begrüßen.

»Jetzt lock sie nicht auch noch.«

»Haben Sie Angst vor Hunden?«, fragte Kerstin. Ihre Stimme war deutlich abgekühlt.

»Nein, nein, Angst habe ich keine, ich mag sie nur nicht.«

Alex schaute mit gerunzelter Stirn zwischen Kerstin und seiner Freundin hin und her. »Das wusste ich gar nicht, Cora.«

»Ich finde Hunde einfach unhygienisch. So viel Schmutz und Haare … Wasch dir auch jetzt lieber die Hände, Alex, du hast den Hund da angefasst.« Sie klaubte ein unsichtbares Hundehaar von ihrem maßgeschneiderten Hosenanzug und schnippte es weg.

»Setzt euch doch«, fiel Tom ein und entspannte so die Atmosphäre etwas. Er verdrehte die Augen, als er zu Kerstin blickte, lächelte aber dabei.

Kerstin war nicht zum Lächeln zumute. Diese neue Freundin war bei ihr direkt unten durch. Am liebsten hätte sie das Weib umgehend wieder rausgeschmissen, aber das ging natürlich nicht. Um Toms und auch um Alex' Willen machte sie gute Miene zum bösen Spiel.

Cora ließ sich auf der Couch nieder und begutachtete kritisch die Teller. Vermutlich schaut sie, ob sich kein Hundehaar darauf verirrt hat, dachte Kerstin. Sie zog ein bisschen die Oberlippe zurück wie zu einem unhörbaren Knurren. Steif servierte sie die Pizza. Diese zumindest fand Anklang bei Cora.

Plötzlich näherte Tira sich der Frau, um sie vorsichtig abzuschnüffeln. »Geh weg!«, fauchte Cora und rückte näher zu Alex.

»Tira ist wirklich ein sehr netter Hund. Sie kommt nicht näher, wenn du es nicht willst«, sagte Alex, der nun auch langsam etwas genervt wirkte.

»Tira, komm her.« Kerstin brachte sie zurück auf ihre Decke. Sie streichelte die beiden Hunde und setzte sich wieder an den Tisch.

»Was machst du beruflich, Cora?« Tom versuchte noch immer, die Stimmung aufzulockern.

»Ich bin Juristin und in der Politik tätig.«

»Ach, das ist bestimmt interessant.« Tom fand Politik zum Sterben langweilig, aber er war ganz der höfliche Gastgeber.

»Sehr«, bestätigte Cora. »Wir können viel bewirken.«

»Vor allem die guten Gesetze der rot-grünen Landesregierung wieder abschaffen«, murmelte Kerstin.

»Die Grünen haben ganz schön viel unausgegorenes Zeug angerichtet. Ihnen fehlt die Struktur. Einige ihrer Ideen mögen sogar recht gut sein, aber die meisten gehen völlig an der Realität vorbei.« Cora hatte sich zurückgelehnt und lächelte hochmütig.

»Dann wird wohl auch die Landeshundeverordnung in Nordrhein-Westfalen geändert, was?« Kerstin biss die Zähne zusammen.

»Natürlich. Da arbeiten wir zurzeit dran. Wie in anderen Bundesländern muss es auch in NRW die Leinenpflicht für Hunde geben. Zum Schutz der Natur und der Menschen.«

Kerstin hätte sehr viel darauf antworten können, aber sie war abgelenkt. Sie kämpfte, um die roten Schlieren vor ihren Augen wegzublinzeln.

»Ist dir was ins Auge geflogen?«, fragte Alex besorgt.

Kerstin winkte ab. »Nein, alles gut. Ich hatte nur plötzlich einen kleinen Schleier vor den Augen. Ist schon wieder weg.«

Sie sah, dass Tom sie misstrauisch beäugte. Unbefangen lächelte sie ihn an, und er entspannte sich.

»Ich hole mal den Nachtisch«, sagte sie und stand auf.

Tom folgte ihr in die Küche. »Fang keinen Streit an, Kerstin. Sie ist blöd, ja, das ist sie, aber nicht jeder Mensch muss Hunde mögen.«

»Mach dir keine Sorgen, sie gehen sicher bald und ich werde darum beten, dass Alex die Tusse abschießt.«

»Darauf wetten würde ich nicht. So verliebt, wie er sie ansieht. Sie ist ja auch wirklich attraktiv.« Er lachte, als er Kerstins Gesicht sah. »Wenn man auf großbusige Brünette steht, was ich natürlich nicht tue.« Er küsste sie. »Halt noch ein kleines bisschen durch, ja?«

Kerstin nickte und drückte ihm die Schüssel mit dem Tiramisu in die Hand. Sie selbst folgte mit den Nachtischschälchen und den Schokoplätzchen ihrer Mutter.

Alex und Cora hatten leider Sitzfleisch. Sie blieben bis spät in die Nacht, und Kerstin konnte beobachten, dass Cora eine ausgeprägte Vorliebe für die selbst gebackenen Schokokekse ihrer Mutter hatte. Alex dagegen verschmähte sogar das Tiramisu. Er mochte nichts Süßes. Kerstins Laune stieg bei diesem Anblick. Es gelang ihr sogar, ein unverfängliches Thema zu finden und ein richtiges Gespräch in Gang zu bringen.

»Puh, gut, dass sie weg sind«, stöhnte Tom, als sie die letzten Teller in die Spülmaschine verfrachteten. »Die ist echt anstrengend.«

»Na ja, am Ende ging es ja mit ihr. Sag mal, geht Alex wieder mit dir in den Oman?«

»Ja. Warum?«

»War nur so eine Frage. Hat er jetzt einen festen Vertrag?«

»Noch nicht. Aber es sieht gut aus. Ich denke, es wird noch in diesem Jahr was.«

»Das freut mich für ihn. Ich kann ihn gut leiden.«

»Er ist ein netter Kerl, und ich bin froh, dass er mit mir runter fliegt. Er ist nämlich auch ein ausgezeichneter Ingenieur.«

Zwei Wochen später flogen Tom und Alex. Sie würden fast drei Monate fortbleiben.

Mit Kerstins Backkünsten war es nicht weit her, aber sie ließ sich von ihrer Mutter zeigen, wie die Schokokekse herzustellen waren. Dann backte sie eine große Portion und versetzte sie mit Tollkirsche. Die passte besonders gut zur Schokolade, wie sie fand.

Kerstin verpackte die Kekse liebevoll und machte sich auf den Weg zu Cora, die bereits in Alex' geräumigem und sehr geschmackvoll eingerichteten Haus wohnte. Erst beim zweiten Versuch traf sie sie an.

Cora schien überrascht, sie zu sehen. Wie immer war sie tadellos und teuer gekleidet.

»Kerstin, was machst du denn hier? Und sogar ohne Hunde.« Sie begutachtete Kerstins abgewetzte Jacke und die Jeans, die am unteren Rand ausgefranst war und Schlammspritzer aufwies.

Kerstin lächelte freundlich. »Ich wollte dir nur ein paar von Mutters Keksen vorbeibringen. Die haben dir doch letztens so gut geschmeckt.«

»Ach, das ist ja lieb. Komm doch rein.«

Kerstin winkte ab. »Ich muss weiter, hab noch einen Patienten. Aber bis bald mal.«

»Ja, bis bald.« Cora schaute etwas irritiert, aber schien auch erleichtert. »Danke für die Kekse.«

»Sehr gern.« Kerstin lächelte. Als sie zum Haus zurückblickte, sah sie, dass Cora bereits beim Hineingehen einen Keks aß.

Sie sang den ganzen Rückweg und machte eine schöne, große Hunderunde, natürlich ohne Leine.

Drei Tage später erzählte ihr Tom auf Skype, dass Alex' Freundin gestorben sei. Ganz plötzlich habe sie angefangen zu halluzinieren, habe die halbe Einrichtung im Haus zerschlagen und sei dann zusammengebrochen.

»Du hast doch nichts damit zu tun?«, fragte er. Hinter seinem Lächeln sah Kerstin Misstrauen.

»Was soll ich denn damit zu tun haben? Meinst du, ich hätte sie vergiftet?« Kerstin runzelte die Stirn.

»Hast du?« Tom klang jetzt sehr ernst.

»Tom, du spinnst. Diese Frau ist mir doch total egal.«

»Ich muss Schluss machen, Kerstin. Man wartet auf mich. Aber bitte, sag mir noch mal, dass du mit Coras Tod nichts zu tun hast.«

»Du spinnst wirklich. Wofür hältst du mich? Eine Giftmischerin, die Leute umbringt? Ich glaube, die viele Sonne tut dir nicht gut.«

»Ach entschuldige, ich weiß auch nicht … « Tom klang zerknirscht.

»Schon gut. Du, sag Alex, dass es mir leid tut, ja? Wann ist die Beerdigung?«

»Nächste Woche. Ich kann hier nicht weg. Vielleicht kannst du Alex unterstützen?«

»Klar, mache ich. Bis morgen, mein Schatz.« Sie beendete Skype und fuhr sich mit der Hand über das Gesicht. »Ich muss echt vorsichtiger werden«, murmelte sie.

Wie versprochen ging sie zur Beerdigung und versuchte, Alex zu trösten. Er schien nicht zu bemerken, dass sie mit dem Herzen nicht bei der Sache war. Mit großer Befriedigung sah sie zu, wie der Sarg in dem Loch in der Erde verschwand. Freunde und Kollegen traten vor, um am Rand des Grabes Cora die letzte Ehre zu erweisen. Kerstin reihte sich nicht in die Schlange ein, das erschien ihr dann doch zu makaber.

Kapitel 24

Der regnerische Winter war endlich vorüber. An einem warmen Frühlingstag saß Kerstin an ihrem Schreibtisch. Die Terrassentür war geöffnet und ließ das Zwitschern der Vögel hinein. Sie wollte noch einen Patientenbericht fertig schreiben, bevor sie in die Praxis ging.

Sie hatte den Bericht gerade in ihrem PC-Ordner geöffnet, als dröhnende Musik sie aufschreckte. Der Nachbar drei Häuser weiter saß im Garten und hatte das Radio voll aufgedreht. Vielleicht nur bei diesem einen Song, hoffte Kerstin. Aber sie hoffte vergeblich. Jetzt warf er auch noch den Grill an, und Rauchschwaden zogen in ihr Arbeitszimmer.

»Ich glaub, mich tritt ein Pferd«, fluchte sie und sprang auf. »Ihr bleibt hier«, wies sie die Hunde an, schnappte ihren Haustürschlüssel und lief die wenigen Schritte zum Nachbarhaus.

Auf ihr Klingeln öffnete ein Mann in Jogginganzug. Sie brauchte nur in sein Gesicht zu sehen, um zu wissen, dass hier jedes Wort verschwendet war. Dennoch versuchte sie es. Sie setzte ihr freundlichstes Lächeln auf. »Entschuldigung. Könnten Sie die Musik ein bisschen leiser machen? Ich muss arbeiten.«

»Die ist doch leise«, dröhnte der Mann. »Nee, Frolleinchen, in meinem eigenen Garten kann ich tun und lassen, was ich will.«

Kerstin wollte etwas erwidern, zuckte dann aber nur resigniert mit den Achseln und ging zurück zu ihrem Haus. Sie schloss die Terrassentür, nahm ihr Laptop und die Hunde und fuhr in die Praxis. Dort hatte sie genug Ruhe, um den Bericht zu Ende zu schreiben.

In den nächsten Tagen beobachtete sie das Haus des Nachbarn. Er schien nicht zu arbeiten und verbrachte, wenn das Wetter schön war, seine Tage im Garten. Fast immer hörte er dabei laute Musik, oft warf er den Grill an. Entweder störte es niemanden sonst oder die anderen Nachbarn wollten mit ihm keinen Ärger. Durch das Fernglas konnte sie erkennen, dass an seiner Terrassentür Gummistiefel standen.

Na, bitte, dachte sie. Ich muss nur abwarten, bis es regnet.

In Deutschland zu leben hieß, sie brauchte auf Regenwetter nicht lange zu warten. Eine Woche später schüttete es wie aus Kübeln, und der Rasen war nass. Sie beobachtete mit ihrem Fernglas, dass der Nachbar stets seine Gummistiefel anzog, wenn er etwas im Garten erledigen wollte.

Kerstin zerschlug in ihrem Gartenhäuschen eine Glasflasche und hob einige besonders scharfe Scherben auf. Natürlich trug sie zum Schutz ihrer Hände und zum Schutz vor Fingerabdrücken Handschuhe. In der regnerischen Nacht schlich sie zum Nachbarhaus, kletterte über das Gartentörchen und deponierte die Glasscherben in den Gummistiefeln. Dann wartete sie voller Vorfreude ab.

Am frühen Morgen setzte sie sich an ihren Schreibtisch und öffnete trotz des Nieselwetters weit die Terrassentür. Sie hatte bewusst ihre morgendlichen Patienten verschoben, denn das hier wollte sie auf gar keinen Fall verpassen.

Um elf Uhr hörte sie, wie das Radio aufgedreht wurde. Sie hob den Kopf. Kurz danach hallte ein tierischer Schrei durch die Siedlung. »Scheiße!«, brüllte der Mann. »Scheiße, scheiße, scheiße!« Rasch zückte Kerstin ihr Fernglas und rannte in den ersten Stock. Der Nachbar saß auf dem Boden und hielt sein Bein. Aus dem Fuß sprudelte lustig und vor allem reichlich Blut. Kerstin lächelte entzückt. Der Nachbar musste mit vollem Gewicht in den Stiefel getreten sein. »Fantastisch!«, rief sie und lachte laut auf.

Die Hunde standen hinter ihr und wedelten mit dem Schwanz. »Das hat super geklappt, meine Schätze. Soll ich euch zur Feier des Tages einen Knochen geben?« Sie legte eine wilde Spielrunde mit den Hunden ein, und anschließend bekamen sie den versprochenen Knochen.

Leider lernte der Mann nichts daraus. Zwar humpelte er stark und benutze einen Stock, doch nach wie vor hörte er laut Musik und nervte die Nachbarn mit seinen Grillorgien.

Na gut, dachte Kerstin. Dann versuchen wir etwas anderes.

Sie sammelte in den nächsten Tagen Hundekot. Davon gab es reichlich auf den Spazierwegen rund um die Siedlung. Die modernen »Leinenhunde« lösten sich ja nicht selten mitten auf dem Weg. Nur die wenigsten Halter entsorgten diese stinkenden Hinterlassenschaften. Den Kot ihrer eigenen Hunde nahm sie nicht für ihren Plan, da sie nicht wusste, ob der Nachbar die Polizei einschalten würde.

Sie war froh, dass Tom nicht da war. Der schlimme Gestank im Gartenhäuschen wäre ihm sicher aufgefallen. Mit einer Schutzmaske vor Mund und Nase bereitete sie aus dem Hundekot eine breiige Masse, und diesen stinkenden Brei verteilte sie in der Nacht großzügig auf dem Auto und der Haustür des Nachbarn.

Zweimal wurde sie fast dabei erwischt. Ein Auto bog in ihre Straße ein, und ein paar Jugendliche kamen spät von einer Party. Kerstin hielt den Atem an, was bei dem Gestank sowieso ratsam war. Nichts passierte. Die Jugendlichen zogen laut schwatzend vorbei, und das Auto fuhr weiter, ohne die Geschwindigkeit zu verringern.

Sie nahm sich nicht die Zeit, ihr Werk zu bewundern. Rasch entsorgte sie die kotbesudelte Plastiktüte in der Mülltonne des Nachbarn und eilte nach Hause.

Freudig wurde sie am nächsten Morgen von lautem Geschimpfe wach. Wenig später fuhr die Polizei vor. Kerstin zog sich an. Sie bereitete gerade das Frühstück der Hunde, als es klingelte.

Vor der Tür stand ein junger, uniformierter Polizist. »Frau Krumel? Darf ich Sie kurz sprechen?«

Sie lächelte ihn freundlich an. »Aber ja, kommen Sie doch rein. Sie haben keine Angst vor Hunden?«

»Nein, gar nicht. Ich habe selber einen«, sagte der Polizist und streichelte Jess, der ihn höflich begrüßte.

»Frau Krumel, vielleicht haben Sie es schon mitbekommen. Das Auto und die Haustür Ihres Nachbarn, Herrn Scholler, ist mit Hundekot verunreinigt worden.«

»Ach, deswegen dieses Gebrüll. Ich habe mich schon gewundert.« Kerstin bot dem Polizisten einen Stuhl an. »Ich koche gerade Kaffee, möchten Sie einen?«

»Ja, gern.«

Sie reichte dem Polizisten eine Tasse, und er nippte dankbar daran.

»Ich möchte Sie fragen, ob Ihnen etwas aufgefallen ist. Haben Sie heute Nacht etwas gehört oder gesehen?«

»Heute Nacht?« Kerstin schüttelte den Kopf. »Ich habe tief und fest geschlafen.«

»Hat Ihr Mann vielleicht etwas mitbekommen?«

»Eher nicht. Er ist beruflich im Oman.«

»Aha, okay. Gab es vielleicht Ärger hier in der Nachbarschaft?«

»Nun ja. Herr Scholler gehört zu den lauten Menschen. Er hört gern voll aufgedrehte Musik, auch wenn er im Garten ist. Das nervt schon etwas. Ich selbst habe ihn mal darauf angesprochen.«

Der Polizist machte sich eine Notiz. »Könnte ich von ihren Hunden etwas Kot haben?« Die Frage schien ihm ein wenig peinlich zu sein. »Reine Routine, verstehen Sie?«

Sie schmunzelte. »Ja klar. Ich muss nur erst mit den Hunden eine Runde machen. Im Garten lösen sie sich nicht.«

»Nein, meiner auch nicht. Ein Kollege oder ich selbst würden dann später den Kot abholen.«

»Aber dann wissen Sie ja nicht, ob er wirklich von meinen Hunden stammt.« Kerstin lächelte den Polizisten schelmisch an.

»Ach, da vertraue ich Ihnen«, meinte der junge Polizist und grinste. Er stand lächelnd auf und ging zur Tür. Dann drehte er sich noch einmal um. »Sagen Sie, es gab vor zwei Wochen, am elften, bereits einen Vorfall bei Herrn Scholler. Ist Ihnen da etwas aufgefallen?«

Kerstin dachte nach. »Eigentlich ist mir in letzter Zeit überhaupt nichts aufgefallen. Welcher Wochentag war das denn?« Sie warf einen schnellen Blick auf den Wandkalender. »Ah, ich sehe schon, Donnerstag. Nein, nicht, dass ich wüsste.«

»Danke, das war es schon. Und vielen Dank auch für den Kaffee.«

»Gern. Und grüßen Sie Ihren Hund von mir. Was ist es für einer?«

»Ein Rhodesian Ridgeback. Total liebe Hündin, aber inzwischen eine alte Dame.«

»Sind tolle Hunde. Ich mag sie auch gern.«

Einvernehmlich trennten sie sich. Kerstin bewaffnete sich mit zusätzlichen Kotbeuteln und beglückwünschte sich, dass sie darauf verzichtet hatte, die Hinterlassenschaften ihrer eigenen Hunde zu nutzen.

Diesmal schien der Nachbar es kapiert zu haben. Den ganzen Sommer über war keine laute Musik aus seiner Richtung mehr zu hören.

Kapitel 25

Kerstin fuhr mit ihrem kleinen Peugeot durch die Siedlung zum abseits gelegenen Schäferhundplatz im Bochumer Norden. Hier gab es einen geräumigen Parkplatz, und morgens war in der Regel noch nichts los. Vom Hundeplatz konnte man direkt in den parkartig angelegten Wald laufen. Sie stellte ihr Auto am äußersten Rand des Platzes ab, öffnete die Heckklappe, und Tira und Jess sprangen heraus.

Direkt vor der offenen Tür zum Hundeplatz stand ein silberner Mercedes mit dem typischen flachen Anhänger für Schäferhunde. Mindestens ein Hund musste darin sein, denn als er hörte, dass Kerstin das Gefährt auf ihrem Weg zum Wald passieren wollte, flippte er aus, bellte und knurrte.

Erschrocken sprang Tira zur Seite und fing ihrerseits an zu bellen. Nun gab es kein Halten mehr. Der Schäferhund begann in seinem engen Behältnis zu toben, und der ganze Anhänger wackelte.

»Hey!«, schrie eine befehlsgewohnte Männerstimme. »Weg da, und nehmen Sie Ihre Hunde an die Leine.«

»Ja, was fällt Ihnen ein?«, stimmte eine keifende Frauenstimme mit ein. »Halten Sie Abstand. Ist doch klar, dass unser Hund ausrastet, wenn Ihrer ihn anbellt.« Beim Sprechen zerrte sie am Halsband eines weiteren Schäferhundes, der kaum noch zu bändigen war.

Der Mann nahm seiner Frau den sich wild gebärdenden Hund ab, ruckte mehrmals hart an der Leine und brüllte ihn an. Der Schäferhund blieb unbeeindruckt, war in seinem Toben kaum zu halten, während sein Kumpan fast den Anhänger auseinandernahm. Schließlich zerrte ihn die Frau gewaltsam ein Stück zurück.

»Sehen Sie, was Sie angerichtet haben?«, fluchte der Mann.

Eingeschüchtert von dem Getöse drückten sich Jess und Tira an Kerstins Beine. Auch Kerstin war etwas mulmig zumute.

»Ich habe gar nichts angerichtet. Meine Hündin hat kurz gebellt, weil sie sich vor Ihrem tobenden Hund im Anhänger erschreckt hat«, stellte Kerstin ruhig fest und wollte weitergehen.

»Was lassen Sie Ihre Hunde auch so nah ran? Hier ist Leinenpflicht, so ist das Gesetz, verstehen Sie? Das Gesetz!« Der Mann hatte wütend gestikulierend den Zeigefinger erhoben und machte einen Schritt auf Kerstin zu.

Vor deren Augen tanzten rote Punkte. Sie kannte diesen Mann vom Sehen. Er gehörte den ewig Altvorderen an, die meinten, ein Schäferhund müsse angebrüllt, körperlich dominiert und klein gemacht werden. Kerstin hatte sich schon öfters gefragt, ob Schäferhunde eigentlich nahezu taub geboren wurden, dass sie immer so angeschrien werden mussten.

Sie hatte ihn noch nie spazieren gehen sehen. Da seine beiden Schäferhunde wohl nur einzeln zu bändigen waren, ging der Mann nur kurz vor den Trainingsstunden den schmalen Weg zum Wald hinauf und sofort wieder zurück, wenn sich der Hund auf dem Pfad gelöst hatte. Voluminöse, helle Hundehaufen, die von Billigtrockenfutter zeugten, zeigten, wo er gegangen war. Gern waren die Haufen so auf dem Weg platziert, dass der nächste Spaziergänger auch mit Sicherheit hineintrat.

Training? Nein, Unterordnung heißt das ja bei denen, dachte Kerstin. »Was für ein Wort. Und so was kommt dabei heraus.«

Der Schäferhund in seinem flachen Anhänger gebärdete sich noch immer, als wäre er tollwütig.

»Leinen Sie jetzt gefälligst Ihre Hunde an?« Der Mann machte einen weiteren drohenden Schritt auf sie zu. »Leinenpflicht! Kapieren Sie das? So ist das Gesetz!«

Das Adrenalin rauschte durch Kerstins Adern. Durch die roten Schlieren vor ihren Augen sah sie, dass sich ein älterer Herr mit seiner betagten Schäferhündin genähert hatte. Die Hündin lief frei und Jess ging vorsichtig auf sie zu. Sie wedelte freundlich mit dem Schwanz.

»Einen Hund immer an der kurzen Leine zu halten, wie Sie es tun, das ist Tierquälerei«, mischte sich der Neuankömmling barsch ein. »Durch Leute wie Sie bekommen die Schäferhunde einen schlechten Ruf.«

»Ach, halten Sie doch alle die Schnauze!«, schrie die Frau aus dem Hintergrund. »Die sind doch zu doof, das zu begreifen, Markus. Hat keinen Zweck. Lass sie!«

»In der Tat, das hat keinen Zweck«, grollte der ältere Herr und streichelte sanft den schönen Kopf seiner Schäferhündin, die irritiert von einem zum anderen schaute. »Kommen Sie, junge Frau, mit solchen Unbelehrbaren sollte man sich nicht einlassen. Mir tun nur die Hunde leid.«

Kerstin begleitete ihn noch ein Stück und bewunderte, wie ausgeglichen und lieb seine Schäferhündin war.

»Den habe ich schon lange auf dem Kieker«, sagte er. »Kommt zwei- bis dreimal die Woche zum Hundeplatz, trainiert immer nur mit einem Hund, der andere muss bei jedem Wetter in dem flachen Anhänger warten, und er lässt sie überall hinkacken. Da können die Hunde ja nichts für, sind ja immer nur an der kurzen Leine. Ich wette, zu Hause leben sie in einem Zwinger. Arme Geschöpfe.«

»Ich bin froh, mal jemanden wie Sie und Ihre liebe Hündin zu treffen. Man kann ja sonst wirklich den Eindruck bekommen, alle Schäferhunde seien asozial«, sagte Kerstin von Herzen und wischte sich dabei die roten Schlieren von den Augen. Noch immer raste ihr Herz.

Der Mann nickte bedrückt. »Ja, das ist so schade. Ich habe mein ganzes Leben Schäferhunde gehabt und ich kann Ihnen versichern, es liegt nicht an der Rasse.«

»Schön zu hören«, meinte Kerstin.

Sie verabschiedete sich recht schnell, denn in ihrem Kopf hatte bereits das vertraute Gedankenkarussell eingesetzt. Wie kam sie an diesen Choleriker heran? Durch seine Schäferhunde war er leider gut geschützt. Sicher bewachten sie auch das Zuhause dieser Leute. Auf dem Hundeplatz tauchten sie meistens zu zweit auf, und auch da war er selten ohne Hund. Vielleicht am Anfang, wenn er das Tor aufschloss? Da waren die Schäferhunde noch im Anhänger. Aber sie wollte nicht, dass er mit den Hunden im Anhänger auf dem Rückweg einen Unfall baute. Die Hunde waren zwar unsympathisch, aber sie konnten ja nichts dafür. Demnächst war Tag der offenen Tür, vielleicht konnte sie da tätig werden. Aber es war riskant. Vermutlich kannte man sich hier untereinander.

Grübelnd lief sie durch den Wald. Jess kam ab und zu und stupste sie an. Sie streichelte ihn abwesend, und er zog wieder von dannen. Sie musste sehen, wie diese Leute wohnten.

Rasch drehte sie um und eilte zurück zum Parkplatz. Schon von Weitem hörte sie die kurzen gebrüllten Befehle vom Hundeplatz. Abartig, dachte sie zornig.

Sie verlud Tira und Jess, fuhr ein Stückchen den schlaglochreichen Schotterweg zurück zur Hauptstraße und parkte dort zwischen zwei Autos.

Nach einer guten halben Stunde sah sie den Mercedes samt Anhänger das Sträßchen heranrumpeln. Sie klemmte sich hinter ihn. Nach weiteren zwanzig Minuten erreichten sie das letzte Haus in einer ländlich gelegenen Sackgasse, wobei sie vorsichtig zurückblieb.

Die Schäferhunde wurden aus dem Anhänger entladen und hinter das Haus geführt. Kurze Zeit später hörte man sie aufgeregt bellen. »Ein Zwinger, war ja klar«, murmelte sie.

Was nun? Keine Chance, unbemerkt an das Haus heranzukommen. Die Schäferhunde waren einfach zu wachsam. Blieb also nur der Hundeplatz. Aber womit? Natürlich wieder ein Gift auf Eiweißbasis, da so eines nur schwer nachweisbar ist. Pflanzen- oder Tiergift? Aber ja! Insulin! Erst vor wenigen Monaten hatte sie die Wohnung einer verstorbenen Großtante ausgeräumt und dabei deren Insulinvorräte an sich genommen. Vermutlich war das Insulin inzwischen abgelaufen, aber das dürfte nichts ausmachen.

Kerstin lachte freudig auf. »Super! Das ist es!«, rief sie und warf den Hunden freudig ein Leckerli zu. Rasch wendete sie den Wagen und fuhr nach Hause.

Es blieb das Problem, dass der Mann allein sein musste, also ohne Hund an seiner Seite oder die Ehefrau, und er durfte nach Verabreichung des Gifts nicht mehr fahren können, damit die

Schäferhunde nicht gefährdet wurden. Ein platter Reifen könnte ihn daran hindern, falls das Insulin nicht schnell genug wirken sollte.

Sie legte sich auf die Lauer. Das war ein bisschen mühsam, aber es war ja warm, und sie beschäftigte Jess und Tira mit Leckerlisuchspielen.

An einem Mittwochmorgen sah sie dann endlich den Mercedes samt Anhänger um die Ecke biegen. Rasch wich sie in den Wald zurück. Die Schäferhunde bellten aufgeregt in ihrer weißen Kiste. Der Mann stieg aus, öffnete die Tür im Zaun und ging in den Aufenthaltsraum. Von seiner Frau war nichts zu sehen. Auch von keinem anderen Hundehalter. Aber das konnte sich schnell ändern.

Kerstin band Jess und Tira mit der Aufforderung »Bleib« an einen Baum, fummelte die Insulinspritze aus einer kleinen Gürteltasche und rannte los. Beim Rennen zog sie sich die Kapuze ihrer dunklen Sweatjacke über den Kopf. Jess hinter ihr jammerte, aber das konnte sie jetzt nicht ändern.

Sie jagte zum Auto und durchstach mit einer schmalen Klinge an einem Reifen das Ventil. Sie hoffte, das würde ausreichen. Die Schäferhunde im Anhänger hörten sie und begannen zu toben. Der Hundehalter trat aus der Tür des hölzernen Vereinshauses und brüllte Befehle. Kerstin duckte sich gerade noch rechtzeitig hinter ein Gebüsch. Als der Mann sich dem Anhänger näherte, schnellte sie vor, prallte von hinten gegen ihn und rammte ihm die Spritze in die Schulter.

»Ey, verdammt!«, schnauzte der Mann perplex. Den Stich in die Schulter hatte er aufgrund des Aufpralls gar nicht gespürt.

»Bekloppt, oder was?«, brüllte er hinter Kerstin her. Die war schon um die nächste Ecke.

Sie hoffte nur, dass der Mann nicht seine Hunde frei ließe. Sie legte keinen Wert darauf, von einem scharf gemachten Schäferhund verfolgt zu werden, geschweige denn von zweien. Aber gerade bog eine Frau mit drei Shar-Peis in den schmalen Weg ein. Jetzt konnte er es nicht mehr wagen, seine Hunde hinter ihr her zu hetzen. Puh, das war von mir nicht richtig überlegt, dachte sie. Ist aber noch einmal gut gegangen. Die Götter sind mir gewogen.

Vorsichtig lugte sie hinter ihrem Baum hervor. Der stämmige Hundehalter ging gerade misstrauisch um sein Auto herum und besah es sich von allen Seiten. Dabei ging er auch in die Hocke und ließ die Hände über den Lack gleiten. Beim Hochkommen musste er sich kurz am Dach des Autos festhalten, fuhr sich fahrig mit der Hand über die Stirn und schien erstaunt, dass sie feucht war. Unwillig schüttelte er den Kopf und holte den ersten Hund aus dem Anhänger.

Kerstin lächelte zufrieden. Gern hätte sie beobachtet, wie die zunehmende Unterzuckerung ihren Lauf nahm und die Symptome stetig zunahmen, bis der Prozess vielleicht sogar im Koma endete, aber das war ihr dann doch zu gewagt. Sie wollte ihr Glück nicht noch mehr herausfordern. Außerdem hörte sie Jess immer noch jammern. Rasch kehrte sie zu ihren Hunden zurück, band sie los, gab ihnen ein Leckerli und lief mit ihnen zum Auto.

Sie fühlte sich ein wenig erschöpft. Das war doch eine ziemlich riskante Geschichte, die schnell hätte schiefgehen können, aber es hatte sich gelohnt. Jetzt freute sie sich auf ein kühles Getränk und einen leckeren Snack, bevor die Arbeit in der Praxis losging. Und heute Abend würde sie mit Tom telefonieren. Darauf freute sie sich schon sehr.

Kapitel 26

Das Projekt »Ein Hund für Barbara« stand an. Babs hatte selbst schon im Internet recherchiert, aber zum Teil haarsträubende Erfahrungen mit verschiedenen Tierschutzorganisationen gemacht.

»Du glaubst es nicht, Kerstin«, sagte Babs und lehnte sich in ihrem Liegestuhl zurück. »Eine Tierschutzorga schrieb auf ihrer Website, dass nach wochenlangen Regenfällen die Zwinger überflutet seien, die Hunde krank würden und sie dringend Leute suchten, die die Hunde adoptieren möchten. Ich habe mich da gemeldet. Und was kriege ich als Antwort? Was, Sie sind Single? Sie haben keinen festen Job? Sie leben allein im Wald? Nein, Sie kommen als Adoptant nicht infrage. Das musst du dir mal vorstellen - da lassen die lieber die Hunde an Lungenentzündung in den überfluteten Zwingern verreckten, als einem Single mit viel Tagesfreizeit einen zu geben.« Erbost schnaufte Babs durch die Nase.

»Ich habe ähnliche Erfahrungen gemacht. Jess kam vor Tom zu mir. Damals war ich auch gerade Single, alleinstehend, hatte kein eigenes Haus mit Garten und keine Festanstellung, und da schied ich bei den meisten Organisationen auch direkt aus.«

»Und wo hast du Jess her?« Babs trank einen Schluck von ihrem Tee aus einer erfrischenden Kräutermischung, die sie selbst zusammengestellt hatte.

»War ein langer Weg. Erst war ich in verschiedenen Tierheimen. Zum Teil wird man da ja behandelt, als wäre man völlig unsichtbar, oder wird rüde angeraunzt und knapp und überheblich abgefertigt. Es gab auch einige sehr gut geführte Tierheime mit nettem Personal, nur hatten die leider keinen passenden Hund für mich. Dann hab ich einen Hund bei einer rumänischen Tierschutzorga gefunden und per E-Mail Kontakt aufgenommen. Erst mal hat es irre lange gedauert, bis man mal eine Antwort bekam. Und als ich gefragt habe, wie groß denn der Hund auf dem Foto sei, bekam ich nach mehrmaligem Nachfragen die Antwort, das könnten sie mir nicht sagen, ich solle mir doch einen anderen Hund aussuchen, bei dem sie es wüssten. Ich hatte sogar mal einen Patenhund in Bulgarien. Ein Jahr habe ich für die Kleine gezahlt. Und als ich sie dann zu mir holen wollte, war man dermaßen blöd zu mir, dass ich es gelassen habe. Heute tut mir das leid, denn die Hündin ist kurz darauf gestorben.«

Babs nickte. Sie hatte ähnliche Erfahrungen gemacht. »Und dann?«

»Dann hatte ich erst mal den Kaffee auf. Zufällig lernte ich irgendwann auf einem Spaziergang eine Frau kennen, die Pflegehunde einer italienischen Tierschutzorganisation hatte. Mit der habe ich mich lange unterhalten. Eine wirklich sehr nette und kompetente Frau. Durch sie kam ich an Jess.« Kerstin warf einen liebevollen Blick auf den Rüden, der im Schatten eines Baums ruhte.

»Es gibt da wohl riesige Unterschiede bei den Orgas. Gar nicht so leicht, eine gute zu finden«, meinte Barbara.

»Ja, da tummeln sich viele schwarze Schafe. Und viele Tierschützer können vielleicht gut mit Hunden umgehen, aber so gar nicht mit Menschen. Was suchst du denn für einen Hund?«

»Rüde oder Hündin ist mir egal. Er sollte nur nicht zu klein sein, weil er mich auch ein bisschen hier in der Einsamkeit beschützen soll.«

»Wie wäre es denn dann mit einem Hund, der Herdenschutzhundblut in sich trägt? In Italien wären das die Maremmanos.«

»Ja, an die habe ich auch schon gedacht. Oder ein Kangal. Die gefallen mir auch sehr gut.«

»Wäre doch ideal. Du hast ein großes Grundstück, und das Aufpassen liegt ihnen im Blut. Wäre natürlich schön, wenn er oder sie sich auch mit Jess und Tira verstehen würde.«

»Klar, das ist Voraussetzung.« Babs lächelte.

»Hast du mal im Tierheim Osnabrück geschaut?«

»Ja, aber da war für mich nichts dabei. Auch in Münster nicht.«

»In den Ruhrgebietstierheimen findest du sehr viele abgeschobene Kangals. Oder soll ich mal meiner Bekannten schreiben, die mir Jess vermittelt hat? Wenn dir Maremmanos gefallen, natürlich.«

»Ja, mach mal, vielleicht hat sie ja den richtigen Hund für mich.«

Bereits eine Woche später fuhren Babs und Kerstin zu Aline, einer knapp zweijährigen Hündin, die auf einer Pflegestelle in Bielefeld lebte. Aline hatte Kangalblut, stammte aber dennoch aus einem der furchtbaren Hundelager in Süditalien.

Kerstin ließ Jess und Tira im Auto. Frau Hennemann, die die Pflegestelle innehatte, war eine warmherzige Frau in den Fünfzigern. Sie wohnte in einem geräumigen Haus mit großem Garten am Rande der Stadt.

Den beiden Frauen kam eine Horde Hunde entgegen. Nur sah keiner von ihnen aus wie ein Kangal.

»Aline ist noch ein bisschen schüchtern. Gehen wir in den Garten, dort wird sie sein«, sagte Frau Hennemann.

Und da war sie. Eine große Hündin, die aussah wie ein schlanker Kangal, beigefarben, aber mit ungleichmäßigen, hellen Flecken im Fell. Babs hockte sich auf eine Treppenstufe und streckte die Hand aus. Blickkontakt mied sie erst mal. Aline war schüchtern, aber auch neugierig. Vorsichtig schnüffelte sie an Babs' Hand.

»Sie ist Fremden gegenüber ein bisschen misstrauisch, aber das legt sich. Bei uns ist sie jetzt seit vier Monaten, und sie ist schon sehr aufgetaut«, sagte Frau Hennemann zu Kerstin, »zumindest, was Frauen betrifft. Mein Mann und mein Sohn haben es noch ein wenig schwer mit ihr.«

Aline ließ sich inzwischen von Babs streicheln. »Oh, ist sie toll«, flüsterte sie begeistert.

»Haben Sie Erfahrung mit Herdenschutzhunden?«

»Nein, leider nicht. Aber ich hatte bereits Hunde und habe ein Häuschen im Wald mit einem großen Garten.«

»Aline ist durchaus für Herdenschutz-Anfänger geeignet. Sie muss natürlich souverän geführt werden, aber bei ihr reicht ab und an ein ernstes Wort. Und sie würde gut auf sie aufpassen, dort im Wald.«

Aline hatte sich neben Babs gelegt.

»Das sieht doch gut aus«, sagte Kerstin zu Frau Hennemann, die bestätigend nickte.

Kerstin hatte dafür gesorgt, dass Babs heute Jeans und T-Shirt trug und keines ihrer schreiend bunten Kleider. Bereits das lange rote Haar weckte bei vielen Menschen Vorurteile. Daher hatte Babs es zu einem ordentlichen Zopf geflochten.

»Können wir mal mit ihr spazieren gehen?«, fragte Kerstin. »Ich habe auch noch meine beiden eigenen Hunde im Auto. Es wäre schön, wenn die auch mitkönnten.«

»Ja. Aline hat kein Problem mit anderen Hunden. Manchmal zickt sie ein bisschen mit Hündinnen, aber es ist nichts Ernstes.«

Sie machten einen langen Spaziergang durch den kühlen Wald. Aline lief bereits sehr gut an der Leine, da hatte die Pflegestelle ganze Arbeit geleistet. Jess und Tira ignorierte sie weitestgehend. Kerstin sah ihrer Freundin an, dass sie bereits verliebt war.

»Die beiden passen gut zusammen, oder?«, wandte Kerstin sich an Frau Hennemann.

»Ja, finde ich auch«, stimmte diese zu. »Allerdings müssen wir, wenn Ihre Freundin Aline nehmen will, noch einen Vorbesuch bei ihr machen.«

»Das ist ja ganz klar«, meinte Kerstin und freute sich, dass die Frau »Vorbesuch« und nicht »Vorkontrolle« gesagt hatte. Kerstin hasste das Wort »Kontrolle« wie die Pest und wusste, dass es Babs nicht anders ging.

»Na, was meinst du?«, fragte Kerstin ihre Freundin. Die strahlte über ihr ganzes, sommersprossiges Gesicht. »Sie ist so toll, Kerstin.«

»Ja, mir gefällt sie auch. Ihr passt gut zusammen.«

»Würden Sie sie mir geben?«, wandte sich Babs an Frau Hennemann.

Die lachte. »Das ist ja eine schnelle Entscheidung. Aber ja, ich denke schon. Allerdings muss ich Sie vorher einmal besuchen, um zu schauen, ob Ihr Zuhause für Aline passt.«

»Wann möchten Sie kommen?«

Frau Hennemann lachte wieder über Babs' Begeisterung. »Nächstes Wochenende, wenn es Ihnen passt.«

»Aber ja, so schnell wie möglich.«

»Gehen wir rein«, sagte Frau Hennemann. »Ich habe schon noch einige Fragen.«

Bei einer erfrischenden selbst gemachten Limonade redeten die drei Frauen über Hunde, und Frau Hennemann fragte Babs behutsam aus. Aline nahm wie selbstverständlich ihren Platz zu Barbaras Füßen ein, was Frau Hennemann mit einem wohlwollenden Lächeln zur Kenntnis nahm.

Tatsächlich verlief auch der Vorbesuch zufriedenstellend. Kerstin hatte mit Babs zusammen aufgeräumt und zu esoterisch erscheinenden Kram verborgen. Sie hatte ihrer Freundin auch noch mal eingebläut, nichts darüber zu sagen, dass sie sich für eine Hexe hielt.

»Was für ein hübsches Haus. Und der große, wilde Garten. Das ist ja ideal für Aline«, freute sich Frau Hennemann. »Nur Ihre anderen Tiere machen mir etwas Sorgen.«

Diese Sorge erwies sich als unbegründet. Sie sahen gemeinsam zu, wie Aline den Garten und die fremden Tiere begutachtete, und waren beruhigt, dass die Hündin nur Interesse zeigte, aber keine Aggression. Auch mit Jess freundete sie sich an, während sie Tira links liegenließ. Aber das schien Tira nur recht zu sein. Die große Hündin war ihr ein bisschen unheimlich.

»So schön haben Sie es hier«, schwärmte Frau Hennemann. »Ein richtiges kleines Hexenhaus.«

Kerstin warf Babs einen warnenden Blick zu. Aber die schüttelte nur ihr rotes Haar. »Eben das richtige Haus für eine rothaarige Hexe«, erwiderte sie lachend.

Auch Frau Hennemann musste lachen. »Ja, sie passen sehr gut hierher. Ich würde mich das ja nicht trauen, so allein im Wald zu wohnen.« Sie schaute sich noch einmal um. »Aline wird sich hier sicher wohlfühlen.«

»Das denke ich auch«, meinte Babs und stellte den Hunden frisches Wasser hin.

»Und Sie können sich mit ihr sicherer fühlen. Aline bewacht sehr zuverlässig.«

»Wir werden bestimmt dicke Freundinnen, nicht wahr?« Babs streichelte die Hündin sanft, die sich zu ihr gesellt hatte.

»Ja, dann kommen wir doch zum Geschäftlichen«, sagte Frau Hennemann. Sie setzten sich auf die Terrasse und ließen sich vom Duft der vielen Kräuter umwehen.

Und so zog Aline bei Babs ein. Und wie Barbara vorausgesagt hatte - sie wurden rasch dicke Freundinnen. Es war, als hätten Frau und Hund sich gesucht und gefunden. Kerstin freute sich von Herzen mit ihrer Freundin. Aline war einfach perfekt für Babs. Und das Schöne war, die Hündin besaß nahezu keinen Jagdtrieb. Sie konnte und durfte also im Wald uneingeschränkt ohne Leine laufen. Das hatte wohl sogar der örtliche Jäger eingesehen, wie Babs berichtete. Babs hatte sowieso viel Glück mit der Jägerschaft in ihrer Umgebung. Man schien recht entspannt zu sein, was freilaufende Hunde betraf. Darauf war Kerstin durchaus ein wenig neidisch.

Kapitel 27

Die Luft war noch einigermaßen kühl, als sich Kerstin mit Jess und Tira zu ihrem morgendlichen Spaziergang aufmachte. Heute liefen sie auf der anderen Seite der Siedlung über ein weites Feld- und Wiesengebiet. Der erste Patient würde erst gegen Mittag kommen, daher hatte Kerstin Zeit für eine größere Runde.

Sie wusste, dass in diesem Gebiet ein Jagdpächter unterwegs war, den besonders viele weibliche Hundehalter fürchteten. Er galt als sehr grob und aggressiv. Kerstin war ihm erst einmal kurz begegnet, als er seinen Greifvogel fliegen ließ. Sie war stehen geblieben und hatte den wunderschönen Vogel bewundert. Aber das war Jahre her. Jess war zu der Zeit erst kurz bei ihr gewesen. Seitdem hatte sie den Jäger nur noch aus der Ferne gesehen.

Sie hatte so viele Horrorgeschichten anderer Hundehalter gehört, dass sie ein wachsames Auge auf die schmalen, landwirtschaftlich genutzten Wege hatte. Aber es war kein Auto weit und breit zu sehen. Niemand war unterwegs. So mochte Kerstin ihre Spaziergänge am liebsten.

Der Himmel zog sich zwar nach und nach zu, aber noch regnete es nicht. Dafür wurde es schwül. Kerstin keuchte ein wenig, als sie eine Anhöhe hinauflief. Sie überlegte noch, ob sie den Weg abkürzen sollte, als Jess ein Kaninchen erspähte und sich in die Büsche schlug. Tira wollte hinterher, aber Kerstin erwischte sie am Halsband. »Jess! Hier!«, rief sie ärgerlich und suchte das mit kleinen Büschen bewachsene Stück Land mit den Augen ab.

Motorengeräusche. Sie fuhr herum. »Mist!«, fluchte sie leise. Ein grüner Jeep war die Anhöhe heraufgekommen und hielt neben ihr. Sie kannte das bärtige Gesicht, das jetzt in dem offenen Seitenfenster sichtbar wurde.

»Jetzt kriege ich bestimmt einen Anschiss«, kam sie seiner Strafpredigt zuvor.

»Haben Sie den denn verdient?«, fragte der Jäger zurück.

»Natürlich nicht«, konterte sie. Jess hatte sich inzwischen hechelnd wieder zu ihr gesellt.

»Ihr Hund hat gejagt. Das muss doch wirklich nicht sein. Es ist Brut- und Setzzeit. Besonders die jungen Hasen müssen in diesem Gebiet geschützt werden.«

»Stimmt leider, und Sie haben völlig recht. Passiert mir nur selten, aber das Kaninchen ist direkt vor ihm aufgesprungen.«

»Er ist eben ein Jagdhund. Den kann man nicht hundertprozentig kontrollieren. Es liegt ihnen im Blut.«

»Ich bin auch sehr zerknirscht«, sagte Kerstin und packte all ihren Charme aus. »Ich habe ihn eigentlich sehr gut im Griff, und meine Hündin jagt eh nicht. Aber wie ich heute gesehen habe, bleibt noch etwas zu tun. Wollen Sie ihn vielleicht in die Schule nehmen?«, fragte sie scherzhaft.

»Nein, nein«, winkte der Jäger ein bisschen erschrocken ab. »Ich habe mit meinem eigenen Hund genug zu tun.« Im Heck saß ein bildschöner Weimaraner.

»Wie gesagt, ich weiß, dass ich nicht aufgepasst habe. Und ich weiß, dass Brut- und Setzzeit ist und man jetzt auf seinen Hund besonders achten sollte. Von daher habe ich Ihren Anschiss verdient.«

Der Mann lachte. »Na, dann ist ja gut. Ich wünsche noch einen schönen Tag.«

»Ebenfalls. Tschüss.«

Der Jeep rollte langsam davon.

»Wow, nix von Leine gesagt.« Kerstin staunte. »Und der soll so angsteinflößend sein?« Sie nahm Jess an die Leine, bis sie das Buschgebiet mit seinen vielen flitzenden Kaninchen hinter sich hatten.

Ein paar Tage später erzählte sie einer jungen Frau, die häufig in dieser großen Senke spazieren ging, von ihrem Erlebnis. Die Frau konnte es nicht glauben.

»Mich macht der sogar an, wenn ich Ruben an der Leine habe. Total ätzend, der Typ. Er muss auf dich gestanden haben, anders kann ich mir das nicht erklären.« Uschi schaute Kerstin so merkwürdig an, als sei sie ein Alien.

»Hm, wer weiß. Ich fand ihn eigentlich ganz sympathisch. Und er hatte ja auch recht. Jess war mir abhanden gekommen.«

Uschi schnaubte durch die Nase. »Sympathisch? Der? Also, ich habe noch nichts Gutes von dem gehört. Wirklich, du musst sein Typ gewesen sein. Bestimmt steht er auf lange blonde Haare, und hübsch bist du ja auch. Er ist sonst wirklich unausstehlich. Und wie er immer mit seinem Gewehr hantiert.«

Kerstin zuckte die Achseln. »Also wenn ich sein Typ bin, dann bin ich echt froh darüber.« Sie lächelte. Endlich mal ein Jäger, mit dem man reden konnte. Und zumindest ein bisschen Humor hatte er auch. Wenn alle so wären, gäbe es weniger Probleme zwischen Jägern und Hundehaltern. Aber sie musste zugeben, seine andere Seite hatte sie noch nicht kennengelernt. Sie legte auch keinen Wert darauf. Daher mied sie die Wiesen konsequent bis zum Ende der Brut- und Setzzeit.

Kapitel 28

Stattdessen besuchte sie ihre Freundin Maria, die mit ihrem Mann und zwei Hunden in einem schönen Haus direkt am Langeloh, einem kleinen Wald am Stadtrand von Herne lebte. Über die Hunde waren die beiden Frauen zu Freundinnen geworden.

Als sie bei Maria anklingelte, stand die Freundin schon fertig für die Hunderunde im Flur. Sie umarmten sich herzlich. Auch die Hunde begrüßten sich freudig. Maria hatte zwei schwarze Großpudel-Mädchen mit einem ganz normalen Haarschnitt. Es waren lebhafte, wunderschöne und kluge Hunde, sodass Kerstin inzwischen alle ihre Vorurteile gegen Pudel abgebaut hatte.

»Endlich gehen wir mal wieder zusammen«, freute sich Maria.

»Ja, ist wirklich zu viel Zeit vergangen, dabei wohnen wir doch gar nicht weit auseinander. Aber du kennst das ja. Immer ist irgendwas.«

Einträchtig spazierten sie einen Waldweg entlang. An der Brücke über den Rossbach trafen sie auf eine Frau mit einem Labrador-Welpen. Interessiert schnüffelten die erwachsenen Hunde den lebhaften Zwerg ab. Besonders Jess fand an dem Kleinen Gefallen, während der Welpe für Tira zu wild und zu aufdringlich war. So etwas mochte sie gar nicht. Mit kleinen Schnappern hielt sie ihn auf Abstand.

Jess und der Welpe tobten ausgelassen auf der Waldwiese. Die Frauen unterhielten sich. Sie wollten sich gerade von der Welpenmama verabschieden, als ein Radfahrer den Abhang zum Bach heruntergeschossen kam.

Freudig sprang der Welpe auf ihn zu. »Buster, nein!«, rief die Frau. Aber natürlich hörte der Kleine nicht.

»Hau ab!«, brüllte der Radfahrer und trat gezielt nach dem Kopf des Welpen. Der junge Hund flog schreiend einige Meter und blieb bewegungslos liegen.

»Du Scheißkerl«, schrie Maria und versuchte den Radfahrer aufzuhalten, während Kerstin und die Hundehalterin zu dem Welpen rannten.

Der Radfahrer stieß Maria zur Seite. »Nehmt eure Tölen doch an die Leine. Hier ist Leinenpflicht!«, schrie er aufgebracht. Kerstins Kopf flog herum. Dann trat er kräftig in die Pedale und war im nächsten Moment um die nächste Ecke verschwunden.

Kerstin kniete bei dem Welpen. Er atmete noch, war aber ohne Bewusstsein.

»Rufen Sie Ihren Tierarzt an und sagen Sie, dass Sie mit einem Notfall kommen«, wies Kerstin die aufgeregte Frau an.

»Ist er tot? Buster. Oh nein.« Sie schrie und weinte.

»Maria, schaff sie weg«, sagte Kerstin streng. »Panik können wir nicht gebrauchen. Sie soll ihren Tierarzt anrufen.«

Kerstin hüllte den jungen Hund in ihre Sweatshirt-Jacke und gab ihm zwei Arnica-Globuli ins Mäulchen. Arnica trug sie seit Jess' Beißunfall immer mit sich. Sie sah, dass Maria telefonierte, während die Hundehalterin hemmungslos weinte. Auch ihr kamen die Tränen, als sie auf den bewusstlosen kleinen Hund schaute. Die roten Schlieren vor ihren Augen wischte sie entschlossen fort. Die konnte sie nun wirklich nicht gebrauchen.

»Halt durch, mein Kleiner«, flüsterte sie. Der Welpe kam langsam zu sich, war aber apathisch und winselte leise.

»Ich hole mein Auto«, sagte Maria. »Wir treffen uns oben an dem gelben Haus. Der Waldweg ist zu schmal für ein Auto.« Sie eilte davon.

Kerstin hob den Welpen hoch. Er war noch ein Fliegengewicht mit seinen knapp zwölf Wochen.

»Kommen Sie«, sagte Kerstin zu der Halterin. Weinend streichelte die Frau den Kopf des Welpen.

»Wird er sterben?«

Kerstin konnte nicht in das verzweifelte Gesicht der Frau sehen. Sie selbst fürchtete ja, dass der Schädel gebrochen war.

»Wenn wir Glück haben, ist es nur eine Gehirnerschütterung«, versuchte sie zu beruhigen.

»Wie kann jemand so etwas tun? Nach einem Welpen treten. Und dann noch vor den Kopf.«

Kerstin schwieg. Auf diese Frage hatte sie keine Antwort. Grausamkeit gegen Tiere waren ihr seit ihrer Kindheit ein Rätsel.

Rasch gingen sie den Hügel hinauf, ein weiteres Stück durch den Wald, bis sie das erste Haus der Siedlung erreichten. Kurze Zeit später erschien Maria. Sie hatte ihre Pudel zu Hause gelassen, Jess und Tira verfrachteten sie in den hundegesicherten Kofferraum des Vans, während Kerstin der Hundehalterin den Welpen auf der Rückbank auf den Schoß gab.

»Beruhigen Sie ihn, auch wenn es schwerfällt«, sagte sie eindringlich. »Er sollte nicht spüren, wie viel Angst Sie haben. Und streichen Sie ihm die Ohren aus, das wird ihn stabilisieren.«

Die Halterin nickte, während die Tränen über ihr Gesicht liefen. »Ich reiß mich zusammen.«

»Sehr gut. Damit helfen Sie dem Kleinen.«

Während die Halterin leise und beruhigend auf den Welpen einredete und ihm sanft die kleinen Ohren ausstrich, gab Maria Gas. Sie fuhren direkt zu einer Tierklinik, denn nur hier konnte ein Schädelbruch ausgeschlossen werden.

Maria parkte den Wagen und Kerstin half der Frau mit dem Welpen aus dem Auto. Der Kleine war ruhiger geworden. Kerstin hoffte, dass das kein schlechtes Zeichen war. Während die Halterin mit dem Tierarzt sprach, wandte sich Kerstin an ihre Freundin. »Erzähl. Kanntest du den Radfahrer?«

Maria zuckte die Achseln. »Ich habe ihn schon ein paar Mal gesehen. Es werden ja immer mehr Mountainbiker bei uns im Wald, und viele fahren echt rücksichtslos.«

»Würdest du ihn wiedererkennen?«

»Auf jeden Fall. Schlank, Glatze, hageres Gesicht mit ausgeprägten Wangenknochen. Ja, den erkenne ich wieder.«

»Sehr gut«, knurrte Kerstin.

»Warum, willst du ihn anzeigen? Das wird nicht viel bringen. Er kann sagen, er habe den Hund nur abgewehrt. Und da der Wald bei uns unter Naturschutz steht, hat er mit der Leinenpflicht sogar recht.«

Kerstin schnaubte durch die Nase. »Naturschutz, ist ja lächerlich. Bei so vielen Mountainbikern? Und du hast mir ja selbst Fotos gemailt, wie viel Bäume im letzten Herbst abgeholzt wurden. Welche Tiere sollen denn hier geschützt werden? Die paar einsamen Eichhörnchen und Kaninchen? Wenn sie die Feuersalamander schützen wollten, müssten sie die Fahrräder im Wald verbieten, aber nein, sie bauen sogar noch eine Fahrradwanderstrecke durch den Wald.« Kerstin redete sich in Rage. Schon wieder tanzten rote Punkte vor ihren Augen. Sie beachtete sie nicht.

»Du hast ja recht, Kerstin. Aber es ist, wie es ist. Wir Hundehalter haben wie immer die Arschkarte.«

Busters Frauchen kam zurück. »Sie haben ihn stabilisiert und machen jetzt ein CT.« Sie seufzte. »Ich habe schon meinen Mann angerufen, er kommt gleich.« Sie fasste nach Kerstins und Marias Hand. »Ich bin Ihnen so dankbar, dass Sie mir geholfen haben.«

»Das ist doch selbstverständlich«, sagte Kerstin. »Wir warten noch, bis Ihr Mann da ist. Würden Sie mich oder meine Freundin anrufen und erzählen, wie es weitergegangen ist?«

Die Halterin nickte. Noch immer flossen Tränen über ihr Gesicht. »Wer tut nur so etwas?«, murmelte sie.

»Er wird dafür bezahlen«, murmelte Kerstin fast unhörbar. Maria sah sie irritiert an. Bevor sie jedoch etwas erwidern konnte, schob die Tierarzthelferin Buster aus dem CT-Raum. Der Tierarzt rief die Halterin in seinen Raum.

Nach kurzer Zeit kam sie zurück. »Er muss operiert werden.« Sie sackte in sich zusammen und weinte. »Ein Riss im Schädelknochen. Er ist doch noch so jung.«

Maria nahm die Frau in den Arm. »Das wird schon, ganz bestimmt.«

Kerstin strich sich übers Gesicht, um die roten Punkte zu vertreiben. Sie fühlte so viel Wut, dass sie am liebsten alles kurz und klein geschlagen hätte. Äußerlich aber wirkte sie ruhig. Eine zierliche, blonde Frau, die stets zu allen freundlich und hilfsbereit war.

Kurze Zeit später traf der Ehemann ein, und Kerstin und Maria verabschiedeten sich.

»Meinst du, du kannst herausfinden, wo der Kerl herkommt?«, fragte Kerstin ihre Freundin.

»Willst du ihm Stinkbomben ins Auto werfen?«, fragte Maria.

»So was Ähnliches«, erwiderte Kerstin harmlos und lachte leise.

»Hm, ich kann mal Thomas fragen. Der ist ja selbst Mountainbiker und kennt viele aus der Szene.«

»Das wär super. Gib mir bitte Bescheid.«

Bereits eine Woche später hatte Kerstin den Namen und die Adresse des Radfahrers.

Kerstin beobachtete eine Weile das Reihenhaus. Es gab noch eine Frau und ein Kind, wie sie erkennen konnte. Der Mann fuhr morgens mit dem Rad zur Arbeit und kam gegen siebzehn Uhr wieder zurück. Die Frau nutzte das Auto. Anscheinend brachte sie das Kind morgens in den Kindergarten und fuhr dann selbst zur Arbeit.

Kerstin musste also etwas finden, was Frau und Kind nicht gefährdete. Sie rief ihre Freundin Babs an und verabredete ein Treffen. Da Tom am Wochenende zu seinen Eltern fahren wollte, war es eine gute Gelegenheit, Babs zu besuchen.

»Hallo Seelenfreundin«, begrüßte Barbara sie und nahm sie in den Arm.

Kerstins Freundin ging es augenscheinlich prächtig, seitdem ihr nerviger Vermieter urplötzlich das Zeitliche gesegnet hatte und der Besitz an seinen toleranten, freundlichen Sohn gefallen war.

Sie machten es sich im Garten unter den ausladenden Ästen einer alten Buche bequem. Jess und Tira schnüffelten aufgeregt in der Gegend herum, sagten Aline höflich guten Tag und begrüßten begeistert Barbaras Ziegen Willi und Fred.

»Dann erzähl mal, was ist das Problem?«

Kerstin berichtete von der Attacke des Mountainbikers auf den Welpen und von seinem Familienleben.

»Hat der Welpe überlebt?« Barbara hatte die Augen weit geöffnet, die Pupillen waren groß und rund. Kerstin fragte sich kurz, ob sie auf Droge war.

»Ja, aber es war eine aufwendige Operation und es sah lange gar nicht gut aus. Die Platten, die er nun im Schädel hat, müssen auch irgendwann wieder raus.«

»So ein Scheißkerl.«

»In der Tat, aber man kann ihn nicht belangen. Die Halterin des Welpen hat es versucht. Die Klage wurde abgewiesen. Vermutlich ist der Richter selbst Mountainbiker und kein Hundefreund. Sie bleibt also auch auf den immensen OP-Kosten sitzen.«

»Da muss man etwas tun«, stellte Babs fest und zwirbelte nachdenklich ihr rotes Haar.

Unvermittelt stand sie auf und winkte Kerstin, ihr zu folgen. In einem tiersicher hoch eingezäunten Gartenteil wies sie auf eine weiß blühende, große Pflanze. »Weißt du, was das ist?«

»Weißer Germer?«, riet Kerstin.

»Genau. Weißer Germer, auch Nieswurz genannt. Wir können aus der Wurzel einen Absud herstellen. Ein bis zwei Gramm der Wurzel sollten genügen. Aber wie willst du es verabreichen, ohne dass Frau und Kind davon naschen?«

»Ich habe mal Sturmhut auf ein Lenkrad geschmiert, das war super. Geht das mit Germer auch? Zum Beispiel auf den Lenker eines Fahrrads?«

»Perfekt. Der Germer ähnelt dem blauen Sturmhut. Er dringt ebenfalls durch intakte Haut in den Organismus ein. Du musst nur unbedingt deine eigenen Hände gut schützen.«

Den Nachmittag verbrachten die beiden Frauen damit, aus der Wurzel der Nieswurz einen Absud herzustellen. Dabei lachten sie viel und hatten ungeheuren Spaß.

»Berichte mir aber auf jeden Fall, wie es gewirkt hat, Seelenfreundin. Das ist für meine eigenen Studien sehr wichtig.« Barbara schüttelte das lange Haar und lachte herzlich.

Kerstin küsste sie zum Abschied auf die Wange. »Das werde ich. Vielen Dank für deine Hilfe.«

Barbara wirkte sehr imposant, wie sie in der Tür stand – hochgewachsen, mit wallendem, rotem Haar und dem großen Hund an ihrer Seite.

»Immer gern, mein Schatz. Besuch mich bald wieder mit deinen wundervollen Hunden. Und sei bloß vorsichtig.«

Es war einfach, den Lenker mit dem Germer-Absud zu tränken, da das Fahrrad oft abgeschlossen vor dem Haus stand. Kerstin brauchte nur eine Gelegenheit abzupassen, als die Familie beim Abendessen saß. Zu ihrer Freude nutzte der Mann das lange Tageslicht und brach nach dem Abendessen noch zu einer letzten Radrunde auf.

»In der Tat, seine letzte Fahrradrunde.« Kerstin lächelte. Sie war sehr mit sich zufrieden. Auf dem Nachhauseweg entsorgte sie die Dose mit dem restlichen Absud im überquellenden Müllcontainer eines großen Wohnblocks.

»Hattest du eine schöne Gassirunde?«, fragte Tom, der vor dem Fernseher saß und einen Krimi schaute.

»Ja, wirklich schön«, erwiderte Kerstin und gab ihrem Mann einen Kuss.

Etwas ließ ihr jedoch keine Ruhe. Sie fürchtete, dass sich das Kind oder die Frau mit Germer vergiften könnten. Sie wollte den

Gedanken wegschieben, aber er blieb hartnäckig und störte ihre Ruhe. Schließlich gab sie auf. Es war sicherer, wenn sie das Fahrrad stahl und entsorgte. Das war ein zusätzliches Risiko für sie, aber sie wusste, sie würde keine Ruhe finden, bis sie sicher war, dass Frau und Kind nichts passierte. So gab sie vor, etwas in der Praxis vergessen zu haben, und nahm Toms Kombi, der einen größeren Kofferraum hatte.

Auch wenn es bereits dunkel war, konnte Kerstin im Schein der Straßenlaterne erkennen, dass das Fahrrad achtlos vor dem Reihenhaus lag. In der Ferne hörte sie die Sirene eines Krankenwagens, die stetig lauter wurde. Jetzt war Eile angesagt.

Rasch zog sie ihre Handschuhe über und schob das Fahrrad bis zu ihrem Auto, das sie hinter einer Straßenecke geparkt hatte. Hier stopfte sie es mühsam in den Kofferraum. Aus den Augenwinkeln sah sie das in der Dunkelheit leuchtende Halsband eines Hundes näher kommen.

»Na, Panne gehabt?«, fragte eine männliche Stimme. »Soll ich helfen?«

»Nein danke, alles erledigt«, erwiderte sie abwehrend und kühl. Sie sorgte dafür, dass der Mann ihr Gesicht nicht zu sehen bekam.

Der Mann brummelte etwas in seinen Bart und ging weiter. Kerstin atmete auf. Der Krankenwagen schoss an ihr vorbei, und kurz darauf hörte sie aufgeregte Stimmen und Türen schlagen.

»Nichts wie weg«, dachte sie und fuhr los. Sie entsorgte das teure Fahrrad im Rhein-Herne-Kanal. Du trittst keine kleinen Hunde mehr, dachte sie zufrieden. Ein rücksichtsloser Mountainbiker weniger. Wie sie Rücksichtslosigkeit und Gewalt hasste!

188

Kapitel 29

Nur wenige Tage später traf sich Kerstin mit anderen Hundeleuten auf einer großen Hundewiese in Witten an der Ruhr. Die Hunde tollten und rauften begeistert miteinander, gingen im Fluss baden und ihre Menschen genossen es, in der Gesellschaft von Gleichgesinnten zu sein.

Sie trafen sich in unregelmäßigen Abständen mehrmals im Jahr. Kerstin fand es zwar ein wenig zu voll auf der Wiese, aber sie hatte dennoch viel Freude daran, mit Geistesverwandten eine Runde zu drehen. Außerdem gönnte sie auch Jess und Tira den Spaß, so viele Hunde zu treffen, die überwiegend in Spiellaune waren. Während Tira ein wenig zurückhaltender war, lebte Jess richtig auf. Er liebte es, mit anderen freundlichen Hunden über die Wiesen zu flitzen, spielerisch zu raufen und mit ihnen herumzutollen.

Ein Teil der Wiese war für Fahrradfahrer reserviert und abgesperrt. Von hier führte ein Fahrradweg zum Stausee. Dieser Weg war bei gutem Wetter hoch frequentiert, auch an Wochentagen.

Auf dem Rückweg zum Parkplatz sprach Kerstin noch mit zwei der anderen Frauen und achtete nicht auf ihre Hunde. Tira hatte sich auf den Fahrradweg verirrt und schnüffelte am Rand.

Plötzlich schoss ein Fahrrad heran, der Fahrer sah den Hund zu spät, konnte nicht mehr richtig bremsen und flog in hohem Bogen durch die Luft. Es gab einen lauten Knall und Tira floh mit eingeklemmtem Schwanz.

»Oh, shit«, fluchte Kerstin erschrocken. Sie rannte zu dem Fahrradfahrer, der sich den Arm hielt. »Ist Ihnen was passiert?«

»Ich glaube, es hat meinen Arm erwischt«, sagte der Mann stöhnend. Er blutete aus einigen Schrammen an Armen, Händen und Gesicht.

»Bleiben Sie ruhig sitzen, ich rufe einen Rettungswagen«, wies Kerstin ihn an. Sie war kreidebleich im Gesicht. Eine ihrer Bekannten telefonierte bereits.

»Ich habe den Hund nicht gesehen«, keuchte der Mann.

»Tut mir so leid. Es ist meine Schuld, ich habe nicht aufgepasst«, erwiderte Kerstin zerknirscht.

»Kann passieren«, murmelte der Mann und stöhnte, als er versuchte, den Arm zu bewegen.

»Nicht bewegen, ich vermute, er ist gebrochen.«

»Na, super! Tut jedenfalls verflixt weh.«

Die Sanitäter waren schnell zur Stelle. Rasch versorgten sie den Verletzten und halfen ihm in den Krankenwagen.

»Können Sie sich um mein Fahrrad kümmern?«, fragte der Mann besorgt.

»Klar, wohin soll ich es bringen?« Kerstin hatte solche Schuldgefühle, dass es für sie das Mindeste war, was sie tun konnte, das Fahrrad zu bergen.

Er reichte ihr seine Karte. »Könnten Sie auch meiner Frau Bescheid sagen?«

»Auch das mache ich. Wohin bringen Sie ihn?«, fragte sie die Sanitäter.

»Ins Evangelische Krankenhaus.«

»Ich kümmere mich um alles. Und nochmals - tut mir so leid.«

Kerstin schaute zunächst nach, ob Tira unverletzt war. Dann brachte sie das demolierte Fahrrad zu Herrn Marek nach Hause und informierte seine Frau. Zum Schluss rief sie ihre Versicherung an.

Bei einem späteren Anruf im Krankenhaus erfuhr sie, dass sich Herr Marek das Schlüsselbein gebrochen hatte. Zudem war der rechte Fuß angeknackst. Ansonsten waren die Verletzungen leicht und würden schnell heilen.

»Puh, da haben wir Glück gehabt, dass nicht mehr passiert ist«, sagte Kerstin vorwurfsvoll zu Tira, die sie vorsichtig anwedelte. »Ach, du kannst ja nichts dafür. Dein Frauchen war so dumm.« Sie beugte sich hinunter und gab Tira einen Kuss auf die Stirn. Sofort schüttelte sich die Hündin.

Aufgrund ihrer Schuldgefühle besuchte sie Herrn Marek jeden Tag in der Klinik. Eine Woche musste er bleiben und war anschließend für etliche Wochen krankgeschrieben.

Als sie sich wieder mal entschuldigte, winkte der Mann ab. »Jetzt lassen Sie es aber mal gut sein. Ich habe keine Schmerzen mehr, und mir geht es gut. Ich bin nur noch nicht wieder voll einsatzfähig, aber wissen Sie, eigentlich finde ich es ganz schön, mal eine Auszeit zu haben.« Er schmunzelte. »Dafür muss ich Ihrem Hund fast dankbar sein.«

Kerstin lachte erleichtert. »Sie sind ein toller Mensch, wissen Sie das, Herr Marek? Die Wenigsten hätten so reagiert wie Sie.«

Er reichte ihr die Hand. »Ich heiße Sven.«

»Kerstin«, erwiderte sie und ergriff seine große Hand. »Und weiterhin gute Besserung.«

Auch Tom war erleichtert, dass nicht mehr passiert war und der Radfahrer es so locker nahm. Er selbst war ebenfalls aufgrund eines Arbeitsunfalls für drei Wochen krankgeschrieben und genoss es, von Kerstin umsorgt zu werden. Zwar war er durch seine gebrochene und operierte Hand nur wenig eingeschränkt, aber er nutzte die Verletzung schamlos aus.

Kerstin umsorgte ihn gern. Sie freute sich, viel Zeit mit ihm verbringen zu können, aber eins musste sie noch erledigen, ohne dass Tom etwas davon mitbekam.

Der Nachbar von schräg gegenüber nervte sie mit seinem Hang zur Pyrotechnik. Nicht nur Silvester, auch zu anderen Gelegenheiten böllerte und knallte er abends, sobald es dunkel wurde. Damit terrorisierte er seine Nachbarn und vor allem auch die Hunde und Katzen in der Siedlung. Stefan, ihr direkter Nachbar von links, hatte bereits versucht, mit ihm zu sprechen, da seine Katzen durch die Böller panisch wurden. Ohne Erfolg. Auch das Ordnungsamt schritt nicht ein.

Nun denn, dachte sie sich, selbst ist die Frau, und rief einen früheren Freund an. Nils war Aquarianer. Er hatte riesige Aquarien mit allen möglichen Sorten an Fischen in seiner Wohnung. Zu seinen Leidenschaften gehörten aber auch Quallen.

Tatsächlich versprach ihr Nils, der immer noch in Hattingen wohnte, einige Feuerquallen für sie zu reservieren. Er fragte nicht einmal nach, wozu sie sie brauchte. Sicher ahnte er etwas, denn er hatte selbst so seine Erfahrungen mit Kerstin gemacht und wusste, wie heftig sie auf Rücksichtslosigkeit und Dummheit anderer Menschen reagierte. Er hatte jedoch immer nach dem Motto gelebt: Was ich nicht weiß, macht mich nicht heiß. Diese Eigenschaft hatte sie stets sehr an ihm gemocht. Sie hätte gern giftigere Quallen bei ihm erworben, wusste aber, dass ihn das dann doch zu misstrauisch gemacht hätte.

Die Böller-Nachbarn, wie Kerstin sie nannte, besaßen einen Swimmingpool im Garten, der auch von ihrer überlauten, kreischenden Kinderschar häufig genutzt wurde. Der Mann hatte vor anderen Nachbarn damit geprahlt, dass er morgens erst mal eine Runde schwimmen gehen würde, bevor er sich zur Arbeit aufmachte. Da noch keine Schulferien waren, konnte Kerstin davon ausgehen, dass vor allem er selbst am meisten Spaß mit den Quallen haben würde.

Das Problem war der große Hund, den der Nachbar zu seiner Rechten besaß und der bei jedem Geräusch anschlug. Allerdings mochte dieser Rüde Tira besonders gern. Kerstin würde also Tira mitnehmen und hoffen, den Wachhund so abzulenken.

Sie sagte Tom, dass ihr Vater einige homöopathische Medikamente brauche und sie rasch vorbeifahren wolle. Sie besuchte allerdings ihre Eltern nur kurz und fuhr weiter nach Hattingen. Nils freute sich aufrichtig, sie zu sehen. Sie redeten ein bisschen über dies und das, und dann überreichte ihr Nils fünf Feuerquallen in einem Plastikbehälter mit Wasser.

»Viel Spaß damit«, sagte er nur und küsste sie auf die Wange.

»Werde ich haben, Nils. Vielen Dank.«

So weit so gut. Aber wie bekam sie die Quallen in Nachbars Pool, ohne dass Tom etwas bemerkte? Zum Glück hatte Tom seinem Chef zugesagt, trotz seines Handicaps kurz im deutschen Büro in Dortmund vorbeizuschauen und dort etwas zu klären. Da Tom mit seiner Hand nicht fahren konnte, brachte Kerstin ihn nach Dortmund und versprach, ihn auch wieder abzuholen.

Abends rief Tom sie jedoch an und sagte, er wolle noch mit den Kollegen etwas trinken gehen, und sein Kollege Jens würde ihn anschließend nach Hause fahren. Sie solle nicht auf ihn warten, denn es könne spät werden.

Dann also heute, dachte Kerstin und holte den Plastikbehälter aus dem Gartenhäuschen, wo sie ihn in einer dunklen Ecke versteckt hatte. Ein bisschen tat es ihr leid um die Quallen, sie konnten ja nichts dafür, dass Menschen so blöd und rücksichtslos waren. Sie verbannte aber rasch ihre Gewissensbisse und begann zu planen.

Es war fast Mitternacht, als sie mit Tira an ihrer Seite zum Nachbargrundstück schlich. Jess war empört gewesen, dass er allein zurückbleiben musste, aber das war nicht zu ändern. So sehr der Wachhund Tira auch liebte, Jess verabscheute er.

Kerstins Plan ging auf. Der große Landseer war zwar im Garten, aber er schnüffelte nur durch den Zaun und wedelte wild, als er Tira erkannte. Es war nicht so dunkel, wie es sich Kerstin erhofft hatte, aber im Haus war alles still. Auch der Landseer ließ sie unbehelligt. Er flirtete weiter mit Tira.

Sie hatte die Quallen vorsichtig in eine große, mit Wasser gefüllte Plastiktüte gepackt, da sie besser zu transportieren war. Behutsam kletterte sie über den Gartenzaun und schlich zum Pool. Zum Glück hatten diese Leute Bewegungsmelder nur zur Straße hin, hier hinten blieb alles dunkel und ruhig. Auch in den Nachbarhäusern waren die Rollläden heruntergelassen, sodass nicht jemand zufällig aus dem Fenster schauen konnte. Trotzdem waren Kerstins Nerven zum Zerreißen gespannt. Kurz vor dem Pool stolperte sie über einen Schwimmring und schlug hin. Auf dem Boden liegend, lauschte sie. Es blieb still. Die Plastiktüte mit den Quallen war unversehrt.

Rasch erhob sie sich und leerte die Tüte in den Pool. »Tut mir leid, Quallen«, flüsterte sie bedauernd. »Danke für eure Hilfe.«

Auf gleichem Weg kletterte sie zurück. Auch jetzt blieb der schwarz-weiße Hunderiese des Nachbarn ruhig. Noch immer schnüffelten sich die beiden Hunde ab, und der Wachhund gab begeisterte Grummellaute von sich. Auch Tira schien ihn sehr zu mögen.

Kerstin stieg wieder über den Zaun und ging die wenigen Schritte zurück zu ihrem Haus. Leider fuhr zur gleichen Zeit Tom vor.

»Was machst du denn hier draußen?«, fragte er verwundert, während er seinem Kollegen nachwinkte.

»Tira musste raus. Sie hat ein bisschen Durchfall«, log Kerstin reaktionsschnell und war mehr als froh, die Hündin mit sich genommen zu haben.

Tom beugte sich hinunter und streichelte sanft die Hündin. »Meine arme Maus. Geht es dir nicht gut?«

»Wird schon. Morgen ein Tag Schonkost und ein paar Kügelchen Nux vomica und schon ist sie wie neu.«

Tom legte den Arm um Kerstin. »Und du, mein armer Schatz, musstest deinen Schlaf unterbrechen?«

Kerstin schüttelte den Kopf. »Aber nein. Ich habe auf dich gewartet. Hattest du einen schönen Abend?«

»Sehr schön. Lass uns reingehen, noch ein Weinchen aufmachen und ich erzähle dir.«

Arm in Arm gingen sie ins Haus, wo Jess sie schon ungeduldig erwartete.

Erst drei Tage später hörte Kerstin von einem Nachbarn, dass der »Böller-Fritze« beim Baden im Pool reichlich Verbrennungen davongetragen hatte. »Denken Sie nur, da waren Feuerquallen im Schwimmbecken«, sagte der Nachbar und grinste breit.

Kapitel 30

Es dauerte nur weitere zwei Tage, bis Tom die Haustür zuknallte und zornig nach Kerstin rief. Die Hunde verzogen sich verunsichert in ein anderes Zimmer, weil ihnen die Atmosphäre zu aufgeladen war.

»Was ist denn los?«, frage Kerstin ungehalten und wischte sich die Hände an einem Handtuch ab. Sie war gerade dabei, das Abendessen zu richten. Diesen Ton kannte sie von Tom nicht.

»Das mit den Feuerquallen warst du, oder? Und auch mit den Glasscherben in den Stiefeln und der Hundekacke auf dem Auto.«

»Und auf der Haustür, nicht zu vergessen«, sagte Kerstin und schmunzelte.

»Das ist nicht witzig«, schnauzte Tom.

»Schrei mich nicht an«, sagte Kerstin leise, aber sehr bestimmt.

»Was soll ich denn anderes tun?«, erwiderte Tom und zuckte hilflos mit den Achseln. »Mensch, Kerstin, bist du von Sinnen? Herr Scholler wird Monate nicht laufen können. Die Fußsehnen sind glatt durchschnitten. Und bei Herrn Grünwald hätten auch die Kinder in den Pool springen können.«

»Es waren doch nur Feuerquallen, Tom. Du kannst mir glauben, ich hätte lieber australische Würfelquallen in das Schwimmbecken gegeben.«

»Du meinst das ernst, oder?« Toms Gesichtsfarbe wechselte von Hochrot auf Weiß. Er musste sich setzen. »Du meinst das ernst«, wiederholte er leise.

»Du musst doch zugeben, dass sie es verdient haben. Rücksichtslose Menschen muss man in ihre Schranken weisen.«

»Aber doch nicht du. Dafür gibt es die Polizei und das Ordnungsamt.«

Kerstin schnaubte durch die Nase. »Du weißt doch selbst, dass die nichts machen. Sie spielen sich lieber bei Hundehaltern auf und bitten die zur Kasse.«

Tom sah Kerstin ernst ins Gesicht. »Der Mann vom Ordnungsamt auf Sylt. Sag mir jetzt die Wahrheit. Hast du etwas mit seinem Tod zu tun?«

Kerstin schwieg und schaute ihn herausfordernd an. Tom vergrub das Gesicht in den Händen. »Und Cora?«, fragte er fast unhörbar.

»Ach, Tom, jetzt hör aber auf. Glaubst du, ich bringe reihenweise Leute um?« Entrüstet warf Kerstin das Handtuch über einen Stuhl.

»Tust du's?« Er sah auf.

»Es ist ein großer Unterschied, ob man jemandem Hundekacke aufs Auto schmiert oder ihn umbringt. Also wirklich, Tom. Du kennst mich doch.«

»Im Moment habe ich das Gefühl, ich kenne dich nicht, Kerstin. Bitte sag mir, dass du keinen umgebracht hast.« Er sagte es fast flehend.

»Natürlich nicht.« Kerstin ging zu ihm und legte ihm eine Hand auf die Schulter. »Ich bin rachsüchtig, ja, das gebe ich zu. Aber ich bin kein weiblicher Jack the Ripper oder wiedergeborener Hannibal Lecter. Jetzt beruhig dich mal.«

»Versprochen?« Die Falte zwischen seinen Augen vertiefte sich.

»Versprochen.« Sie küsste ihn auf das lichter werdende Haar. »Und jetzt lach mal über die Feuerquallen. Die waren doch wirklich eine gute Idee.«

»Hintergeh mich nie wieder auf diese Weise.« Tom schien noch immer wütend.

»Was hätte ich denn machen sollen? Ich weiß doch, dass du zu gut für die Welt bist. Und du bist auch oft fort, Tom, und kriegst die Schikanen mancher Leute nicht mit. Aber gut, wenn du darauf bestehst – keine Feuerquallen mehr in irgendwelchen Pools.«

»Und auch keine Hundekacke, keine Glasscherben und keine zerschnittenen Autoreifen.«

Kerstin lächelte sanft. »Wenn du es so willst. Eigentlich schade, denn nur so begreifen manche Menschen. Aber okay. Alles wieder gut?«

Tom nickte, aber in seinen Augen blieb ein Rest Misstrauen.

Dennoch verlief das Abendessen harmonisch. »Ich habe übrigens für Samstagabend meinen neuen Chef mit seiner Frau eingeladen. Passt dir das?«

»Ja, wird schon gehen«, meinte Kerstin wenig begeistert.

»Es ist gut für meine Karriere, Krümel. Er ist neu und kennt mich noch nicht gut. Wir könnten grillen und du machst ein paar schöne Salate dazu. Was meinst du?«

»Grillen? Na gut, wenn es sein muss, aber dann mit Biofleisch.«

»Selbstverständlich, ich will doch nicht rausgeschmissen werden.«

Kerstin warf ihrem Mann einen schnellen Blick zu, aber er schien den Streit vergessen zu haben. Das war knapp, dachte sie. Schade, dass er für meine erzieherischen Maßnahmen kein Verständnis hat. Zu zweit würde es noch mehr Spaß machen. Aber er war eben ihr Tom, zuverlässig, ein bisschen fantasielos vielleicht, aber überaus friedfertig und auf Harmonie bedacht.

Am Samstagabend kamen Toms neuer Chef und seine Frau eine gute halbe Stunde zu spät. Damit hatten sie sich bereits den ersten Sympathiepunkt bei Kerstin verspielt. Sie hasste es, auf jemanden warten zu müssen, und fand notorische Zuspätkommer einfach nur rücksichtslos. Aber sie ließ sich nichts anmerken. Tom zuliebe würde sie die perfekte Gastgeberin spielen.

Sie trug ein luftiges Sommerkleid mit Sandaletten, Tom eine leichte Hose und Jackett. Zumindest auf die Krawatte hatte er verzichtet, was Kerstin mit einem wohlwollenden Lächeln quittierte.

Artig begrüßte Kerstin Herrn Rüger und seine Gattin. Die Hunde hatte sie auf ihre Decken auf der Terrasse geschickt. Dort war es kühler als im Haus.

Nach der Begrüßung und dem Austausch von Höflichkeiten geleitete Tom die Gäste auf die überdachte Veranda. Kerstin gab den Hunden ein Zeichen, dass sie jetzt ebenfalls die Gäste begrüßen durften. Beide Hunde waren bei Begrüßungen von Fremden zurückhaltend und vorsichtig.

»Weg, hau ab!« Frau Rüger wedelte hysterisch mit den Armen.

Kerstin rief Jess zurück, der brav an ihre Seite kam. Tira wollte mit diesen Gästen von vornherein nichts zu tun haben und verzog sich wieder auf ihre Decke, wo sie sich einrollte und mit einem Seufzen die Augen schloss.

»Meine Frau hat Angst vor Hunden«, erklärte Herr Rüger. »Und Sie wissen vielleicht, Herr Hallweg, dass auch ich mit Hunden rein gar nichts anfangen kann. Können Sie sie nicht wegtun?«

»Das hatte ich ganz vergessen«, entschuldigte sich Tom. »Wir werden die Hunde einsperren.«

Kerstins Kopf fuhr hoch, aber Tom sah sie beschwörend an, nahm Tira am Nackenfell, denn Halsbänder trugen sie im Haus nicht, und führte die Hündin ins Haus. Kerstin und Jess folgten.

»Du willst sie doch nicht wirklich einsperren, Tom? Sie sind hier zu Hause.« Kerstin konnte es nicht glauben.

»Ist besser so. Dann stören sie nicht.« Er sah ihr nicht in die Augen.

»Die Hunde stören? Seit wann das denn? Ich kann dafür sorgen, dass sie niemanden belästigen. Aber an so einem schönen Abend sperrst du die Hunde nicht in ein stickiges Zimmer.«

»Oh doch, das werde ich«, knurrte Tom. Er rief die Hunde ins Schlafzimmer und sperrte die Tür ab. Jess winselte leise hinter der Tür.

»Bist du noch bei Trost?« Kerstin wollte die Tür öffnen, aber Tom packte sie am Arm.

»Herr Rüger ist wichtig für meine Karriere, Kerstin. Mach jetzt hier nicht den Aufstand. Sie werden schon nicht sterben, wenn sie mal eine Zeit lang eingesperrt sind.«

Sie führten die Unterhaltung in einem zischenden, leisen Ton, damit die Gäste nichts mitbekamen.

»Nein, *sie* werden nicht daran sterben«, stimmte Kerstin zu und lächelte auf eine Art, dass Tom sie erschrocken ansah.

»Du machst aber keinen Quatsch, versprich mir das.« Er wollte ihr die Hand auf den Arm legen, aber sie wich einen Schritt vor ihm zurück.

»Ich mache nie Quatsch«, sagte Kerstin kühl. »Geh hinaus, deine so wichtigen Gäste warten auf dich.«

Kerstin schaute aus dem Fenster. Tom hatte den Grill in Betrieb und brutzelte irgendwelches Fleisch. Herr Rüger stand mit einer Bierflasche in der Hand daneben, sagte etwas und alle lachten. Kerstin brachte den Salat hinaus und gesellte sich zu ihnen.

»Haben Sie die Hunde eingesperrt?«, fragte Frau Rüger. »Vielen Dank. Aber ich habe wirklich Angst vor ihnen.«

»Dagegen gibt es wirksame Therapien«, warf Kerstin ein, was ihr einen bösen Blick von Tom einbrachte. »Nein, wirklich. Hundephobie ist gut zu behandeln. Ist doch auch für Ihre Lebensqualität zu empfehlen. Immer in Angst, das ist doch wirklich nicht schön.«

Frau Rüger winkte ab. »Brauch ich nicht. Ich habe ja immer mein Pfefferspray dabei.« Sie lachte. »Nun gucken Sie nicht so ernst, Frau Hallweg. Wenn die Leute ihre Hunde an der Leine halten würden, bräuchte ich so was nicht. Die Polizei sollte viel mehr darauf achten, dass die Leinenpflicht eingehalten wird.«

Kerstin schloss die Augen. Sie hörte nur von Weitem, wie Herr Rüger seiner Frau von Herzen zustimmte. Tom versuchte krampfhaft, das Thema zu wechseln. Er fragte irgendetwas über das Essen.

»Oh, besonders Rucola mag ich sehr gern«, sagte Frau Rüger. »Ihr Salat ist ganz köstlich, Frau Hallweg.«

»Krumel«, berichtigte Kerstin. »Ich habe meinen Namen behalten.« Sie sprang auf und griff nach der erst halb leeren Schüssel. »Dann mache ich uns noch etwas nach. Mit besonders viel Rucola. Sie sollen sich bei uns doch wohlfühlen.«

Tom schaute alarmiert hoch, aber Kerstin lächelte ihn durch den roten Schleier vor ihren Augen harmlos an. Gelassen ging sie in die Küche und holte den Rucola aus dem Kühlschrank. Dann überlegte sie. Die Praxis war zu weit weg, aber sie hatte gestern erst Bilsenkraut gesammelt. Es sollte noch in ihrem Pflanzenschrank sein, in dem sie Heilpflanzen für den Eigengebrauch trocknete und aufbewahrte.

Und da war er. Sie zupfte etliche Blätter ab und nahm auch einige Samen mit, den Rest verstaute sie wieder im Schrank. Im bitteren Rucola würde das Bilsenkraut nicht zu schmecken sein. Sorgfältig bereitete sie den Salat zu und trug ihn auf die Terrasse.

»Frau Rüger, hier habe ich noch etwas Salat für Sie. Nach meinem Spezialrezept.«

»Das ist ja ganz reizend. Johannes, du möchtest doch bestimmt auch noch etwas Salat, oder?« Die Frau streckte die schlanke, manikürte Hand aus, um Kerstin den Salat abzunehmen.

Da machte Tom beinahe einen Hechtsprung und schlug Kerstin den Salat aus der Hand.

»Was …?« Kerstin schaute ihn verdutzt an.

Auch die Gäste schienen irritiert.

»Eine Hornisse. Großes Biest«, sagte er entschuldigend und sammelte bereits im Sprechen die Salatblätter auf.

»Hornissen stehen überhaupt nicht auf Salat«, erwiderte Kerstin wütend.

»Dann war es eben eine Wespe. Supergroß.« Er schoss einen zornigen Blick auf seine Frau ab. »Tut mir leid, Frau Rüger, ich fürchte, ich habe Ihren Salat ruiniert.«

»Ach, das macht doch nichts, Herr Hallweg. Gut, dass Sie so aufgepasst haben. Ich bin allergisch gegen Wespenstiche, wissen Sie? Sie hätten mich direkt ins Krankenhaus verfrachten können.« Dramatisch seufzte sie und legte ihre gepflegte Hand auf den Arm ihres Mannes. »Weißt du noch, Johannes, als wir an der Costa Smeralda auf Sardinien waren? …«

Kerstin bekam von der Geschichte nichts mit. Sie kniete auf dem Holzboden der Terrasse und klaubte auch die kleinsten Reste des Salats auf. Nicht auszudenken, wenn die Hunde da drangingen. Sie hatte sich nach einem ersten Aufwallen der Wut rasch wieder beruhigt. Gut, das hatte nicht geklappt. Aber hochinteressant, was diese abscheuliche Frau über ihre Allergie erzählte. Sie lächelte.

Tom folgte ihr nicht in die Küche. Kerstin war es recht. Nachweisen konnte er ihr nichts. Gut, dass er sich mit Pflanzen überhaupt nicht auskannte. Sorgfältig entsorgte sie die Bilsenkrautreste in der Toilette. Sie hörte Jess und Tira hinter der Schlafzimmertür winseln. Sie verstanden überhaupt nicht, warum sie weggesperrt waren. »Alles wird gut, meine Schätze, das verspreche ich euch«, flüsterte sie. »Leinenpflicht, pah.«

Mit einem freundlichen Lächeln gesellte sie sich wieder zu ihren Gästen. Toms Blick ignorierte sie. Sie war ganz die fürsorgliche Gastgeberin.

Kapitel 31

Das Problem war, dass Kerstin selbst Angst vor Wespen hatte. Deshalb stellte sie dieses Projekt etwas zurück. Ihr würde schon noch etwas dazu einfallen. Außerdem musste sie ja auch warten, bis Tom wieder abreiste.

Über den Vorfall sprachen sie nicht. Beide taten, als wäre nichts geschehen. Aber Tom war beunruhigt, das konnte sie deutlich fühlen. Wenn er sich unbeobachtet wähnte, sah er sie oft mit einem ganz merkwürdigen Ausdruck an. Und auch sie war noch sauer auf ihn. Die Hunde kamen bei ihr immer an erster Stelle, das musste ihm nach einer so langen Zeit des Zusammenlebens doch klar sein. Wie konnte er einfach über sie und die Hunde bestimmen? Sie fühlte, dass ihre Beziehung einen Knacks bekommen hatte.

Ein paar Tage nach dem Besuch der Rügers gingen sie mit den Hunden zwischen den Feldern spazieren. Von irgendwo hörte Kerstin einen Schuss und wunderte sich ein bisschen. Die Jagdsaison hatte noch gar nicht begonnen. Sie wollte Tom etwas sagen, aber sein verkniffener Mund hielt sie davon ab. Dann eben nicht. Warum war er nicht gleich ganz zu Hause geblieben?

Von einem Seitenweg kam eine Frau mit Kinderwagen und Hund auf sie zu. »Ist das nicht Christine da vorn? Was ist mit ihr?« Besorgt richtete Kerstin sich auf.

»Ich kenne keine Christine«, maulte Tom schlecht gelaunt.

Kerstin ignorierte seine gereizte Stimmung. »Christine mit Momo, dem Goldi. Klar, kennst du sie. Sie hat vor drei oder vier Monaten ein Baby bekommen.«

Die Hundehalterin kam näher. Sie schob einen Kinderwagen vor sich her und hatte ihren Goldi Momo an der Leine. Kerstin sah, dass sie weinte.

»Christine. Was ist passiert?« Kerstin legte der jungen Frau die Hand auf den Arm. Die Tränen flossen schneller. »Sag schon.«

»Ist nichts. Ich bin nur erschrocken«, schluchzte die junge Mutter.

»Aber warum?«

»Ach. Das war ganz blöd. Wirklich. Ich weiß auch nicht, warum ich heule.«

Kerstin sah sie auffordernd, aber ruhig an und streichelte sanft ihren Arm.

Momos Frauchen wischte sich die Tränen ab. »Ich kann ja im Moment nicht so viel mit Momo laufen. Und da habe ich auf dem Weg Apportierübungen mit ihm gemacht, also Dummy geworfen und ihn dann geschickt.«

»Ist doch super, und dann?«

Christines Augen füllten sich wieder mit Tränen. »Plötzlich kam ein grüner Geländewagen angeprescht und stoppte nur wenige Zentimeter vor dem Kinderwagen. Erst konnte ich gar nichts erkennen, so eine Staubwolke hat der Wagen hochgewirbelt. Aber ich war total erschrocken.«

»Das glaube ich. Und dann?«

Christine wischte sich über das verweinte, staubige Gesicht. »Dann stieg ein älterer Mann in Jägerkleidung aus. Mit Gewehr in der Hand – stellt euch das mal vor. Er herrschte mich an, ich hätte meinen Hund zum Jagen geschickt, das hätte er genau gesehen. Ich habe natürlich erklärt, dass ich nur mit dem Hund Übungen gemacht und gespielt hätte, aber davon wollte er nichts hören. Er schrie, dass er mich anzeigen würde und verlangte Namen und Anschrift.«

»Und du hast sie ihm gegeben?«, vermutete Kerstin.

»Ja, ich Doofe! Aber ich war so erschrocken. Er hat mir solche Angst gemacht. Und dann begann auch noch die Kleine zu schreien.«

Kerstin nahm Christine in den Arm. »Mach dir keine Sorgen, das klären wir.« Sie übersah Toms misstrauischen Blick und streichelte den verunsicherten Momo, der sich an sie drängte. »Weißt du, wo der Jäger wohnt?«

»Nein, ich kannte ihn nicht.« Christine beruhigte sich langsam.

»In welche Richtung ist er gefahren?«, mischte sich Tom ein. Kerstin konnte ihm ansehen, dass die junge Frau ihm leidtat.

»Zur Straße. Mehr habe ich nicht gesehen.«

»Okay, dann machen wir es anders«, sagte Kerstin. Sie sah Toms Blick und schüttelte den Kopf. »Was du schon wieder denkst, du hast echt einen Knall, Tom Hallweg. Nein, wir fahren zum Forsthaus. Das ist nicht weit.«

Sie gingen zu Christines Auto und quetschten sich samt Baby, Kinderwagen und drei Hunden in den Kombi. Tom fuhr, denn Christine war noch zu aufgeregt.

»Sind nur knapp zehn Minuten«, beruhigte sie Kerstin.

Sie bogen von der Hauptstraße ab und folgten einem geschotterten Waldweg. Auf halbem Weg stand ein niedriges Haus mit einem großen, gepflegten Garten. Sie ließen die Hunde im Auto und öffneten das Tor. Ein freundlicher Münsterländer kam ihnen wedelnd entgegen. Kurze Zeit später öffnete sich auch die Haustür.

Förster Pranke stand kurz vor dem Rentenalter. Er war ein gelassener, graubärtiger Mann mit einem sympathischen Lächeln. »So viel Besuch. Was kann ich für Sie tun?«

Christine hielt ihr Baby im Arm und erzählte noch einmal ihre Geschichte. Der Förster kratzte sich den Bart. »Ich habe heute auch schon Schüsse gehört und mich gewundert. Haben Sie keine Angst, junge Frau, ich kümmere mich um die Angelegenheit.« Er streichelte dem Baby sanft über den Kopf. »Es ist gut, dass Sie gekommen sind.«

»Ist doch echt schlimm, dass heute jeder Heiopei einen Jagdschein machen kann«, bemerkte Tom.

»Ich sehe das auch mit Besorgnis«, erwiderte der Förster. »Besonders dieses kommerzielle Denken vieler Jäger geht mir gegen den Strich.«

Befriedigt und beruhigt verließen die drei das Forsthaus.

»Das hast du gut geregelt«, sagte Tom stolz zu seiner Frau und lächelte sie zum ersten Mal seit Tagen wieder richtig an. Sie waren auf dem Heimweg, nachdem sie Christine samt Baby im Auto gut untergebracht und ihnen nachgewinkt hatten.

»Danke, Schatz«, antwortete Kerstin.

Er nahm ihre Hand. »Alles wieder gut?« Er sah sie besorgt an.

»Alles wieder gut«, erwiderte sie und küsste ihn auf die Wange.

Aber war es das wirklich? Sie seufzte unhörbar.

Von dem betagten Jäger war jedenfalls danach niemals wieder etwas zu sehen oder zu hören. Kerstin bekam nur am Rande mit, dass ihm die Jagdlizenz entzogen worden war.

Kapitel 32

Inzwischen war es wieder Herbst geworden. Kerstin genoss es, mit den Hunden lange Spaziergänge im immer bunter werdenden Wald zu machen.

Sie war in der Haard unterwegs, einem waldreichen Naherholungsgebiet nördlich des Ruhrgebietes. Da am Morgen zwei Patienten abgesagt hatten, nutzte sie diese seltene Gelegenheit.

Die geschotterten Hauptwege mied sie. Sie taten mit ihrem harten Belag und ihrer Eintönigkeit ihren Füßen und ihren Augen weh. Aber noch gab es in diesem Wald ausreichend schmalere, wildromantische Wege. Die Hunde liefen frei, aber Kerstin blieb wachsam. Auf eine Wildschweinbegegnung hatte sie keine Lust, und auch Jess musste manchmal in seinem Jagdtrieb etwas gebremst werden.

Begeistert und mit der Nase am Boden liefen die Hunde voraus. Zwischendurch streute Kerstin kleine Übungen ein, damit sie nicht nur ihr eigenes Ding machten, sondern auch auf sie achteten. Ab und zu zückte sie ihr Smartphone, um mit der Kamera besonders schöne Motive festzuhalten.

Gerade kniete sie auf dem trockenen Sandweg und fotografierte ihre Vierbeiner vor einem sich verfärbenden Ahorn, als sie rasende Hufschläge näher kommen hörte. Im letzten Moment konnte sie zur Seite springen und die Hunde am Halsband packen. Das Pferd scheute und sprang zwei Meter ins Unterholz.

»Bekloppt geworden oder was?«, herrschte die Reiterin sie an.

»Das wollte ich auch gerade fragen«, erwiderte Kerstin trotz ihres rasenden Pulses ruhig. Die Haard war dafür bekannt, dass sich Reiter und Spaziergänger hier in der Regel ausgezeichnet vertrugen, daher war sie überrascht über die barsche Anrede.

Die Reiterin hatte ihren Wallach wieder unter Kontrolle und sah böse auf die beiden Hunde, die sich schnüffelnd vorbeugten.

»Das ist hier ein Reitweg«, fluchte die Reiterin. »Sie haben hier nichts verloren.«

»Jetzt mal ganz langsam. Ich habe kein Schild gesehen. Sollte ich es übersehen habe, tut es mir leid.«

»Hauen Sie einfach ab!«, schrie die hagere Frau. Durch ihre Aufregung begann das Pferd zu tänzeln. Tira wich erschrocken zurück und bellte. Das regte das Pferd noch mehr auf.

»Nehmen Sie verdammt noch mal die Köter an die Leine. Im Wald herrscht Leinenpflicht. Ich könnte sie anzeigen.« Die Reiterin spornierte den Wallach, der immer aufgeregter wurde.

Jetzt wich auch Kerstin zurück, sie hatte Sorge, mit dem großen Tier auf dem schmalen Weg zu kollidieren. Sie sah Pferd und Reiterin in rote Farbfetzen getaucht. Ihr Gehirn speicherte ein exaktes Bild der Frau und des Pferdes ab. Das Reitkennzeichen am Kopfstück des Pferdes zeigte an, dass die Frau aus der Gegend stammen musste.

Mit einem weiteren Fluch gab die schwarzhaarige Frau dem Wallach die Sporen und galoppierte davon. Dabei schleuderten die Hinterhufe Sand und Steinchen auf, die Kerstin und die Hunde mit voller Wucht trafen. Aber das war Kerstin gleichgültig. Ihre Gedanken überschlugen sich und sie fühlte ihren Zorn weichen.

Sie beugte sich zu den Hunden, strich ihnen den gröbsten Dreck vom Fell und atmete ein paar Mal durch. »Gehen wir weiter, meine Schönen?« Sie ließ die Hunde los und trällerte ein kleines Liedchen, als sie den Waldweg weiter hinaufstiegen. Oben angekommen genoss sie die schöne Aussicht.

Auf der Rückfahrt hielt sie am Baumarkt und erwarb eine dünne, starke Schnur. Zu Hause schickte sie Tom per WhatsApp ein paar Fotos von sich und den Hunden im bunten Wald.

»Sieht nach viel Spaß aus«, kommentierte er. »Dir geht es ja gut.«

»Ja, uns geht es wirklich gut, mein Schatz«, erwiderte sie fröhlich. Das Adrenalin pumpte durch ihre Adern, sie fühlte sich ungeheuer lebendig.

»Wollen wir doch mal sehen, ob das, was in so vielen Abenteuerfilmen funktioniert, auch hier bei uns gelingt, nicht wahr, Jessy?«

Der Rüde legte die Pfoten auf ihre Oberschenkel, und sie beugte sich zu ihm, damit er ihr Ohr lecken konnte.

Menschen waren Gewohnheitstiere, daher hoffte sie, dass sie die Reiterin zur etwa gleichen Zeit am gleichen Ort wiedertreffen würde. Eine Woche später machte sie sich erneut zu einer Hunderunde in die Haard auf. Sie bedauerte, dass sie für diesen Ausflug drei Patiententermine verlegen musste, aber anders ging es eben nicht.

Es nieselte ein bisschen und die Wolken hingen tief. Ein unangenehmes Wetter, um im Unterholz auf jemanden zu warten, aber für ihren Plan passte es hervorragend.

Sie knüpfte die dünne Schnur gut zwei Meter hoch an eine Kiefer, ließ sie aber durchhängen. Auf dem Sandboden war sie beinahe unsichtbar. Das zweite Ende ließ sie auf der anderen Seite über einen Ast laufen, der ebenfalls in Halshöhe sein musste. Das

Ende des Bandes hielt sie in der behandschuhten Hand. Nun hieß es warten.

Tira und Jess schnüffelten ein bisschen in der Gegend herum. Kerstin hoffte, dass ihnen nicht zu schnell langweilig werden würde. Sie hatte für beide einen Kauknochen in ihrem Rucksack. Mit kritischem Blick sah sie sich um. »Hoffentlich gibt es keine Zecken mehr«, murmelte sie.

Sie wartete eine Stunde und nichts geschah. Langsam wurde ihr kalt. Sie wollte die Aktion schon abbrechen, als sie Hufschläge hörte.

»Tira, Jess! Platz und bleib.«

Die Hunde gehorchten sofort und Kerstin lächelte sie stolz an. Der Hufschlag kam näher und wurde schneller. Scheint ihre Galoppstrecke zu sein, dachte sie. Hoffentlich bist du es auch, meine Liebe. Vor Vorfreude atmete sie schneller.

Der braune Wallach tauchte auf. Die hagere, schwarzhaarige Reiterin spornte ihn an. Sie hatte sich über seinen Hals gebeugt, um noch schneller zu werden. Jetzt kam es auf Kerstins Reaktionsschnelligkeit an.

Die Reiterin war heran, und Kerstin zog kräftig an der Schnur. Sie traf die Reiterin nicht wie geplant am Hals, sondern im Gesicht, aber das Ergebnis war das Gleiche. Aus vollem Galopp krachte sie hart zu Boden und blieb wie ein Käfer auf dem Rücken liegen. Das Pferd galoppierte davon.

Kerstin zog sich die Kapuze über und wickelte ihren Schal ums Gesicht, sodass nur noch ihre Augen zu sehen waren. »Bleibt«, forderte sie die Hunde streng auf, die erschrocken und aufgeregt hochgesprungen waren.

Langsam ging sie zu der Reiterin. Sie atmete noch und stöhnte. Das rechte Bein und der rechte Arm standen in einem ungewöhnlichen Winkel ab, und sie blutete stark aus einer Kopfwunde. Beim Sturz war sie mit dem Kopf auf einen größeren Stein aufgeprallt.

Kerstin überlegte, ob sie der Frau den Rest geben sollte, aber dann entschied sie, dass sie die Reiterin einfach liegen lassen würde. Sie hatte keine Lust auf Blut an ihrer Kleidung. Davon hatte sie bereits bei ihren früheren Aktionen zu viel abbekommen. Es tat ihr immer leid, ihre schönen Hosen und Schuhe aufgrund der Blutflecken entsorgen zu müssen. Vielleicht kam in den nächsten Stunden ja jemand vorbei, sehr wahrscheinlich war das allerdings nicht. Falls das Pferd nach Hause in den Stall lief, würde man die Frau vermutlich früher oder später suchen. Vielleicht hatte sie ja Glück. Kerstin war es gleichgültig.

Sie nahm der bewusstlosen Reiterin mit behandschuhter Hand das Smartphone ab und warf es ins Gebüsch. Rasch entfernte sie den Strick und verwischte ihre Fußspuren. Dann rief sie die Hunde zu sich, und mit einem letzten Blick auf ihr Opfer verließ sie gut gelaunt den Ort des Geschehens.

Auf dem Rückweg achtete sie darauf, niemandem zu begegnen. Bei diesem Wetter und an einem Wochentag war dies nicht weiter schwierig. Den Strick entsorgte sie, als sie den Kanal auf ihrer Heimfahrt überquerte.

»Das war ein erfolgreicher Tag, nicht wahr? Lasst uns feiern!« Sie gab den Hunden ihr Lieblingsfutter und bestellte sich selbst ihr Lieblingsessen bei ihrem Lieblingsitaliener. Dazu trank sie ein gutes Glas Rotwein. Sie fühlte sich rundum zufrieden.

Kapitel 33

Aber da war ja auch noch Frau Rüger. Kerstin fand, dass es Zeit war, sich um sie zu kümmern. Herr Rüger befand sich im Oman, wie ihr Tom am Telefon erzählt hatte. Als neuer Boss von Tom und Alex verschaffte er sich dort einen Überblick. Tom war deswegen ziemlich genervt, aber lange würde der Chef ja nicht bleiben.

Kerstin traf sich mit Babs und besprach die Lage. Ihre Freundin schlug weitere Giftpflanzen vor, aber Kerstin schüttelte den Kopf.

»Ich muss ausnutzen, dass sie gegen Tiergifte allergisch ist. Aber ich muss zugeben, ich wüsste nicht, wie ich ein Wespennest in ihr Haus schleusen kann. Außerdem gibt es gar keine Wespen mehr zu dieser Jahreszeit.«

»Wespen werden eh immer weniger, wie alle Insekten«, antwortete Babs traurig.

»Das ist wahr, nur Zecken werden mehr«, bestätigte Kerstin.

»Wann kommt ihr Mann denn wieder?«

»Tom meinte, nächstes Wochenende.«

Barbara lächelte siegessicher. »Da habe ich eine Idee. Aber es muss dir egal sein, wen es letztendlich erwischt.«

Kerstin nickte gespannt. »Kein Problem. Erzähl!«

»Ein Bekannter von mir hat ein schräges Hobby. Er hält Skorpione und Schlangen in großen Terrarien im Wohnzimmer.«

Kerstins Gesicht hellte sich auf. »Aber wird er keine Fragen stellen?«

Babs schüttelte den Kopf. »Wie gesagt, er ist total schräg drauf. Wenn du willst, frag ich ihn. Ein Skorpion wäre sicher das Richtige für dich.«

»Die Idee ist gut. Die Polizei wird meinen, der Rüger hätte den Skorpion aus Versehen aus dem Oman mit eingeschleppt. Zum Beispiel in seiner Schmutzwäsche. Genial.«

»Er wohnt allerdings in Emden. Willst du so weit fahren?«

»Je weiter weg, desto besser. Kannst du ihn anrufen?«

Barbara stand auf und holte ihr Smartphone. Da der Empfang im Wald schlecht war, stieg sie auf eine Leiter, die am Haus lehnte. Dann wählte sie. Gespannt sah Kerstin zu, wie sie mit jemandem am anderen Ende der Leitung sprach. Kurze Zeit später kletterte sie die Leiter wieder hinab.

»Das ging ja schnell.«

»Ole ist wahrhaftig kein Mann der großen Worte«, erwiderte Babs grinsend. »Und das ist noch untertrieben. Er ist der mundfaulste Mensch, den ich je kennengelernt habe.«

»Und, was hat er gesagt?«

»Kein Problem. Odontobuthus wird er heißen, ein Wüstenskorpion, der im Oman heimisch ist. Sehr aggressiv und sehr giftig. Wir sollen sehr vorsichtig sein und eine sehr lange Pinzette nutzen, wenn wir ihn anfassen.«

»Cool«, freute sich Kerstin. »Wann kann ich Odontodingens abholen? Großartiger Name für einen Skorpion.«

»Sofort, wenn du willst. Schließlich drängt die Zeit.«

Kerstin fuhr jedoch erst am nächsten Tag. So würde sie mit Jess und Tira noch erst ein paar Stunden am Wattenmeer verbringen, bevor sie Ole besuchte.

Der Skorpion-Hobbyzüchter war ein griesgrämiger, mundfauler kleiner Mann Ende zwanzig. Er gab ihr den Skorpion in einer sicheren Box und dazu eine dreißig Zentimeter lange Pinzette. Nach einer ausgesprochen kurzen Einweisung wechselten ein paar Geldscheine den Besitzer, und ehe sie es sich versah, stand Kerstin wieder auf der Straße. Nun, ihr konnte es so nur recht sein.

Die Rückfahrt bei Regen und Wind erwies sich als anstrengend. Aber sie kam gut durch, und immer, wenn ihr Blick auf den gut gesicherten Behälter fiel, musste sie lächeln.

Das Haus der Rügers, das in einem recht noblen Stadtviertel im Essener Süden stand, war gut gesichert. Kerstin überlegte, wie sie den Skorpion im Haus deponieren könnte. Dann kam ihr eine einfache Idee. Sie würde warten, bis beide Rügers am Montagmorgen das Haus verließen.

Das Glück war ihr hold. Der Briefkasten befand sich nicht, wie bei vielen anderen Häusern, am Gartenzaun, sondern in der Haustür selbst. Gekleidet wie ein Paketbote näherte sie sich selbstbewusst dem Haus, packte den zappelnden, drohenden Skorpion mit der langen Pinzette und schob ihn vorsichtig durch den Briefschlitz.

»Mach's gut mein Junge. Und vielen Dank für deine Hilfe«, flüsterte sie.

Rasch schaute sie sich um, aber die Straße wirkte ausgestorben. In der Ferne sah sie den Briefträger. Er nahm keine Notiz von ihr. Ihr Auto hatte sie einige Straßen weiter geparkt, sodass kein Verdacht auf sie fallen konnte. Jess und Tira hatte sie zu Hause gelassen.

Gut gelaunt machte sie sich auf den Heimweg. Kaum war sie angekommen, klingelte das Telefon. Es war Tom.

»Ist was passiert?«, fragte sie besorgt. Mitten am Tag rief er sonst nie an.

»Ach, ich hatte Stress mit diesem Rüger. Ich überlege ernsthaft, zu kündigen.«

Tom erzählte frustriert und ausführlich, wie sein neuer Chef sich in alles einmischte und seine Kompetenzen beschnitt.

»Aber er wird doch sicher nur selten bei euch im Oman sein, oder?«, fragte Kerstin.

»Das ist es ja. Er wird jetzt regelmäßig Kontrollbesuche vornehmen. ›*Kontroll*besuche‹, so ein Arschloch!«, schnaubte Tom wütend. »Ich mache diesen Job seit fast zwanzig Jahren und dann kommt so ein dahergelaufener Idiot vorbei und meint, mir was erzählen zu können. Das mache ich nicht mit, das sage ich dir!«

»Oh je, das ist bitter«, erwiderte Kerstin und runzelte die Stirn. So aufgebracht kannte sie ihren Tom gar nicht. Bei ihm dauerte es, bis ihn etwas auf die Palme brachte. »Und wenn du kündigst, was willst du dann machen?«

»Ich weiß auch nicht. Aber bei meiner Erfahrung finde ich bestimmt schnell wieder was. Aber mit diesem Idioten kann ich nicht zusammenarbeiten.«

»Ach, Tom, das tut mir echt leid. Aber ich werde dich in allem unterstützen, egal, was du entscheidest. Wir finden eine Lösung.«

»Das weiß ich ja, mein Schatz.« Tom klang schon etwas besänftigt. »Ich war nur so zufrieden mit meiner Arbeit. Du weißt, wie gern ich den Job hier mache. Und da kommt so einer und verdirbt alles. Auch meine Männer sind genervt, und sogar der gutmütige Alex. Rüger ist wirklich ein arrogantes Arschloch.«

»Lass uns heute Abend noch mal ausführlich reden, ja?«

»Ist gut. Wann bist du aus der Praxis zurück?«

»Sicher so gegen halb acht. Und ärgere dich nicht zu sehr, Schatz. Das ist es nicht wert. Wir finden schon eine Lösung«, wiederholte sie.

»Es hat mir schon gut getan, mit dir zu sprechen, Krümel. Bis nachher.«

Kerstin legte auf. Vielleicht stach der Skorpion ja auch Toms Chef. Das wäre ja fast noch die bessere Lösung. Na, abwarten. Hoffentlich stach er überhaupt jemanden. Und hoffentlich hatten die Leute keine Putzfrau, das fiel Kerstin jetzt erst ein.

Ihre Sorgen waren jedoch unbegründet. Der Skorpion stach Frau Rüger in die Hand, als sie nach einem Glas griff. Sie erlitt einen anaphylaktischen Schock und fiel ins Koma. Ob sie daraus wieder aufwachen würde, wusste in den ersten Tagen niemand. Aber sie hatte Glück, auch wenn sie sehr viele Monate im Krankenhaus und in der Reha würde verbringen müssen.

Die Polizei und auch die Rügers selbst waren der festen Überzeugung, dass Herr Rüger den Skorpion aus Oman eingeschleppt hatte, ein Missgeschick, das fast tödlich geendet hätte.

Trotzdem hatte auch Tom Glück. Sein Chef konnte aufgrund der schweren Krankheit seiner Frau nicht mehr aus Deutschland fort und blieb in seinem Essener Büro. Tom verlor kein einziges Wort über den Zwischenfall.

Kapitel 34

In ihrer Praxis wartete Frau Kaufmann, eine hochschwangere junge Frau. Kerstin hatte ihr schon ein paar Mal bei allen möglichen Wehwehchen und gesundheitlichen Problemen helfen können, die eine Schwangerschaft so mit sich brachte. Außerdem war die junge Frau seit einem Jahr wegen ihrer zahlreichen Allergien bei Kerstin in Behandlung.

Zu Beginn der Schwangerschaft hatten sie darüber gesprochen, dass das Kind von Frau Kaufmann gefährdet war, ebenfalls an Allergien zu erkranken. Kerstin hatte ihrer Patientin empfohlen, sich einen Hund anzuschaffen. Da Frau Kaufmann schon lange mit dieser Idee liebäugelte, sie zum Glück keine Hundehaarallergie hatte und auch ihr Mann Hunde liebte, war ein Golden Doodle bei ihnen eingezogen.

Kerstin hatte den Hund kennengelernt. Abby war eine wunderschöne, ausgesprochen liebenswerte Junghündin, mit der sie ein echtes Schnäppchen gemacht hatte, fand Kerstin.

Die Familie liebte ihre Abby über alles. Zudem hofften sie, dass durch den ständigen Kontakt mit dem Hund das Baby in seinem Leben frei von Allergien bleiben würde. Kerstin hatte Frau Kaufmann die relevanten Studien mitgegeben, in denen gezeigt wurde, dass Kinder, die mit Tieren aufwuchsen, nur selten Allergien entwickelten.

Sie sprachen eine Weile über das Ungeborene, ein Mädchen, und über kleine gesundheitliche Beschwerden, an denen die Mutter litt. Kerstin schrieb ein Rezept aus.

»Und wie geht es mit Abby?«, fragte sie zum Schluss.

»Sehr gut. Sie ist einfach toll.« Frau Kaufmanns Augen leuchteten.

»Das freut mich sehr. Und auch bei Ihnen keine allergischen Erscheinungen?«

»Nein, alles gut. Wir hatten das ja auch vorher mit Haaren und Speichel ausgetestet. Wir sind froh, dass sie bei uns ist. Und wenn die Kleine dann durch den Hund auch noch ein besseres Immunsystem bekommt als ich, wäre das fantastisch. Wir haben Abby auch schon mit anderen Kleinkindern von Freunden zusammengebracht. Das wird sicher gut klappen. Abby liebt Kinder über alles.«

Frau Kaufmann zögerte. Kerstin sah sie auffordernd an.

»Nur eine Geschichte macht mir zu schaffen. Ist eigentlich ganz blöd, aber ich kriege das nicht aus dem Kopf.«

»Was ist denn?« Kerstin schaute ihre Patientin aufmerksam an. Wenn sie jemandem zuhörte, bekam der Gesprächspartner immer das Gefühl, dass im Moment nur seine Person zählte, sonst nichts und niemand. Sie wusste, dass das Gut-Zuhören-Können ihr größtes Talent war.

»Ach, wie gesagt, eigentlich ganz blöd. Mein Mann Christoph und ich sind bei uns zum REWE um die Ecke gelaufen, weil wir noch schnell ein paar Teile einkaufen mussten. Das war letzte Woche. Christoph ist rein in den Laden, ich habe mit Abby draußen gewartet. Da kommt ein älterer Herr aus dem Geschäft, schaut erst auf meinen dicken Bauch, dann auf den Hund, und spuckt vor mir aus.«

»Was?«, entfuhr es Kerstin. Sie war erschüttert.

»Ja, er spuckte mir vor die Füße und sagte: ›Asoziale Schlampe, wie kann eine hochschwangere Frau sich auch noch einen Köter halten? Unverantwortlich.‹ Dann ist er abgehauen. Als Christoph aus dem Laden kam, war er leider schon weg. Ich glaube, mein Mann hätte dem eine reingehauen.«

»Das hätte er auch verdient«, erwiderte Kerstin aufgebracht. Wieder einmal fragte sie sich, woher dieser Hass auf Hunde bei so vielen Menschen kam. Sie konnte es einfach nicht begreifen. Fast vierzigtausend Jahre gemeinsame Geschichte von Mensch und Hund, aber viele Leute hatten sich ihren vierbeinigen Mitgeschöpfen völlig entfremdet.

Sie schüttelte traurig den Kopf. »Sie nehmen sich das sehr zu Herzen, nicht wahr?« Kerstin sah, dass die junge Frau Tränen in den Augen hatte, aber dann wischte sie sie ungeduldig fort. »Entschuldigen Sie, das müssen die Hormone sein.«

»Sie brauchen sich nicht zu entschuldigen. Aber wie hat mal ein kluger Mensch gesagt: ›Wenn ein anderer sich nicht zu benehmen weiß, warum sollte ich mich selbst dafür bestrafen, indem ich traurig oder wütend bin?‹ Damit hatte dieser weise Lehrer, übrigens ein indischer Jesuitenpater, sicher recht. Vergessen Sie den Vorfall. Dieser Mann ist es nicht wert, auch nur einen einzigen Gedanken, geschweige denn eine Träne an ihn zu verschwenden. Er ist asozial, nicht Sie. Das wissen Sie aber, nicht wahr?«

Frau Kaufmann nickte. »Ich habe Ihnen das ja auch nur erzählt, weil Sie selbst auch Hunde haben.«

Die zarte, einfühlsame Tira hatte sich der Patientin genähert und den Kopf auf ihren Schoß gelegt. Frau Kaufmann streichelte sie sanft.

»Wir müssen damit leben, blöd angemacht zu werden. Das ist das Schicksal der Hundehalter. Aber allein, dass wir einen Hund haben, einen uns bedingungslos liebenden Freund und Gefährten, lässt uns solche Begebenheiten doch unbedeutend erscheinen, oder? Bedauern Sie lieber diesen verbitterten, hasserfüllten Mann. Was für ein trostloses Leben muss er doch führen, um so zu werden. Aber ich gebe zu, ich hätte es durchaus auch gern gehört, dass sich Ihr Mann den Kerl vorgeknöpft hätte.«

Kerstin lachte, und ihre Patientin lachte jetzt auch.

»Ja, das hätte mir auch gefallen. Aber vermutlich ist es besser so. Sonst hätten wir vielleicht noch eine Anzeige am Hals.« Etwas mühsam stand sie auf und rieb ihren Bauch. »Ich bin froh, wenn die Kleine endlich auf der Welt ist.«

»Das glaube ich. Nehmen Sie die Mittel, die ich Ihnen aufgeschrieben habe, damit werden Sie sich bestimmt besser fühlen.«

Sie gaben sich die Hand.

»Vielen Dank für Ihre Hilfe. Ich bin so froh, dass ich Sie habe, Frau Krumel.«

»Vielen Dank, das freut mich. Alles Gute für Sie.«

Kerstin schaute Frau Kaufmann nach, wie sie die wenigen Stufen von der Praxis hinunter zur Haustür ging. Eine so nette Frau, dachte sie. Und ausgerechnet dieser lieben Frau und ihrem so liebenswerten Hund muss so was passieren. Die Pest über dieses menschliche Scheusal. Sie musste über sich selbst lachen. »Vielleicht sollte ich mich in der Kunst der Verwünschungen ausbilden lassen, was meint ihr?«, fragte sie die beiden Hunde, die von ihrer Decke aufstanden und zu ihr kamen. »Ich werde das mal mit Babs besprechen, die kennt sich bestimmt mit diesen Dingen aus.«

Gedankenverloren kraulte sie Jess den Hals. »Ach, dazu ist später Zeit genug. Schauen wir mal, wer jetzt kommt.« Sie küsste Jess auf den Kopf und lachte über Tira, die sich schnell zurückzog, bevor sie ebenfalls in den Genuss von Kerstins Küssen kam, die sie nach wie vor verabscheute.

Dann setzte sie sich an ihren Schreibtisch und blätterte im Terminkalender. »Ah, Herr Markward. Schwieriger Fall«, erklärte sie den Hunden. »Aber ein sehr netter Herr. Er hat euch bestimmt wieder was mitgebracht.«

Als es klingelte, standen die Hunde erwartungsvoll auf ihren Decken und schauten zur Tür. Als sie die dröhnende Stimme von Herrn Markward hörten, waren sie kaum noch zu halten. Aber Kerstin legte Wert auf gute Manieren. Erst nach Aufforderung näherten sie sich freudig wedelnd dem Patienten, der sie begeistert begrüßte.

Kapitel 35

Kerstin war mit Jess und Tira unterwegs zu einem künstlich angelegten See, als sie Henrike mit ihrem Hund Oskar traf, einem
Langhaar-Collie. Jess und Oskar kannten sich schon lange und
waren beste Kumpel. Daran hatte auch Tiras Anwesenheit nichts
geändert. Die beiden Rüden tobten und rauften ein bisschen herum, während Tira lieber bei Kerstin blieb. Der zarten Hündin waren diese Rüdenspiele zu körperbetont.

Kerstin und Henrike planten, den See einmal auf dem angelegten Spaziergang zu umrunden. Sie traten durch das Tor im
Zaun, hinter dem ein großes dreieckiges Schild mit der Aufschrift
»Landschaftsschutzgebiet« aufgestellt war. Darunter prangte seit
ein paar Wochen ein großes weißes Schild, das einen angeleinten
Hund zeigte und eine Anweisung enthielt, die »Achtung! Hunde
anleinen!« lautete.

Dieses Schild blieb von Kerstin und Henrike unbeachtet, denn
in Landschaftsschutzgebieten bestand nicht von vornherein Leinenpflicht. Und wer wusste schon, wer das neue Schild aufgehängt hatte? Es war keine Behörde oder Institution angegeben.
Also konnte es jedermann gewesen sein, der was gegen Hunde
hatte. Im Frühling wurden am See weitere Schilder des NABU
aufgestellt mit der Anweisung »Brutzeit. Hunde bitte auf den Wegen halten.« Dieser Bitte kamen die Frauen selbstverständlich
nach.

Aber im Moment war es Dezember und alles andere als Brutzeit. Zudem neigte keiner ihrer Hunde dazu, weit die Böschung
hinunter zum Wasser zu laufen und dort die Wasservögel aufzu-
scheuchen.

Die beiden Frauen waren gegen die frische Brise gut einge-
mummelt, und tatsächlich kam sogar ein bisschen die Sonne heraus. Sie machten sich gegenseitig auf Schwäne und Reiher aufmerksam, die sich in letzter Zeit sehr vermehrt hatten. Enten hatte
es hier auch immer viele gegeben. Aber seit einer großen Jagdver-
anstaltung vor wenigen Wochen waren sie stark dezimiert.

»Schau mal dahinten. Beobachtet der uns?« Henrike deutete
auf ein parkendes Auto auf der anderen Seite des Sees. Daneben
stand ein Mann mit Fernglas. »Pass auf, der quatscht uns bestimmt blöd an.«

»Bitte nicht«, sage Kerstin müde. »Ich habe dieses
Angequatschtwerden wegen der Hunde so satt.«

»Ich auch, das kann ich dir sagen. Irgendwie nimmt es über-
hand. Sollen wir woanders hergehen?«

»Auf keinen Fall. Wir lassen uns hier nicht vertreiben. Wir
machen ja nichts falsch.« Kerstin straffte die Schultern, richtete
ihren kleinen Körper hoch auf und versuchte, ruhig zu atmen. Es
nützte nichts, ihr Puls beschleunigte sich trotzdem, vor allem, als
sie sah, dass der Mann Jägerkleidung trug. Es gab wohl kaum einen Jäger in Deutschland, der nicht irgendetwas Oberschlaues von
sich geben musste. Vor allem bei weiblichen Hundehaltern, vermutete sie.

Sie dachte an ihren ersten Hund zurück, Bella, den
Pudelmischling. Sie hatte sie zu ihrem zehnten Geburtstag geschenkt bekommen. Was für lange und wunderschöne Wanderun-
gen der kleine Hund mit ihr und ihrer Familie unternommen hatte.
Fast siebzehn Jahre war Bella geworden, und wie oft waren sie
von Jägern angesprochen worden? Kein einziges Mal. Zweimal
von Förstern und das mit Recht, weil Bella abgängig und auf Jagd

war. Ihr Vater hatte den Hund an die Leine genommen und sofort wieder abgeleint, wenn der Förster außer Sicht war. Er hielt schon damals gar nichts davon, einen Hund ständig an der Leine zu halten. Aber auch sonst gab es kaum Anfeindungen von anderen Spaziergängern oder Fahrradfahrern oder Bauern. Was war heutzutage nur los mit den Leuten?

»Na, da bin ich ja mal gespannt«, sagte Henrike und riss Kerstin aus ihren trüben Gedanken.

Als sie sich dem parkenden Auto auf dem Spazierweg näherten, riefen sie die Hunde näher zu sich. Sie versuchten, den Mann zu ignorieren, aber er verstellte ihnen den Weg, Fernglas um den Hals, Gewehr geschultert.

Kerstins Blut kochte.

»Hier besteht Anleinpflicht«, motzte er auch gleich los. »Haben Sie die Schilder nicht gesehen? Was für ein Tier, glauben Sie, ist auf dem großen weißen Schild dahinten abgebildet?«

»Was haben Sie denn für ein Problem?«, erwiderte Henrike wütend und baute sich vor dem Mann auf. »Sie haben uns doch schon die ganze Zeit beobachtet. Ist einer unserer Hunde vom Weg abgewichen? Nein, ist er nicht. Sie liefen ganz brav bei uns.«

Der Mann zog die Brauen zusammen. »Ich wiederhole, hier ist Leinenpflicht. Kommen Sie dieser Aufforderung nach oder es wird Folgen für Sie haben.«

»Wer sind Sie überhaupt?«, fragte Kerstin freundlich, ignorierte das Rauschen des Adrenalins in ihren Ohren und blinzelte die roten Punkte vor ihren Augen fort.

»Ich bin hier der Jagdpächter«, knurrte der Mann.

»Haben Sie auch einen Namen oder einen Ausweis?«

»Mein Name ist Krämer und ich bin hier für das Wild verantwortlich. Sie haben nicht zu kontrollierende Jagdhunde, die müssen an die Leine.«

»Müssen sie nicht«, beharrte Henrike. »Außerdem ist es mit ihrer Hundekenntnis wohl nicht weit her. Das dort ist ein Collie, und Collies sind *Hütehunde*.«

»Lass es, das hat keinen Sinn«, sagte Kerstin und nahm Henrikes Arm. »Er weiß sowieso alles besser. Gib einem kleinen Mann ein bisschen Macht, dann kommt so was raus.«

Sie ließen den Jäger einfach stehen, der wütend hinter ihnen herschimpfte. Die Hunde nahmen sie selbstverständlich nicht an die Leine. Sie dachten schon, der Mann würde hinter ihnen herfahren, aber er verzichtete auf eine weitere Konfrontation.

Ein Mann mit einem schwarzen, ebenfalls nicht angeleinten Labrador kam ihnen entgegen. »Hatten Sie Ärger?«, fragte er, während die Hunde sich freundlich begrüßten.

»Er wollte uns belehren, dass hier am See die Hunde angeleint werden müssten. Vielleicht hat er ja selbst die vielen Schilder aufgehängt, wer weiß?«

»Ich hatte auch schon mehrmals das Vergnügen. Manche Hundehalter kommen wegen dieses Kerls gar nicht mehr zum See. Ich ignoriere ihn jetzt völlig. Für mich ist er nur noch Luft. Das ist der beste Weg, meine Nerven zu schonen.«

»Wissen Sie, wo der Typ wohnt? Ist der hier aus der Gegend?«, fragte Kerstin gespannt.

»Sein Auto hat ein Wittener Nummernschild. So oft, wie der hier herumlungert, vermute ich, dass er hier irgendwo wohnen muss.«

Henrike war noch den gesamten Rückweg aufgebracht, und Kerstin versuchte vergeblich, sie zu beruhigen.

»Vielleicht ist Ignorieren wirklich der beste Weg«, sagte sie schließlich.

»Aber das haben wir ja versucht. Aber er hat sich uns doch in den Weg gestellt.« Henrike hatte vor Wut rote Flecken im Gesicht.

»Wir hätten trotzdem einfach weitergehen sollen. Ich glaube nicht, dass er uns angefasst hätte.«

Henrike wies mit dem Kopf auf ihren Rüden Oskar. »Das wäre ihm schlecht bekommen. Dann flippt mein sanfter Oskar völlig aus.«

»Jess, hörst du das? Oskar beschützt sein Frauchen. Und du? Du lässt dich von mir beschützen.«

Jess schaute sie nur kurz an, als er seinen Namen hörte, und widmete sich dann wieder den interessanten Düften am Wegesrand.

Kerstin hörte Henrike nach einer Weile nur noch mit halbem Ohr zu. Sie überlegte bereits, wie sie den Mann ausfindig machen könnte.

In den nächsten Tagen fragte sie vorsichtig herum, aber keiner der Hundehalter konnte ihr weiterhelfen. Viele waren von dem Jäger bereits angesprochen worden und leinten nun ihre Hunde am See gehorsam an. Andere mieden das Gewässer, und wieder andere ließen es auf eine Konfrontation ankommen. Aber niemand wusste, wo der Jäger wohnte.

»Blöd«, sagte Kerstin zu Tira und kraulte sie hinter den Ohren. »Ich habe auch keine große Lust, mich mit dem Auto stundenlang auf die Lauer zu legen und ihm dann nach Hause oder sonst irgendwohin zu folgen.« Sie überlegte. Der Mann kam seinen Opfern so nah, dass sie nochmals die Samenschalen des Wunderbaumes an ihm erproben konnte.

Kerstin klaute noch einmal Samen im Botanischen Garten. Aufgrund ihrer zunehmenden Praxis mit Giftpflanzen konnte sie rasch ausreichend Rizin gewinnen. Sie füllte die wässrige Lösung in eine Spritze mit sehr kurzer Kanüle. In den nächsten Tagen ging sie mit den Hunden stets um die gleiche Zeit am See spazieren. Sie war beschwingt und voller Vorfreude. Es tat so gut, kein Opfer mehr zu sein.

An einem nasskalten Samstagmorgen sah sie ein graues Auto langsam auf den Spazierweg am See entlang fahren. Sie lächelte triumphierend. Adrenalin rauschte durch ihre Adern. Am liebsten hätte sie gesungen.

Nun hieß es, den Jäger zu provozieren. »Jess, Tira.« Mit Schwung warf sie Frisbeescheiben die Böschung zum See hinunter. Begeistert jagten die Hunde hinterher. »Super, und noch mal!«, rief Kerstin und warf wieder und wieder.

Das Auto, das eigentlich der Ausfahrt zugestrebt war, umrundete jetzt den See und kam ihr entgegen. Rasch schaute sich Kerstin um. Da es noch relativ früh und das Wetter ungemütlich war, war sonst niemand zu sehen. Vorhin hatten sie zwei Jogger passiert, aber die waren längst außer Sichtweite.

Das Auto hielt, und die Scheibe an der Fahrerseite fuhr herunter. Kerstin vergewisserte sich mit einem raschen Blick, dass es der richtige Mann war.

»Sagen Sie mal, können Sie's nicht lesen?«, schnauzte der Mann.

Kerstin tat, als hörte sie ihn nicht. Eingehüllt in ihren grünen Anorak, den Schal vor dem Mund und die Kapuze auf dem Kopf wandte sie ihm den Rücken zu. Diese Typen glauben immer, man müsste wie ein ausgescholtenes Schulkind zu ihrem Auto kommen, dachte sie erbost.

Die Hunde kamen die Böschung heraufgerannt, und Kerstin warf erneut. »Und holt!«, rief sie laut. Jess und Tira stürzten der Scheibe hinterher.

Endlich hörte sie, wie hinter ihr die Autotür aufging. »Ich rede mit Ihnen!«

Der Mann musste jetzt direkt hinter ihr stehen. Also fuhr sie herum, als wäre sie erschrocken, prallte gegen den Mann und rammte ihm dabei die Kanüle ins Bein.

»Au, verdammt!«, rief der Jäger und rieb sein Bein. »Was war das?«

»Oh, Entschuldigung«, sagte Kerstin und lächelte hinter ihrem Schal. »Ich habe mich nicht angesprochen gefühlt.« Sie vermied den Blickkontakt und schaute zu Boden.

»Sehen Sie hier noch wen?«, blaffte er wütend.

»Nun beruhigen Sie sich mal. Wir gehen ja schon.« Sie wandte sich von ihm ab, rief die Hunde, gab jedem ein Leckerli und sammelte die Scheiben ein. Dann nahm sie ihre Vierbeiner vorschriftsmäßig an die Leine und verließ zügigen Schrittes das Seegelände.

Unter dem Schild »Achtung! Hunde anleinen!« blieb sie stehen und blickte zurück. Der Mann stieg gerade in sein Auto. Dabei rieb er noch mal seinen Oberschenkel.

»Tja, mein Lieber, noch wenige Stunden, und dir wird kotzübel werden«, murmelte sie. »Ein bisschen Durchfall, schön hohes Fieber und die erste Kreislaufschwäche. Da wirst du noch denken, du hättest dir einen Magen-Darm-Virus eingefangen. Aber dann wird es bald richtig lustig«. Sie schüttelte den Kopf und seufzte. »Hoffentlich wird dein Nachfolger von der toleranteren Sorte sein.« Viel Hoffnung hatte sie da nicht. Aber ein wenig mehr Höflichkeit wäre ja bereits ein Fortschritt. Sie leinte die Hunde ab und bog in den Wald ein. Wenige Minuten später hatte sie den Mann vergessen.

Kapitel 36

Weihnachten feierten Tom und Kerstin mit Alex und seiner neuen Freundin Lena. Lena war nicht die Klügste und redete ein bisschen viel, aber sie war hundevernarrt und hatte daher Kerstins Herz im Sturm erobert.

Es war ein friedliches Weihnachtsfest, und sie hatten viel Spaß zusammen. Sie lachten viel, sangen Weihnachtslieder, und Tom las mit seiner dunklen Stimme die Weihnachtsgeschichte vor. Danach gab es kleine Geschenke für jeden. Natürlich wurden auch die Hunde bedacht.

Am ersten Weihnachtstag besuchten sie Toms Eltern. Kerstins Eltern feierten Weihnachten wie fast jedes Jahr auf den Kanaren.

»So gut gegessen habe ich schon lange nicht mehr«, sagte Kerstin. »Deine Mutter ist eine begnadete Köchin.«

»Ja, das ist sie«, seufzte Tom und rieb sich den Bauch. Er war immer so stolz auf seinen verhältnismäßig flachen Bauch gewesen, aber seit gut einem Jahr war bei ihm unter T-Shirts oder Pullovern eine wachsende Beule zu sehen. Kerstin machte das nichts aus. Sie liebte ihren Tom so, wie er war.

Direkt nach Weihnachten begann in der Siedlung die Böllersaison. Dieses Jahr war es noch schlimmer als die Jahre zuvor. Tira war gestresst und Kerstin mit ihr. Jess nahm es gelassener, aber auch er war unruhig. Sobald es dunkel wurde, ging die Knallerei los und hielt oft bis tief in die Nacht an.

»Jetzt reg dich doch nicht so auf, Krümel«, sagte Tom. »Sind doch nur die paar Tage bis Silvester.«

»Aber das sind rücksichtslose, hirnamputierte Idioten«, knurrte Kerstin erbost. »Sie terrorisieren gnadenlos Tiere und Menschen. Und niemand unternimmt etwas. Schon gar nicht unser Freund und Helfer!«

»Ist doch nicht so schlimm. Wirklich, Kerstin, nur noch bis Sonntag, und dann ist es vorbei.«

»Und die Nachböllerzeit? Das sind ja bestimmt auch noch mal mindestens zwei, drei Tage, wenn nicht eine Woche.«

»Nächstes Jahr fahren wir mit den Hunden weg, versprochen.« Tom strich ihr liebevoll übers Haar.

»Wir lassen uns von solchen Idioten aus unserem Heim vertreiben?« Kerstin zwang sich zur Ruhe, um die Hunde nicht noch mehr zu beunruhigen.

»Ist doch egal. Wir suchen uns was Schönes und machen nett Urlaub. In Sankt Peter-Ording dürfen sie zum Beispiel wegen der Reetdächer nicht knallen.«

»Hm«, machte Kerstin und ließ es zu, dass Tira auf ihren Bauch und ihre Brust krabbelte und sich fest an sie drückte. Kerstins Herzschlag beruhigte die Hündin.

Abends noch mal eine letzte Pipirunde zu machen, war nicht mehr möglich. Die Hunde hielten lieber bis zum nächsten Morgen ein. Kerstin stellte sich im ersten Stock ans Schlafzimmerfenster und merkte sich die Häuser, vor denen besonders viel geböllert wurde.

»Weißt du, wie viel Feinstaub in diesen Tagen produziert wird? Und wie viele Wildtiere den Tod finden?«

»Immer noch dieses Thema?« Tom gähnte und rekelte sich im Bett. »Komm, Schatz, ich bring dich auf andere Gedanken.«

»Wie kannst du jetzt an Sex denken?« Kerstin war ehrlich erbost.

»Na, dann nicht«, murrte Tom, drehte sich auf die Seite und war im nächsten Moment eingeschlafen. Kerstin beneidete ihn ein bisschen um seine Ruhe. Aber diese Ruhe machte sie auch oft wahnsinnig.

Sie ging ebenfalls ins Bett und erlaubte den Hunden, sich an sie zu kuscheln. Die Böllerei wurde weniger, aber Kerstin blieb noch lange wach und grübelte.

In den nächsten Nächten gingen bei etlichen Nachbarn gut gehegte und gepflegte Pflanzen und Sträucher in Flammen auf. Auch einige Gartenhäuser brannten ab. Da sie vorher mit Benzin übergossen worden waren, sprach die Polizei von Brandstiftung. Die Fahndung lief.

Auch bei Tom und Kerstin kam die Polizei vorbei. Diesmal war es leider nicht der nette junge Polizist, den Kerstin schon kannte, sondern eine uniformierte, athletische Frau mit einem langen, dunklen Pferdeschwanz.

Kerstin bot ihr einen Kaffee an, aber die Beamtin lehnte kühl ab.

Tom und Kerstin machten ihre Aussagen. Nein, sie hatten nichts beobachtet. Nein, sie kannten die Geschädigten nicht. Nein, sie lagerten kein Benzin im Gartenhaus oder im Keller. Die Beamtin könne gern nachsehen. Nein, sie hatten auch keine Idee, warum gerade diese Nachbarn betroffen waren.

Das Gespräch verlief für die Polizistin unergiebig, was ihre Laune nicht gerade hob.

»Da Sie schon mal da sind … Meine Frau fragt sich, ob man eigentlich nichts gegen –«

»Hat sich doch längst erledigt, Tom«, unterbrach ihn Kerstin schnell.

»Echt?« Tom schaute seine Frau kritisch an. »Na, dann. Es tut uns leid, dass wir Ihnen nicht weiterhelfen konnten.«

»Kein Problem. Wir werden diesen Brandstifter schon kriegen. Sie machen immer Fehler. Immer. Und dann haben wir sie.« Die Polizistin gab sich siegesgewiss.

»Ach ja?« Tom runzelte ein bisschen ungläubig die Stirn. »Na dann viel Erfolg.«

Langsam schloss er die Haustür hinter der Polizistin und sah Kerstin ernst an. »Du warst es, oder?«

»Irgendeiner musste sich ja kümmern.« Kerstin versuchte erst gar nicht, zu leugnen.

»Sag mal, hast du den Verstand verloren?«

»Nein, ich bin ganz klar. Jemand musste etwas unternehmen, und ich habe es getan.«

»Und du glaubst, die würden deshalb weniger böllern und knallen? Das kannst du doch nicht wirklich annehmen.«

»Vielleicht nicht, aber mir geht es besser.«

»Du hast wirklich den Verstand verloren. Du bist völlig irre. Ich kenne dich ja überhaupt nicht.«

»Nur weil ich mir nicht alles gefallen lasse? Ich bin kein Schaf, Tom.«

»Aber du verletzt Menschen, Kerstin, und gefährdest ihr Leben. Vermutlich hast du auch schon gemordet.« Er ließ sich auf die Couch sinken und vergrub den Kopf in den Händen. »Was soll denn nur werden?«

Tira stieß ihn an und leckte über seine Hände und sein Gesicht. Er schaute hoch. »Du bist so eine warmherzige, fröhliche

Frau, Kerstin, immer für andere da, immer freundlich. Aber das ist nur die eine Seite von dir, nicht wahr? Die andere Seite ist dunkel und böse.«

»Was soll daran böse sein, auf Rücksichtslosigkeit und Anfeindungen adäquat zu reagieren?«

»Du verstehst es wirklich nicht, oder? Du bist wahnsinnig.« Er fuhr sich ratlos mit der Hand durch das schütter werdende Haar. Sein Gesicht war schneeweiß.

»Ach Blödsinn!« Kerstin nahm sich eine Orange von ihrem Weihnachtsteller und schälte sie sorgsam. »Es hat nie einen Falschen getroffen.«

»Wir müssen hier weg«, sagte Tom entschlossen und richtete sich auf. »Wir ziehen fort von hier, und ich werde meinen Job kündigen. Ich werde auf dich aufpassen, und du wirst mir versprechen, niemandem jemals wieder etwas zuleide zu tun. Versprichst du das?«

Kerstin zuckte mit den Achseln und steckte sich einen Orangenschnitz in den Mund. »Wenn dir so viel daran liegt.«

Tom packte sie an den Oberarmen und schüttelte sie. »Ich meine es ernst, Kerstin. Niemals wieder! Du schwörst es mir.«

»Du tust mir weh, Tom«, sagte Kerstin ruhig und befreite ihre Arme aus seinem harten Griff. Dann schaute sie ihm gelassen in die Augen. »Wenn du darauf bestehst und wenn dir so viel daran liegt, ja, dann schwöre ich es dir. Nur dir zuliebe. Aber ich finde, dass du echt übertreibst. Es ist doch nichts Schlimmes passiert.«

»Nichts Schlimmes? Menschen wurden verletzt, Menschen sind tot. Du bist eine Mörderin, Kerstin! Das ist schlimm! Das ist furchtbar!«

Kerstin steckte sich noch einen Apfelsinenschnitz in den Mund.

»Schwöre es, Kerstin!«

Kerstin zögerte unmerklich. Was passierte, wenn sie es nicht tat? Würde Tom sie der Polizei verraten? Auf jeden Fall würde sie ihn verlieren, und das wollte sie nicht. Nicht jetzt. »Ich schwöre«, sagte sie feierlich.

Erleichtert ließ sich Tom zurücksinken. »Ich schreibe sofort meine Kündigung und studiere die Stellenausschreibungen. Ab jetzt bleibe ich in Deutschland.«

»Aber …«, wollte Kerstin protestieren, doch Tom hob die Hand. »Kein ›aber‹. Du brauchst Aufsicht, und ich bin für dich verantwortlich. In guten wie in schlechten Zeiten, du erinnerst dich? Wir fangen irgendwo neu an.« Er kraulte Tira, die auf das Sofa gesprungen war und sich fest an ihn drückte. »Ja, wir fangen ganz neu an.« Sein Gesicht bekam wieder etwas Farbe.

»Und meine Praxis? Es ist nicht so leicht, eine neue Praxis aufzubauen«, versuchte Kerstin es noch einmal.

»Das kriegst du schon hin. Du bist gut, das wird sich schnell herumsprechen. Kerstin, es muss sein. Hier werden sie dir über kurz oder lang auf die Spur kommen, und dann? Willst du ins Gefängnis? Ausgerechnet du, wo dir Freiheit über alles geht? Du hältst es doch gar nicht aus, dir von jemandem etwas sagen zu lassen.«

Kerstin schüttelte den Kopf. »Ich glaube zwar nicht, dass sie jemals auf mich kommen würden, aber wenn du meinst.«

Tom sprang auf und Tira verzog sich gekränkt. »Ja, das meine ich. Du wirst jetzt dieses eine Mal tun, was ich dir sage, damit wir aus dieser Geschichte herauskommen. Ich gebe dich nicht auf, Kerstin.«

»Das ist lieb von dir«, murmelte sie und lächelte ihn an.

Er schüttelte betrübt den Kopf. »Meine Kerstin, mein Krümel, niemals hätte ich dir das zugetraut.«

Ungerührt schob sich Kerstin die letzten Apfelsinenschnitze in den Mund und stand auf. »Ich gehe jetzt mit den Hunden.«

»Nur in meiner Begleitung«, rief Tom und holte die Halsbänder der Hunde.

»Willst du mich jetzt immer beaufsichtigen?«, fragte Kerstin genervt.

»Jawohl, das will ich. Solange es nötig ist.«

Kapitel 37

Es ging dann doch nicht so schnell mit dem neuen Lebensanfang. Tom hatte sechs Monate Kündigungszeit und Kerstin kam nicht so rasch aus dem Mietvertrag ihrer Praxis. Außerdem musste ihr Haus verkauft werden, und Tom war auf der Suche nach einer neuen Arbeitsstelle.

So wurde es Sommer, bis sie endlich umziehen konnten. In diesen Monaten hielt Kerstin ihr Versprechen und ging jedem Ärger konsequent aus dem Weg. Nicht immer fiel ihr das leicht, denn nur, weil sie beschlossen hatte, um Toms willen auf Vergeltungsaktionen zu verzichten, hieß das ja nicht, dass die verbalen Angriffe wegen der Hunde aufhörten. Fast zwanghaft mied sie alle Wege, von denen sie wusste, dass sie hier auf Jäger, Bauern, Radfahrer und viele Spaziergänger treffen würde. Oft fuhr sie mit dem Auto in die Haard, da sie dort in der Regel nur wenige Menschen traf, die zudem fast immer sehr entspannt waren.

Irgendwie bin ich nur noch auf der Flucht, stellte sie bekümmert fest. Das ist doch total bescheuert.

Und dann war da ja auch noch die Frau mit dem hübschen Boxermischling. Kerstin hatte sie bereits vor einem halben Jahr getroffen, als der Rüde gerade ein knappes Jahr alt war. Bereits damals war die junge Frau mit dem lebhaften Hund komplett überfordert.

»Wir haben ihn erst mal kastrieren lassen, vielleicht wird er jetzt ruhiger«, sagte sie.

Kerstin hob eine Augenbraue, sagte aber lieber nichts dazu. Mitleidig, aber auch etwas irritiert, schaute sie zu, wie die Frau hilflos von ihrem Hund in alle Richtungen gezerrt wurde.

»Du bist ja ein Toller«, sagte sie und hockte sich hin. Begeistert hüpfte der Rüde zu ihr und ließ sich durchknuddeln. »Wie heißt er denn?«

»Tyson«, erwiderte die Frau stolz.

Wie auch sonst, dachte Kerstin und schüttelte sich innerlich. »Wo haben sie den Hübschen denn her?«

»Aus dem Internet. Die Vorbesitzer wollten ihn nicht mehr.«

Kerstin fand die junge Frau nicht unsympathisch, stopfte sie aber in die Schublade mit der Aufschrift »nett, aber unbedarft«.

In den nächsten Monaten traf sie die Frau noch oft. Inzwischen lief der Hund meistens frei und ging seine eigenen Wege. Die Frau kümmerte das nicht. Sie eilte durch den Wald, schaute nicht rechts, nicht links und telefonierte ununterbrochen auf ihrem Handy. Kerstin hatte sie noch nie ohne Telefon am Ohr gesehen.

Eines Tages geriet Tyson mit einer von Marias Pudeldamen in Streit. Mit viel Getöse gingen die beiden Hunde aufeinander los. Es gelang den Frauen, die Streithähne zu trennen, und zum Glück war kein Blut geflossen. Beide Hunde waren bis auf kleine Schrammen unverletzt. Von Tysons Frauchen war weit und breit nichts zu sehen. Kerstin konnte Maria kaum beruhigen, so wütend war sie.

Da auch andere Hundehalter sich beschwerten, sah man Tyson bald darauf nur noch mit Maulkorb und Leine. Schnellen Schrittes zerrte die junge Frau den Rüden auf hastigen, kurzen Spaziergängen hinter sich her, das Handy wie am Ohr festgewachsen. Kerstin tat dieses Bild in der Seele weh.

Aber er sollte noch schlimmer kommen. Kurze Zeit später erzählte ihr Maria, dass Tyson nicht mehr lebte.

»Was? Wieso das denn?«, rief sie erschrocken.

»Seine Leute haben ihn einschläfern lassen. Er sei bösartig gewesen und habe ein Kind gebissen. Die übliche Ausrede. Und sie haben tatsächlich einen Tierarzt gefunden, der einen jungen, gesunden Hund eingeschläfert hat. Kaum zu glauben, oder?«

Kerstin schüttelte den Kopf. »Warum hat die Frau sich keinen Hundetrainer gesucht? Tyson war doch nicht bösartig, nur sehr lebhaft und nicht ganz einfach. Aber daran hatte sein Frauchen doch auch ganz schön viel schuld.«

»Hätte sie gemacht, behauptet sie. Vier Trainer und Hundepsychologen. Aber alle hätten gesagt, diesem Hund sei nicht zu helfen.«

»Bullshit. Und Tierheim?«

»Einen so bösartigen Hund könne man keinem zumuten, soll sie gesagt haben.«

»Was für eine saudumme Person. Selbst zu doof, einen Hund zu halten, und ihm dann nicht mal die Chance zu geben, ein geeignetes Zuhause zu finden, das besser mit ihm klarkommt. Wie überheblich und grausam!« Kerstin war wütend. Sie hatte diesen Hund gemocht. »Und der Tierarzt hat ja wohl auch seinen Beruf verfehlt. Echt traurig so was.« Sie überlegte. »Die wohnt hinter dem Reitstall in der Siedlung, oder?«

»Ja, aber ich glaube, sie ist umgezogen. Ich hatte selbst schon überlegt, ihr Stinkbomben ins Wohnzimmer zu werfen.«

Maria hatte recht. Die Frau war nicht mehr auffindbar. Die Geschichte ging Kerstin nah. Gern hätte sie Tyson gerächt. Solche Leute verdienten einfach keinen Hund, sie verdienten es nicht mal zu leben, da sie ja selbst das Leben nicht achteten. Kerstin wusste nicht, ob sie ihr Versprechen hätte halten können, wenn sie diese Frau erwischt hätte.

Kapitel 38

Kerstin gab sich weiter größte Mühe, Ärger aus dem Weg zu gehen. Kein leichtes Unterfangen, wenn man mit seinen Hunden viel spazieren ging. Sie wünschte sich oft, allein auf diesem Planeten zu sein. Na ja, mit Tom, das war ja klar, und ein paar Freunden. Und ihren Eltern. Aber das war genug. Menschen waren einfach nicht dafür gedacht, so eng auf einem Haufen zu leben, fand sie.

An einem dunstigen Frühlingstag durchquerte sie den kleinen Wald und kam an eine große Wiese. Spaziergänger und Hundeleute hatten am Rand einen Trampelpfad angelegt. Sie zögerte, den Pfad zu benutzen, da ihr der Bauer mit seinem frei laufenden Dackel entgegenkam. Er hatte den Ruf, sehr erbost zu reagieren, wenn er Hunde auf seinen Wiesen entdeckte. Er drohte den Leuten wohl sogar mit hohen Geldstrafen.

Nachdem sich die Hunde ausgiebig beschnuppert hatten, fasste sie sich ein Herz. »Ich würde gern über Ihre Wiese gehen. Hätten Sie etwas dagegen?«

Der Bauer zwinkerte überrascht. »Also, das hat mich noch niemand gefragt. Selbstverständlich, junge Frau. Aber sorgen Sie dafür, dass Ihre Hunde nicht buddeln. Ist immer ärgerlich, wenn beim Heuschnitt die Egge in den Löchern hängenbleibt.«

Kerstin war nicht minder über diese Reaktion überrascht. »Nein nein, da passe ich auf. Vielen Dank.«

Sie wünschten sich einen schönen Tag und Kerstin bog auf den Trampelpfad ab. Jess und Tira flitzten begeistert über die lang gezogene Wiese, und Kerstin sorgte dafür, dass Jess nicht nach Mäusen grub. Als Tira sich lösen musste, sammelte sie selbstverständlich den Kot ein. Hundekot im Futterheu ist ja auch wirklich eklig, dachte sie.

Es tat ihr leid, von Bochum wegzuziehen. Ihre Praxis lief gut, sie hatte Freunde und gute Hundebekannte hier und sie fühlte sich zu Hause. Aber sie verstand Toms Argumentation – wenigstens zum Teil. Er wollte einen Schnitt machen und neu anfangen, vor allem um sie zu schützen. Kerstin fand das zwar unnötig, aber wenn Tom so viel daran lag … Allerdings machte sie sich Sorgen, dass ihre Beziehung leiden würde, wenn Tom nun jeden Tag nach der Arbeit nach Hause kam. Würde sie das aushalten?

Sie erzählte Babs, was vorgefallen war, und schilderte auch ihre Bedenken. Ihre Freundin schlug vor, dass sie sich von Tom trennen sollte, aber das war für Kerstin keine Option. Nicht zum jetzigen Zeitpunkt. Sie liebte Tom nach wie vor, auch wenn er ihrer Ansicht nach völlig überreagierte.

Tom hatte eine gute Stelle in einem etablierten Ingenieurbüro in Essen gefunden. Zwar musste er auch dort reisen, würde aber trotzdem sehr viel häufiger zu Hause sein. Die Suche nach einem Häuschen gestaltete sich schwieriger. Schließlich kamen sie durch Bekannte an eines im Essener Süden, in Werden. Von dort hatte Tom es nicht weit zu seinem Arbeitsplatz in Bredeney, und das kleine Haus war zwar nicht gerade preiswert, aber trotz seiner Lage noch bezahlbar und befand sich am Ende einer Sackgasse im Grünen. Der Pastoratsberg mit seinen schönen Spazierwegen lag in greifbarer Nähe, und auch der Leinpfad an der Ruhr bot sich zum Laufen an.

Sie hatten das Häuschen renovieren lassen, aber für Tom blieb noch genug zu tun, denn es war alt und hatte aufgrund von Erbstreitigkeiten einige Zeit leer gestanden.

Kerstin musste zugeben, dass sich Tom viel Mühe gab, ihr das zukünftige neue Leben schmackhaft zu machen. Auch wenn sie Zweifel hatte, gefiel ihr das neue Heim und sie glaubte immer mehr daran, sich hier einleben zu können.

Die Hunde hatten einen großen Garten mit altem Baumbestand, und nur wenige Schritte entfernt begann der Wald. Natürlich mussten sie die Lage im Essener Süden mitbezahlen. Da aber Tom in seiner neuen Stelle gut verdiente und sicher bald auch die neue Praxis Geld abwerfen würde, konnten sie sich das Häuschen leisten.

Nach und nach begann Kerstin, sich auf den Umzug zu freuen. Als der Tag da war, verließ sie Bochum fast ohne Bedauern. Sie hoffte nur, dass auch die Hunde sich schnell eingewöhnen würden.

Der Umzug verlief problemlos. Am Abend war das Häuschen eingerichtet, die Küche würde am folgenden Tag aufgebaut werden. Ihre Praxismöbel fanden in einem separaten Raum Platz. Kerstin plante, diesen kleinen, aber sehr hellen Raum als Naturheilpraxis einzurichten. So musste sie nicht mehr fahren.

Vielleicht hat Tom tatsächlich recht gehabt, dachte sie, als sie abends mit ihrem Mann auf der Couch saß und durch die offene Terrassentür in den Garten hinausschaute. Jess und Tira waren draußen und erkundeten die neue Umgebung.

»Ihnen scheint es zu gefallen«, meinte Tom.

»Ja, glaube ich auch«, bestätigte Kerstin müde und lehnte den Kopf an seine Schulter.

»Wir werden uns hier wohlfühlen«, sagte Tom eindringlich und küsste sie zärtlich aufs Haar.

»Bestimmt. Es ist wirklich schön hier. Und so ruhig.«

»Wenn wir fertig eingerichtet sind, machen wir eine Einweihungsfeier für Freunde und Familie. Was hältst du davon?«

»Gute Idee«, erwiderte sie schläfrig.

»He, noch nicht einschlafen. Ich habe Hunger.« Er lachte, als er in Kerstins müdes Gesicht blickte. »Ich bestelle uns was. Italienisch oder Chinesisch?«

»Eine Pizza wäre schön.« Kerstin streichelte die Hunde, die aufgeregt aus dem Garten angeschossen kamen. »Na, ihr Lieben, gefällt es euch?«

Begeistert hechelnd setzten die Vierbeiner ihren Erkundungsgang im Haus fort.

Tom rückte ihr ein Kissen zurecht und stand auf. »Mach ein Nickerchen, bis das Essen da ist, Krümel.«

Am nächsten Morgen war jede Müdigkeit vorüber und Kerstin war voller Tatendrang. Sie schaute eine Weile zu, wie die Küche aufgebaut wurde, überließ dann aber Tom das Terrain. Es gab noch so viele Umzugskartons auszupacken.

Mittags stand die Küche, und Kerstin kochte ihr erstes Mittagessen in ihrem neuen Heim.

Sie saßen auf der Terrasse und schauten zufrieden ins Grüne.

»Auf unser neues Zuhause. Mögen wir hier glücklich sein«, sagte Tom und hob sein Rotweinglas.

Kerstin stieß mit ihm an und lehnte sich seufzend zurück. »Wirklich schön hier«, flüsterte sie zufrieden.

»Lass uns noch ein paar Kartons auspacken, und dann machen wir eine schöne Hunderunde. Was meinst du? Die Hunde sind in den letzten Tagen etwas zu kurz gekommen.«

»Gute Idee.« Tom trug die Teller hinein. »In zwei, drei Stunden wird es sicher auch kühler sein.«

In den nächsten Stunden schraubte, hämmerte und sägte Tom, was das Zeug hielt. Er war ganz in seinem Element. Währenddessen packte Kerstin weiter Kartons aus.

Gegen fünf riefen sie die Hunde und gingen mit ihnen in den Wald. Sie schnauften ein bisschen in der warmen Sommerluft, als sie die Anhöhe erklommen, aber oben angekommen hatten sie einen wunderschönen Blick über das Ruhrtal.

Jess und Tira liefen freudig voran. Sie liebten es, unbekannte Wege zu laufen und neue Gerüche in die Nase zu bekommen. Nach einer kleinen Pause auf einer Bank spazierten sie weiter und kamen an einige Felder.

»Gehen wir doch ein Stück über die Felder und dahinten wieder in den Wald«, schlug Tom vor.

Auf halbem Weg kam ihnen auf dem Feldweg ein schwarzer BMW entgegen. Jess war auf Mäusesuche ein paar Schritte auf ein Rapsfeld gelaufen, Tira ging dicht neben ihnen.

Der schick angezogene Fahrer ließ ein Seitenfenster hinunter, als er auf ihrer Höhe war. »Rufen Sie Ihren Hund zurück. Das ist Privatbesitz. Und leinen Sie ihn an. Auf meinem Besitz herrscht Leinenpflicht.«

Tom griff nach Kerstins Hand und drückte sie fest. Rasch rief er Jess und leinte ihn und Tira an. Er sagte kein Wort, hielt nur weiter Kerstins Hand schmerzhaft umklammert.

Kerstin machte sich von ihm los, streichelte kurz beruhigend seinen schweißnassen Rücken und schaute ihn mit einem strahlenden Lächeln an. Nur blöd, dass sie sein Gesicht kaum erkennen konnte. Vor ihren Augen tanzten rote Punkte einen wilden Reigen.

Über die Autorin

Heike Achner, geboren 1961 im Ruhrgebiet, war nach Abschluss ihres Studiums der Archäologie vor allem im medizinischen Bereich tätig. Mit einem Hund in der Familie aufgewachsen hatte sie im Erwachsenenleben insbesondere mit Pferden zu tun. Seit etlichen Jahren bereichern zwei Langhaar-Whippet-Hündinnen ihr Leben. Sie ist heute als freie Autorin in den Bereichen Tiere, Tierheilkunde, Naturheilkunde und Medizingeschichte tätig. Liebste Beschäftigung: friedliche Hundespaziergänge in der Natur.